死者の威《い》嚇《かく》

小杉健治

祥伝社文庫

目次

プロローグ　遺骨発掘作業

東京の北東部と千葉県を結んで走っている京成《けいせい》電鉄押上《おしあげ》線に荒川《あらかわ》（現・八広《やひろ》）という駅がある。荒川土手の上にある小さな駅である。場所は墨田《すみだ》区八広である。荒川をはさんで、葛飾《かつしか》区と隣接している。

改札を出て、土手の上に立ち荒川を眺めると、上流つまり左手に大きな二つの橋が並んでいる。四ツ木橋《よつぎばし》と新四ツ木橋で水戸街道《みとかいどう》にかかる交通量の多い橋である。また、目を下流に転じると、すぐ近くに橋が見える。木根川橋《きねがわばし》である。こちらも交通量はかなりある。

荒川の河川敷は上流の方からずっと運動場として整備されていて、日曜日ともなると草野球の試合が行なわれたり、近所の家族連れが思い思いに散策を楽しんだりしている。

その日、木根川橋の向こう側の河川敷に、大勢の人々が集まっていたが、いつもの運動場にやってくる人々とは様子が違っていた。野球をしたり、散策を楽しんだりする雰囲気ではなかった。荒川駅の改札を抜けて、その方向に人々の流れがあった。この日、荒川河川敷で開かれる、ある集会に参加する人々であった。

葉山亜希子《はやまあきこ》もその中の一人だった。彼女は祖父の恭蔵《きようぞう》といっしょに改札を抜けたのである。

朝晩はいくぶん涼しくなったが、日中は残暑が厳しい。悠々と流れる荒川に最後の力をふり絞ったような太陽の光が反射していた。桟橋《さんばし》に繫留《けいりゆう》中の釣船がひっそりと岸に身を寄せている。

亜希子は恭蔵の手をとりながら石段を下り、河川敷に下りたった。祖父の恭蔵は八十歳になるが、まだ足腰はしっかりしていた。

その場所には、すでに、大勢の人々が集まっていた。三百人以上いるだろう。後からまだ人は集まってくる。亜希子はテントがはってある辺りを見た。その中に、数人の男女がいる。報道関係者の姿もあった。

亜希子が目をきょろきょろさせていると、一人の背の高い男が亜希子を見つけて手をあげた。

色が黒いので、白いワイシャツ姿が清潔そうであった。男は白い歯を見せながら、亜希子の傍《そば》にやってきた。

「やあ、どうも……」

と、その男は少し照れたように言った。長身の男は室生浩一郎《むろうこういちろう》といって城南《じようなん》女子大の助教授であった。すぐ、恭蔵の方に目をやり、

「どうもごくろうさまです」

と、労《いたわ》った。亜希子はまぶしそうに相手の彫りの深い顔を見ていた。三日前の夜、初めて室生の胸に抱かれた喜びが蘇《よみがえ》って、亜希子はほおが紅潮していた。

「さあ、あちらに行きましょう」

室生は恭蔵に声をかけ、それから亜希子に目をむけた。室生ははりきっていた。亜希子はその姿をたのもしそうに見ていた。


昭和五十七（一九八二）年九月一日に東京都墨田区八広の荒川河川敷で開かれたこの集会について、二日付けの毎朝《まいちよう》新聞はその模様を次のように報じている。


――関東大震災の混乱のなかで、根拠のない流言《りゆうげん》をもとに故なく虐殺された朝鮮人の遺骨を発掘し慰霊しようという集会が、震災記念日の一日午後、遺骨が埋まっているという証言のあった墨田区八広の荒川河川敷で行なわれた。

この追悼《ついとう》集会のきっかけは東京都墨田区立花島《はなしま》小学校の横田《よこた》教諭が社会科の授業のため荒川流域の聞き書きをするなかで、関東大震災直後に多数の朝鮮人虐殺が行なわれ、その死体が同河川敷に埋められたのを見たという目撃談を聞き及んだことによる。

七月十八日に横田教諭の呼びかけで、研究者、市民、学生ら約八十人が参加し『関東大震災時に虐殺された朝鮮人の遺骨を発掘し慰霊する会準備会』が結成され、九月一日の震災記念日に追悼集会を開き、二日から六日間の試掘をすることを決め準備を進めてきた。

この日の集会には、同会のメンバーのほか証言者のたばこ店経営、広田順吉《ひろたじゆんきち》さん（八二）―葛飾区四ツ木―と、葉山恭蔵さん（八〇）―墨田区向島《むこうじま》―の二人や近くの東京朝鮮第五初中級学校の中学三年生と先生合わせて約三十人をはじめ在日朝鮮人など約四百名が参加した。

集会では、まず、横田教諭が「私たちの過去に痛ましい事件があったことは誠に遺憾《いかん》でありますす。その犠牲者の霊をなぐさめ、隣同士の民族がこれから仲よく暮らし、幸せに生きていけるよう願うことから、このような運動が盛り上がったのです」と挨拶《あいさつ》した。

ついで犠牲者の同胞という立場から、朝鮮人奨学会代表幹事Bさん（七九）が「毎年九月一日がめぐってくるたびに、私は虐殺事件に対する憤《いきどお》りでまったくやり切れない気持ちになるのです。しかも、まだ遺骨がこの河川敷の下に埋められたままになっていると思うと胸がかきむしられるのです」と述べ、さらに歴史教科書問題にふれ、「こんなあやまった歴史認識の中できょうの催しを迎えることは残念ですが、こんどの発掘慰霊の運動は良心と勇気に基づくもので、長い間恨みをのんで眠っている犠牲者を一刻でも早く発掘し、供養してやりたい気持ちでいっぱいです」と話した。

この後、参加者全員が献花、横田教諭と証言者の二人が試掘場所にスコップを入れた。

荒川は関東山地の主峰甲武信ヶ岳《しゅほうこぶしがたけ》に源を発し、秩父《ちちぶ》盆地・長瀞《ながとろ》渓谷を経て南下し、東京都北区《きた》岩淵《いわぶち》水門で本流の荒川と支流の隅田川《すみだがわ》に分かれて東京湾にそそぐ大河川である。

かつて荒川はよく氾濫《はんらん》を起こし、洪水を何度もひき起こしていたのだ。明治四十三（一九一〇）年八月の大台風による関東大水害では甚大《じんだい》な被害になった。この大洪水を契機に大改修の工事が始められたのである。下流では延長二十四キロにわたって迂回《うかい》水路の開削工事がすすめられた。荒川放水路、現在の荒川である。

明治四十四（一九一一）年から工事が始まり、大正十三（一九二四）年に通水をみた。すべて竣工《しゅんこう》したのは昭和五（一九三〇）年という大工事であった。

この工事に多くの朝鮮人労働者が加わっていたのである。

当時日本は植民地政策を推し進め、大韓帝国を併合し、朝鮮という名前に変えており、安い賃金で朝鮮人労働者が日本の各地で働いていた。

大正十二（一九二三）年九月一日午前十一時五十八分、関東地区一帯を大地震が襲った。関東大震災である。どの家庭もちょうど昼食の準備で台所の火を使っていたため、あっという間に家屋が炎で包まれた。日本橋《にほんばし》付近から出火した火は、折からの大風に煽《あお》られ、本所《ほんじょ》、向島地区を襲った。

関東大震災でもっとも被害が甚大だったのは、本所被服廠跡《ひふくしょうあと》であった。付近の住民数万人が元陸軍被服廠跡の二万坪の空地に避難したのである。数万の市民はそれぞれ家財道具を大八車などに積み込み避難してきたため、広い空地は人と荷物でいっぱいになった。そんななかで午後三時半頃、大旋風《だいせんぷう》が襲ったのだ。人や荷物が空に巻き上げられ、そして、避難民の荷物に火がつき、あっというまに、猛火につつまれた。

この被服廠跡だけで四万人近い死者が出たのである。

関東大震災の死者の半分以上が、この被服廠跡の空地で焼死しているのだった。

しかし、関東大震災にはもう一つの大きな悲劇があった。震災直後に起きた人災である。

関東大震災直後に三つの虐殺事件が起きた。

社会主義者を虐殺した亀戸《かめいど》事件、無政府主義者・大杉栄《おおすぎさかえ》夫妻虐殺事件、それと朝鮮人虐殺事件である。しかし、亀戸事件と大杉事件が官憲の起こした虐殺事件であるのに対し、朝鮮人虐殺事件は官民一体となった戦慄《せんりつ》すべき出来事であったのだ。

九月二日の午後になって、朝鮮人が押し寄せてくるというデマが発生し、あっというまに住民の間に広まった。朝鮮人が放火するとか、井戸に毒を投げ込む、あるいは、大勢の朝鮮人が多摩川《たまがわ》を渡って来襲するというものであった。

このため、住民は町内自衛のために自警団を組織し日本刀、仕込杖、匕首《あいくち》などを手にして、町の要所に立ち、誰彼《だれかれ》なく通行人を検閲《けんえつ》し、朝鮮人だと疑うと容赦《ようしゃ》なく叩《たた》きのめし殺害したのである。

東京府、神奈川県、千葉県、埼玉県など、虐殺された朝鮮人の数は、六千名とも七千名とも言われている。

しかし、この虐殺事件は長い間、人々にふれられることがなかった。皆が口を閉ざしてきたからだ。これは、いかに官憲に煽動《せんどう》されたとはいえ、官民一体となった犯罪である。民衆は、自分たちの汚《けが》れた過去を悔やみ、恥じれば恥じるほど口を閉ざしてきたのだ。

それが、一教師の努力によって、このような運動にまで盛り上がってきたのである。

ＯＬの亜希子が、荒川河川敷の遺骨発掘作業のメンバーに加わったのは祖父の恭蔵が証言者の一人だったからだ。恭蔵は、自警団に入っていて、朝鮮人虐殺に加わったという過去を持っていた。

恭蔵ももちろんその過去を黙してきた。暗い汚れた過去を忘れたがり、口を閉ざしたがるのが人間だ。誰でも自分はいい子でいたい。が、そこに己《おのれ》の良心との闘いが隠されている。恭蔵も過去に蓋《ふた》をしたぶんだけ、良心に責め苛《さいな》まれていたのだ。

その恭蔵の前に、二人の突然の訪問者があったのは四年前であった。

一人は墨田区立花島小学校の教諭横田伸彦《のぶひこ》と名乗り、もう一人が室生であった。横田は三十年近く教員生活をしているベテラン教師であり、一方の室生はまだ三十前の気鋭の大学助教授であった。

亜希子はちょうど地元、向島の商業高校を卒業して新和《しんわ》銀行新宿《しんじゆく》支店に勤めた年であった。それを機に、湯島天神《ゆしまてんじん》に近いアパートで自活を始めたのだ。兄たちが結婚して家族が増え、家も狭くなったこともあったが、独り暮らしに憧《あこが》れていたのだ。亜希子の実家は向島で洋品店をやっていた。

ある日、亜希子が実家に帰ると、祖父が珍しく部屋の中にひっこんだまま出てこなかった。

「おじいちゃん、どうしたの？」

亜希子は心配して声をかけた。しかし、祖父は呆《ほう》けたように壁を向いて座ったきりだった。いつもなら、祖父は亜希子が顔を出すと大喜びするのである。亜希子には二人の兄がいるが、恭蔵は孫の中で亜希子が一番可愛いようであった。そんな祖父が亜希子の呼びかけにも生返事するだけなのだ。

母に訊ねると、小学校の先生が訪ねてきてから様子がおかしい、と答えたのである。

それで、亜希子は花島小学校に横田教諭を訪ねた。

「あなたは関東大震災の直後、朝鮮人が虐殺されたということを聞いたことがありますか？」

横田は逆にきいてきた。意外な内容に、亜希子は戸惑った。小さい頃から、関東大震災の話は聞いていた。流言が飛び、朝鮮人が虐殺されたということも、何かで聞いたか、読んだことがある。

亜希子がうなずくと、横田は話を続けた。

「その朝鮮人の遺骨が荒川河川敷に埋められているんですよ」

亜希子は、遠い歴史上の出来事に過ぎないことが、ふいに目の前に現れ、不思議な面持《おもも》ちで横田の話に耳をすました。

「実は、我々はその遺骨を発掘し慰霊する運動を進めています。それで、遺骨が埋められている場所を確認するため、目撃者を探しているんです」

亜希子は不安にかられ口をはさんだ。

「それが、祖父と関係があるのでしょうか?」

横田は亜希子の顔をじっと見つめ、

「恭蔵さんが当時、自警団のおひとりだったことをお聞きしましてね」

亜希子は、横田の口から初めて関東大震災当時の朝鮮人虐殺の詳しい事実を知った。しかもその虐殺に祖父が加わっていたというのだ。

「ぜひ、恭蔵さんに荒川河川敷の埋めた場所の証言をしていただくように、あなたからもお願いしてみてください」

と、横田は頭をさげたのであった。

その時、亜希子は十九歳であった。ショッキングな話であった。嘘です、と心の中で叫んだ。

花島小学校を引き上げると、亜希子はいそいで実家に行き、祖父を問い詰めた。

「おじいちゃん、ほんとうなの？　おじいちゃんは朝鮮人をほんとうに殺したの？」

亜希子は祖父の腕をつかんで必死にきいた。祖父は脅《おび》えたような目をむけて、

「亜希子はおじいちゃんが嫌いにならないか？」

と、つぶやいた。亜希子は涙を流しながら首をふった。それから、祖父は告白したのであった。

「なぜ、あんなことをしたのか、わからんのだよ。でも、朝鮮人を殺したのはほんとうだ」

恭蔵はがくっと肩を落とした。

まだ十九歳だった亜希子は愛する祖父の過去を知って、しばらくショックから食事を受けつけなくなったほどだった。しかし、亜希子は祖父がそのことを五十五年間も忘れずにいたのかと思うと可哀そうになった。亜希子は、祖父と一緒に、遺骨を発掘し慰霊しようと誓った。祖父の心の重荷を少しでもやわらげてやりたいと思ったのである。

その運動を通して、亜希子は室生浩一郎と知り合ったのである。

亜希子は目標に向かってつき進む室生の行動力にひかれた。室生は長身で、細面《ほそおもて》だが眉は濃く鋭い眼をしていた。室生の方も、特に美人ではないが、かざらない亜希子に好意

を持ったようだ。
　室生との愛を育てていくことと、朝鮮人の遺骨を発掘し慰霊するということが、亜希子の生きがいとなったのだ。
　亜希子は祖父を思う気持ちも強かった。祖父は発掘にかけていた。遺骨を発掘し慰霊したからといって、自分の罪が償われるものではない。しかし、長い間、河川敷に埋められたままの朝鮮人の遺体を考えると胸が痛むのであった。祖父の心情は亜希子が一番よく知っていた。

　九月二日付け毎朝新聞夕刊。

〔虐殺朝鮮人の遺骨発掘始まる〕
――東京都墨田区八広の荒川河川敷の土中に埋められたままになっている、関東大震災（大正十二年）直後の朝鮮人虐殺事件の遺骨の発掘作業が二日午前七時から始まった。『関東大震災時に虐殺された朝鮮人の遺骨を発掘し慰霊する会準備会』（代表川畑《かわばた》明《あきら》R大教授）のメンバー三十人が遺骨の埋まっているという証言の得られている河川敷で、パワーショベルを使ってタテ八メートル、ヨコ六メートルの広さで掘り進めた。現在の河川敷は五十九年前の震災時よりも盛り土で約三メートル高くなっており、約二時間半かかって元の地表まで掘り下げた。

そのあと、遺体を埋めるために掘った穴を、スコップで掘る作業に移った。しかし、午前中はその穴を探し当てられなかった。

地域の住民たち約五十人が堤防の上から発掘作業を見まもり、

「ほんとうにこんなことがあったのか」

「早く骨を掘り出して慰霊しなければ殺された人たちは浮かばれませんよ」

と話しあっていた。

証言者の葉山恭蔵さん（八〇）は、

「当時、私は青年団の役員から自警団に加われと言われ、この河川敷で穴掘りや死体に石油をかけて燃やしたり穴を埋めたりする作業を手伝った。九月二日に軍隊一個中隊がきて朝鮮人を堤防に並べ後ろから機関銃で射殺したのを覚えている。軍隊は二日だけでいなくなったので、あとの作業は私たちがやらされ、埋められたのはこのあたり河川敷三ヵ所で百体ぐらいあったと思う」と話している。

発掘作業は七日まで行なわれた。しかし、遺骨は発見されなかった。

いわし雲がゆったりと流れていた初秋の空も、静かに陽が傾きかけていた。秋風が吹き、日中の残暑を押し退《の》けた。秋風は埃《ほこり》をまじえて、荒川河川敷に虚《むな》しくあいた穴にも吹いた。タテ八メートル、ヨコ六メートル、深さ四メートル近い大きな穴が三つ、人々をあざけり笑うように、黒くて深い底を見せていた。穴底には水が湧きあがっていた。穴の周囲に集まった参加者はがっかりした表情で穴の底を覗《のぞ》いていた。

遺骨の発掘が失敗と決まった瞬間、恭蔵は、ショックから土の上に座りこんでしまった。あわてて、寄り添っていた亜希子が、

「おじいちゃん、しっかりして！」

と祖父の体をささえた。張りつめていた神経がぷつりと切れたように恭蔵は、

「残念だ。申し訳ない……」

という言葉をくり返した。祖父の脳裏に、いわれなく殺された人々の顔がちらついているのだろう。遺骨を発掘し慰霊することで、自分の人生の締め括《くく》りと考えていた祖父にとって、無念な結果となったのである。

室生がそっと恭蔵の気落ちした肩に手をやって、

「恭蔵さん、またやり直しましょう」

と、はげました。しかし、恭蔵は肩を落としたままであった。

「遺骨が埋まっているのはあっちなのかもしれないな」

室生は亜希子に顔を向けてから、コンクリート護岸の方を指差した。亜希子もその方に目をやった。土手の上には成り行きを見守っていた近所の人々の姿があった。

「あの下を掘るとなると大変な作業ですね」

亜希子は、ため息をついた。コンクリート護岸を壊さなければならないのだ。

「もっと証言を集めないと、国も許可しないだろうからね」

室生は小さな声で答えた。その時、亜希子は室生が別なところに視線を当てているのに気づいた。その視線は、空の一点にあった。室生の心はどこか他にあるようだ。

「どうなさったのですか?」

亜希子が声をかけると、室生はあわてて、

「いや、何でもないんだ」

と、答えた。しかし、亜希子は室生も今回の発掘の失敗がショックなのだろうと思った。

亜希子は小声で室生に言った。

「今夜、お食事をいっしょにいかが?」

室生は少し眉をひそめ、

「すまない。今夜は独りになりたいんだ」

「そう……」

亜希子のがっかりした表情に、室生はあわてて、

「明日ではどうかな。いや、明日会おう」

と言った。

翌、八日の毎朝新聞には、
〔虐殺朝鮮人の遺骨見つからず〕
と見出しにあった。

――東京都墨田区八広の荒川放水路（現・荒川）の河川敷で関東大震災（大正十二年）直後の「朝鮮人虐殺事件」以来、埋められたままになっている朝鮮人の遺骨発掘作業は七日、計画通り三ヵ所を掘り終えたが、遺骨を見つけることができなかった。準備会会長（川畑明Ｒ大学教授）は、遺骨が埋まっているという証言が多くあるコンクリート護岸の下を掘り起こすため、さらに証言を集め、政府に護岸の発掘許可と遺骨の有無の調査を求めるという。

今回の試掘で遺骨が見つからなかったのは、実際に埋められている箇所が現在コンクリート護岸の下になっている旧堤防に近い所にあるためと準備会ではみている。

その後、この『朝鮮人の遺骨を発掘し慰霊する会』は解散となったが、そのメンバーの有志から、室生浩一郎が中心となって、新たに『日本人を考える会』を結成し、活動は続けられていった。

当然、亜希子もその会に参加していた。

しかし、遺骨の発掘作業は行なわれなかった。

再び、荒川河川敷の発掘問題が起き上がるのは、それから三年後のことになる。

第一章　関東大震災

1

　大正十二（一九二三）年七月、太平洋高気圧が南方洋上に張り出してくるにしたがい前線は東北地方に停滞し、十八日から二十四日まで雨が降り続いた。この大雨で岩手県内の河川は増水し、各地で氾濫し、かなりの被害が出た。農作物、土木関係に多くの被害が出たのである。

　長く降り続いた雨がやむと、今度は焼けつくような酷暑の日が続いたのだった。

　二十七日、盛岡《もりおか》市馬場《ばば》町《ちょう》に住む小沢留吉《おざわとめきち》は幡街《ばんがい》の色まちで遊んでの帰りだった。朝帰りで、杉土手《すぎどて》に出て北上川《きたかみがわ》の河原に下りた。少し歩いただけでも、首のまわりは汗で濡《ぬ》れた。小沢は冷たい川の水を頭からあびようとしたのである。左手には明治橋《めいじばし》が見えた。

　小沢が下りたった辺りは、北上川と中津川《なかつがわ》が、さらに雫石川《しずくいしがわ》が合流する場所だった。北上川の水量もだいぶひいていた。小沢は腰から手拭をとり、川に向かって腰をかがめた。汗が首筋にたまって気持ちが悪かった。半袖の太い腕が手拭とともに川の中に沈んだ。この付近は水流の激しいところである。川の流れが腕に冷たい感触を与えた。手拭を絞り、首の周りからはだけた胸にあてるとひんやりした感触が移った。

小沢が一息つくと、ボーと汽笛《きてき》が風に乗って聞こえた。目の前の雫石川には東北本線の鉄橋がかかっている。東北本線は明治二十三（一八九〇）年に盛岡・上野《うえの》間が開通した。開業当時は上野までの直通はなく、仙台《せんだい》乗り換えであった。盛岡から上野までの所要時間は約十六時間、急行で十三時間であった。小沢の位置からいえばちょうど五十メートルほど先の右手に鉄橋が見える。その鉄橋を渡ってすぐ盛岡駅がある。その前方に黒い煙りがたっていた。小沢は懐中時計を見た。父の形見である。十時十分だった。確か、盛岡駅発の上野行きの汽車は十時半発である。まだ間がある。

煙りが徐々に近づいてきた。小沢は入道雲の浮かんだ真青な空に墨をなぞったような汽車の煙りを見ていた。

子供たちの声がする。鉄橋で遊んでいる子供たちである。

「汽車だ、汽車が来る！」

大声で誰かに伝えている声だった。小沢がその声につられて鉄橋に目をやると、鉄橋の真中辺りに三つの影を見つけた。子供ではなかった。遠目なのと、太陽のまぶしさではっきりとわからないが、若い男が三人、鉄橋を渡っているのだった。

警笛を鳴らして重量感のある轟音《ごうおん》とともに、汽車が迫ってきた。若い男三人はあわてて、線路の脇の避難通路に移り、のけぞるようにした。

貨物列車だった。おそらく彼らはこの時間に貨物列車が通過することを知らなかったのだろう。男三人は耳を塞《ふさ》いで、長い貨物の車両をやり過ごした。

小沢は何となく彼らを見ていた。三人とも大きな荷物を持っていた。ズダ袋だ。旅行者に違いないと思った。貨物が鉄橋を騒がせて行った後、三人の男は再び、歩き始めた。仙《せん》北町《ぼくちょう》の方から盛岡駅の方に向かって渡っていた。しかし、なぜそんなところを歩いていくのか、小沢は首をかしげた。

そのとき小沢の目に何か物が落ちていくのが見えた。一瞬の間に川面《かわも》に消えた。一人の男が大きく身を乗り出し川の中をのぞいていた。先を歩いていた二人の男が立ちどまって何かを言ったようだ。しばらく経《た》って、三人の体がゆっくり動き始めた。他の二人はさっさと歩き出したが、一人は未練たらしく遅れて歩き始めた。

涼しい風が吹いた。ようやく汗もひいた。いつまでも休んでいるわけにはいかなかった。三人の男は渡りきったのか姿は見えなかった。小沢もようやく土手の上に戻った。

この時代の盛岡の商店街は夕顔瀬橋《ゆうがおせばし》に近い茅町《かやちょう》、材木町《ざいもくちょう》の北大通り方面と上ノ橋《かみのはし》通りの本町《ほんちょう》、それと、中ノ橋《なかのはし》、肴町《さかなちょう》、呉服町《ごふくちょう》界隈が賑やかであった。

なかでも、中ノ橋、肴町、呉服町辺りは盛岡市の中心的な町だった。肴町から八幡宮《はちまんぐう》に向かう参道の町は八幡町《はちまんちょう》といった。八幡町は花街で十数軒の遊廓《ゆうかく》が軒《のき》をつらね、八幡町遊廓として栄えた。

呉服町は格子戸の低い軒の家が並ぶ古い町並の中に大正時代としては近代的な建物が目立った。ルネッサンスふうの華麗な岩手銀行や三階建てでステンドグラス入りの窓ガラスの商店などがあった。

呉服町の朝は早い。各商家は人通りのない早朝に店を開いて、店の前の通りをきれいに掃除し、水をまいて客を待つのである。しかし、その朝、呉服町はいつもと様子の違う朝を迎えた。

十時をまわっても、いつも早い浅倉《あさくら》時計店の雨戸が開かなかったのだ。両隣にある履物屋や瀬戸物店は店を開いている。浅倉時計店の真向かいにある雑貨商『みなみ屋』の主人南三蔵《みなみさんぞう》は店の中から、道路をはさんだ向かいの雨戸が開かないのを不思議に思って見ていた。

「籐吉《とうきち》さんも一緒に嫁さんのとこサ、行ったンだろうか?」

三蔵は奥から出てきた妻の加代《かよ》にきいた。浅倉時計店は籐吉と妻のさだ、そして長男夫婦と子供、それに住み込みの使用人の若い男が一人いる。籐吉の息子の清一《せいいち》は、ゆうべから妻の実家に子供を連れて出かけており留守だった。もしかしたら、籐吉夫婦も一緒に出かけたのかと思ったのだ。

「さあ、でも達《たつ》ちゃんはいるンだろうに」

加代も土間から向かいを覗《のぞ》いて言った。達ちゃんというのは、使用人の達夫《たつお》である。なんでも、遠い親戚の子供で年齢は十九とか言っていた。いつもなら、にきび面《づら》の長い顔が戸を開け、箒《ほうき》で店の前を掃き掃除する姿が見えるのである。

その時には、まさか浅倉時計店があのような惨劇にあっていようとは、南夫婦は想像もしなかった。

「ちょっと様子サみてこようかしら」

加代が言った。加代は浅倉夫婦とは懇意にしていた。十時を過ぎても店を開かないのはやはりおかしい。通りにはカンカン帽をかぶった通行人や着物に下駄履きの姿が往来している。

「病気にでもなったンだろうか？」

「それにしても、三人いるンだよ。誰かが出てきそうなもンだけどね」

加代はそう答えた後、

「そういえば、ゆうべ遅く、何か騒ぎ声サしたようだったわ」

と、記憶をたどるように言った。あるいは、浅倉夫婦のいずれかが突然発病し、達夫と一緒に病院へ運んだのかもしれない。

「やっぱり、行ってこよう」

加代は店を出ていった。浅倉時計店はこの地域ではかなりな大店《おおだな》であった。店の構えも近代的な造りであった。なにしろ盛岡に三軒しかない大きな時計商の一つなのだ。

加代は裏にまわり、庭の柴の小さな門をそっと押し、中に入った。ひまわりが太陽の光を浴びて、風に揺れていた。加代がそっと近づくと、廊下の雨戸が半分ほど開いていた。

「浅倉さん、ごめんくださいい、浅倉さん！」

加代は大声で、呼んだ。しかし、家の周囲は物音ひとつなく、静まりかえっていた。

返事がなかった。加代は開いている雨戸から首をいれ、中を覗いた。背筋がぞくぞくとした。べつに何も見たわけではないが、加代は急に恐くなった。いつも出入りしており、浅倉の家の中の様子はよく知っている。今、加代が覗いている部屋が八畳間の客室のようなものであり、あと、寝室、居間と続いている。

加代は後ずさりして、急いで踵《きびす》をかえした。

三蔵は苦笑しながら加代と一緒に、庭までやってきた。三蔵は半開きの雨戸から、上半身を押し込んでから、「浅倉さん！　南です」と大声を出した。

中からは何の返事もなかった。三蔵は体を戻すと、加代の顔を見て首をふった。

それから、三蔵は履物を脱いで廊下にあがった。八畳間に足を踏み入れると畳の上がざらざらしている。三蔵は天井から下がっている電灯のスイッチをひねった。黄ばんだ明かりが室内を浮かび上がらせた。三蔵はしゃがんで手を畳に当ててみた。ざらざらしたのは砂だった。見ると、乱れた形で奥にのびていた。あっと三蔵は叫んだ。土足の足跡だ。三蔵は体をぶるっと震わせた。庭から加代が不安な表情で見ていた。

三蔵は足跡にふれないように、奥に向かった。すると、障子が破れ、染みがついていた。おそるおそる奥の寝室をのぞいて、その情景を見た時、三蔵は叫び声が声にならず、足がすくんでしまった。ギャッと叫んだのはしばらく経ってからだった。

2

大正十二年という年は明るい面もあったが、うち続く不況の波に人々は希望さえ見出せない暗い時代であった。無理心中や自殺者が相次ぎ、暗い世相が続いた。

世界大戦終息の直後の大戦景気の反動で、不景気が訪れた。三年前の大正九（一九二〇）年三月に大恐慌に襲われてから、社会不安は増大し、一般民衆は不景気と米価の暴騰のため生活難に喘《あえ》ぎ失業するもの、自殺するものがふえた。

そんな不吉な時代を象徴するかのように、この年、大正十二年六月九日には、作家の有《あり》島武郎《しまたけお》が、人妻の婦人記者波多野秋子《はたのあきこ》と軽井沢《かるいざわ》の別荘で心中している。

その年の長々と降り続いた梅雨《つゆ》は湖の増水を引き起こし田を浸《ひた》し、大凶作の不安が広がっていた。

枯れすすき、という唄が流行したのもこの年であった。絶望と不安のやるせなさから民衆は、

おれは河原の枯れすすき
同じお前も枯れすすき
……………

という唄に自分たちの気持ちを見つけたのである。

浅倉時計店の強盗殺人事件もそんな世相を現したようなむごい事件であった。

岩手県警盛岡署の城野貞男《じようのさだお》は、明治二十五年に盛岡で生まれた。大正二年に岩手県警花巻《はなまき》署の岩山《いわやま》派出所に配属されたのが警察官の第一歩であった。地道な捜査畑を一途《いちず》に歩いてきた。高畑村《たかはたむら》で起きた夫殺しとか、祈禱《きとう》師絞殺事件など、大きな事件はあったが、この浅倉時計店で起きた浅倉夫婦と使用人の三人が惨殺された事件は、城野の初めて直面する残酷な事件だった。

城野は現場に立って思わず目をおおったほどであった。

浅倉夫婦の寝室で、ふとんの上に浅倉籐吉とさだが折り重なるように倒れ、両人の顔や手足は血で汚れていた。使用人達夫の部屋は、六畳間で、達夫は押し入れの扉に寄り掛かるようにして息絶えていた。いずれも刺殺であった。

商店街で起きた殺人事件に、浅倉時計店を遠巻きにしている野次馬の表情は強張《こわば》ってい

た。

　店は間口三間、奥行き四間ほどで、床は板敷であった。店の奥が六畳の居間で、その横には廊下が続いていた。

　城野は現場の状況を頭に入れた後、犯人の侵入および逃走経路を考えてみた。庭に出て建物を見ると、正面と違って木造の古い建物であり、縁側の雨戸も簡単にこじあけられそうであった。

　籐吉の息子夫婦が顔をひきしめて帰ってきたのは、昼過ぎであった。息子の清一は、サーベルを腰にした警察官を押し分けて家に入ると、すでに死体は盛岡署に片づけられた後だったが、現場の寝室は血が飛び散っており、一瞬、めまいがしたのか、その場にしゃがみこんでしまった。

　清一は四十歳で、実直そうな男だった。親の惨状に、しばらく放心状態が続いた。やっと、警察の事情聴取に応じられるようになったのは、その夜のことだった。

「父や母は人様に恨みをかうような人間ではありません」

　嗚咽《おえつ》をおさえながら、清一は答えた。

　清一の証言により、現金五百円がなくなっていることが判明した。当時の教員の給料が二十五円から三十五円であった。

　警察は『浅倉時計店強盗殺人事件』として盛岡署に捜査本部を設置した。

現場検証の結果、座敷に残された足跡は三種類。すなわち強盗は三人組である。警察は犯人があらかじめ浅倉時計店を偵察していたという見方を強め、近所に目撃者を探した。

城野は聞き込みの時、同じ呉服町でカバン屋の主人の話に興味を覚えた。

「あの時計店の使用人を、八幡町の『久矢楼《ひさやろう》』で何回か見かけました」

警察に戻る道すがら、城野は県警の平野《ひらの》刑事に、

「気になりませんか、時計店の使用人が遊廓の女に入れあげていたことが……」

と、言った。

「確か、川野《かわの》達夫と言いましたかね」

のんびりした声で、平野が答えた。

「ひょっとして、川野が犯人を引き入れたのかもしれませンよ」

「さあ、どうですかね。川野サ若い男ですし、女遊びくらいするでしょう」

平野はあまり気乗りのしない返事をした。

「川野の周辺をあたってみたいのですが……」

「それは当然、他の者がやっていますよ」

平野は温厚で、いかにも田舎の刑事といった感じであった。

「まあ、あなたがそれほど言うのなら、構いませンがね」

城野は、八幡町の遊廓『久矢楼』に行った。大きな玄関に格子戸。城野は裏口から入った。入ってすぐ階段だった。城野は女将《おかみ》を呼んだ。川野が贔屓《ひいき》にしていたのは登美《とみ》という女だった。

登美は二十三歳になる遊女だった。秋田出身らしい。当時、女郎衆は二百円とか三百円で、三年あるいは五年とかの年季で身を売ってきたのである。

「あの人、殺されたンですか」

と、登美は派手な化粧の顔をしかめて言った。

「川野とつき合っていた男を知らんかね？」

さあね、と登美は安っぽい着物の襟《えり》を合わせて首をかしげた。

「そういえば……」

ふと、登美が何かを思いついたように言った。

「いつだったか、同じ村の人に会ったとか言ってびっくりしていました」

「同じ村？」

川野の生まれは盛岡市の隣の滝川村《たきがわむら》である。

「どこで会ったと言っていたね？」

「この店サ、来る途中だそうです」

登美は気のない返事をした。

署に帰った城野は、課長に滝川村へ行くことを願い出た。格別、根拠のあることではなかったが、少し気になったのである。

浅倉時計店の惨状は、岩手日報社の号外によって報じられた。

運動具店の店員小沢留吉は、帰りがけ店主の笹岡《ささおか》から声をかけられた。笹岡が座敷にふんぞり返って、号外を読んでいた。

「おい、呉服町サというとこはお前の実家の方じゃないか？」

新聞から目をあげて、笹岡が言った。

「そうですが、それが何か？」

小沢は笹岡が妙に真剣な表情を作ったので、不安になって聞き返した。

「そうか、やはりあの時計屋さんか」

「いったい、どうしたンです？」

小沢は机をまわって、笹岡が広げている号外を覗きこんだ。

小沢の目に、時計店夫婦惨殺の記事が飛び込んだ。

——今朝、十時三十分頃、盛岡市呉服町××の浅倉時計店に於《お》いて、同店の戸が開かないことに不審を持った同店の前に住む雑貨商南三蔵さん（四八歳）が、同店の庭先から部屋に入ると、一面血の海であった……。

小沢は笹岡から号外を受け取ると、その記事に熱中した。

——なお、犯行現場の足跡から、犯人一味は三人組と見られている。

三人組……、と小沢は口の中でつぶやいた。

三人の連想から、午前中に見た鉄橋を渡っていく三人の旅行者を思い出した。男たちは仙北町から盛岡駅方面に向かって鉄橋を渡っていたのである。途中、男の一人が川に何かを落としたのだ。

笹岡は小沢の顔色に気づいて、

「おいどうしたんだ。そんな恐い顔をしちゃって」

小沢はその声に、

「実は午前中に三人組の男サ見かけたんです」

と、笹岡に話した。眼鏡をずりさげた笹岡は驚いた様子で、

「君、そりゃ犯人かもしれんぞ。警察に言った方がいい」

と、椅子から立ち上がって言った。そして、腰の懐中時計を取り出して時間を見た。九

時十分である。

「俺も一緒に行ってやろう」

「これからですか?」

小沢はあわてて笹岡を見つめた。

「君、強盗殺人犯なんだぞ。警察に早めに言わんとだめだ」

「しかし……」

小沢は困惑した表情で笹岡を見つめた。笹岡は警察官の子供だったので、こういうことには潔癖だった。

その日、捜査員が捜査本部に戻ってきたのは、夜の七時過ぎであった。ようやく、山の端《は》に夕陽が落ち、真赤に夜空を染めていた夕焼けはほとんど消え、代わって、月の明かりが稜線《りようせん》を浮かびあがらせていた。

盛岡署の二階の会議室の窓から黒々した岩手山《いわてさん》が見える。

盛岡署長、捜査課長を中心に、県警からの応援十名を含めた初めての捜査会議が開かれたが、めぼしい意見はなかった。

城野貞男は、三十一歳で平刑事であった。城野は県警のエリートが傲然《ごうぜん》と居並ぶ捜査会議の末席の方に座っていた。

会議は県警から来た河田《かわた》警視の一方的な捜査方針の訓示で終わった。

城野が疲れた体でようやく自宅に戻ったのは十時過ぎであった。自宅には結婚七年目の妻がいた。七年目にしてようやく妻の体の中に生命《いのち》が宿ったのである。母子の経過は順調であった。予定日は十月である。

妻育代《いくよ》は城野の先輩刑事の娘であった。育代の父も捜査畑一筋の男だった。とうに定年退職している。育代は警察官の娘だけあって、城野の仕事には理解があった。義父は最初、結婚には反対だった。警察官の苦労がわかっているので、自分の娘にはそんな苦労をさせたくないと思ったのだろう。城野が、育代をくださいと言った時、義父の顔色が見る見るうちに変わっていったことを覚えていた。

城野が風呂をさっと浴び居間に来ると、妻は丸い膳《ぜん》の上にたくわんとビールを用意していた。

妻の酌《しやく》でビールをいっきに呑んだ。冷たい感触が喉《のど》から胸の奥に達した。

育代は傍で編物を始めた。生まれてくる子供のセーターだった。男か女かわからないのに彼女は男に違いないという感じで準備を進めていた。

子供ができたら義父も喜ぶだろうと、城野は妻の姿を見て思った。

何杯めかのグラスを空にした時、玄関の戸を叩く音がした。耳をすますと、ごめんください、という声が聞こえた。

城野は妻と顔を見合わせた。十時半を大きくまわっている。妻が立ち上がろうとしたのを制して、城野は玄関に出た。ひょっとしたら捜査本部からかもしれない、と思った。自宅にいても、突然に声がかかることもあった。

今回もそうだと思ったのである。

しかし、玄関の戸を開けると、暗がりの中に小肥りの男の姿があった。その背後に背のひょろ長い色黒の男がおずおずした様子で立っていた。

「城野さん、笹岡です。運動具店の……」

城野は笹岡をよく知っていた。義父の友人の弟であった。妻の実家に遊びに行った時、遊びにきていた笹岡と一度会ったことがあった。

「夜分、すいません」

と笹岡は頭を下げてから、うしろにいる男を促《うなが》して座敷に上がった。

二人を通してから、城野は改めて連れの男を紹介された。

「私の店で働いている小沢といいます」

と言ってから、急に声をひそめて、

「実はこいつが妙なものを目撃しましてね」

と厚い唇を動かした。

城野は思わず湯飲みを持つ手を止め、横にいる小沢という色黒の男に目をやった。小沢は軽く頭を下げた。実直そうな若者だった。

「詳しく話してください」

城野は座り直して、笹岡と小沢の顔を交互に見つめた。育代は遠慮して、隣の部屋に移っていた。

笹岡に催促され、小沢が口を開いた。雫石川の鉄橋を三人組の若い男が渡っていったという話であった。時間はきょうの午前十時過ぎだという。

「鉄橋から川の中に何かを落としたというんだね」

相手の話が終わって、城野は食いいるように小沢の顔を見つめながらきいた。

「申し訳ありません。お知らせが遅くなりまして。なにしろ号外をみたのが九時頃だったんです」

笹岡が言い訳をするように言った。

翌日、城野は捜査本部に顔を出すと署長に小沢の話をした。

「時間からいって犯人の可能性が高いと思います。ぜひ、川底をさらってください」

署長は城野の話に身を乗り出した。県警から派遣された警視に訴え、川ざらいをすることになった。

川ざらいは大がかりに行なわれた。雫石川にかかる鉄橋下に麦藁《むぎわら》帽子と白い半袖シャツという恰好《かっこう》の男たちが大勢集まっていた。川の真中に船を漕《こ》ぎ出し、地元の青年団が数人、川の中に入った。強い太陽の陽差しが川面に反射している。蒼《あお》い空に入道雲。川原には葦《あし》がときおり吹く風に揺れていた。

作業を始めてから二時間経った。進展はなかった。捜索する場所は鉄橋の真下から徐々に川下のほうに広がっていた。犯人が何を落としたのかわからないのだ。水に浮かぶものだったらとっくに下流に流れさってしまっているだろう。しかし、重いものだったとしたら、川底に残っているのではないか。

作業班の中から諦《あきら》めの声が出始めたのは、太陽が大きく傾いた頃だった。

捜査本部員と並んで作業を見守っていた店員の小沢は、作業員が何かを見つけるたびに身を乗り出していたが、次第に泣き出しそうな顔つきになっていた。自分の一言が、こんなおおごとになるとは思っていなかったのである。

結局、鉄橋を境に合流する北上川の川底まで捜索したが犯人に結びつくようなものはみつからなかった。この付近は急流であった。もっと川下に流されてしまったのかもしれない。

城野は捜査員が引き上げた後も、河原に立っていた。盛岡市街に陽が落ち、赤く空を塗り始めていた。岩手山の雄大な姿は薄い闇の中にあった。やっと、引き上げようとした時、子供たちが鉄橋で遊んでいる姿を見つけた。城野は思いついて、子供たちを大きな声を出して呼んだ。

城野は小沢の見た男三人が犯人に間違いないと確信していた。勘である。捜査には経験からくる勘というものが重要だと城野は思っていた。

翌日の捜査会議の席で、城野は発言した。

「犯人は犯行後、明治橋の下で一晩を過ごし、明るくなって、鉄橋を渡ったのです。鉄橋を渡っていったのは十時過ぎですから、まさに犯人の逃走経路とみることができます」

二十七日午前十時二十五分頃、盛岡駅から三人の若い男が仙台まで切符を買ったことが判明した。三人とも帽子を目深《まぶか》に被《かぶ》り、ひとりは六尺（約一八一センチ）近い大男で、ひとりは中肉中背、もうひとりは肥った男であった。駅員は初めて見る顔だと言った。

三人が乗った上野行きの汽車は十時三十分発である。仙台まで四時間二十分……。

捜査会議で、この三人組について意見が分かれた。

まず、所轄署の係官に代表される考えである。

「三人組は犯人に間違いないと思います。まず土地の人間がたまに鉄橋を渡ることがありますが、貨物列車がやってくることは知っています。その時間は避けるでしょう。また、旅行者だとしても変です。鉄橋を渡った時間が十時過ぎとすると、旅行者はどこから来たというのでしょう。仙北町一帯の旅館をたずねても該当の人物は宿泊してなかったのです。やはり犯人と考えるべきでしょう。犯人は仙台まで行ったのです。そこから東京へ行ったか……」

しかし、県警の警視はこう反論した。

「もし鉄橋を渡っていった三人組が犯人なら、なぜ三人で行動をともにしたのか。三人での行動は人目につく。電車に乗るまで一緒に行動している。この三人を犯人グループと断定するには早計のような気がする」

しかし、この三人組の捜査に反対はしなかった。

金を持った犯人たちはどこかの温泉で豪遊でもするのではないか。捜査本部は仙台を中心とした温泉地に手配書をまわした。

城野は浅倉時計店の店員川野達夫の出身地滝川村に向かった。滝川村は盛岡市の隣の村である。警察の車に乗り、盛岡市内から市街地をぬけ滝川村に入ると、あたりの風景は一変した。小さな農家が点在し、城野の目に映るのは黒い土ばかりであった。

城野が一本柳《いっぽんやなぎ》駐在所に着くと、若い巡査が次のような報告をした。

「実はですね。三日前に村の若者三人が東京サ行ぐって出ていったンです」

その巡査の話によると、その三人の若者の一人が川野達夫の近所に住んでいたということだった。

大正に入ってからも東北地方は大凶作に見舞われている。草木も枯れ、田畑から何も得られず、餓《が》死《し》するものも多かった。滝川村には餓死供養塔が建てられている。

不況と凶作で、男は出稼ぎに、若い女は遊廓に身を売るしか他になかった。三人の若者も、東京に働き口を求めて出かけたというのであった。

村山喜三郎《むらやまきさぶろう》、出島昇吉《でじましようきち》、平田育夫《ひらたいくお》の三人である。いずれも、二十一歳から二十四歳までである。みな貧しい農家の次男、三男坊であった。リーダー格は年長の村山喜三郎とみられた。

八月の初めであった。福島県警から三人組の手配の結果が届いた。先月の末に、手配の三人組らしい若い男が飯坂《いいざか》温泉で豪遊していったというのであった。

城野は署長に頼んで、福島に行かせてもらった。

城野は三等車の固い座席に座っていた。列車は山並を抜けて、長いトンネルに入り、やがて福島についた。

「福島、福島」

駅員の声に、城野は網棚から小さな荷物を下ろし、他の降車客の後にしたがった。

ホームには飯坂署の肥った警部補が迎えてくれた。純朴そうな四十過ぎの男だった。最後にホームに降りた城野に、ゆっくり近づいてきて声をかけたのだった。

「いかがしましょう。これから温泉の方へ行ってみますか？」

警部補がきいた。

「はい。お願いします」

城野は頭をさげた。改札を出ると、若い巡査が待っていた。

城野は巡査に連れられて、警察の車で飯坂温泉に向かった。

『しまや』という大きな旅館に三人組が宿泊したのである。それも二日間、芸者を上げどんちゃん騒ぎをしたのだ。ただし、芸者と遊んだのは六尺近い大男と小肥りな男で、もう一人の女のようにやさしい顔だちの男はいつも塞ぎこんで部屋からあまりでなかったという女中の話であった。

三人組は三日後に旅館を出た。付近の聞き込みの結果、三人組は東京に向かったと思われた。

東京市神田《かんだ》周辺で、村山喜三郎に似た六尺近い大男を目撃したという情報に、城野が東京に向かったのは八月中旬であった。

城野にとって長旅は初めてであった。盛岡から出張してきた城野を迎えたのは神田署の白根《しらね》警部であった。

白根警部は四十六歳で大きな体であった。城野の説明にも熱心に耳を傾けた。犯人を憎んだ。根っからの警察官という印象を城野は持った。城野は白根と一緒に聞き込みをしてまわった。三越《みつこし》や白木屋《しろきや》や松屋《まつや》などの呉服店、ハイカラな建物など、城野は東京の街並に圧倒されどおしであった。城野ひとりでは、とうてい歩き回ることができなかった。

しかし、城野は二日後に白根に見送られて虚《むな》しく上野駅から盛岡に帰った。白根警部はホームで列車が発車するまで立っていた。

3

大正十二年八月三十日、東京市神田区淡路町《あわじちょう》の古沢《ふるさわ》質店を訪れた大下《おおした》はつは玄関が閉まっているので裏にまわった。知人の古沢とくを訪ねたのだ。裏玄関には錠《じょう》がかかっていなかった。そっと中に入ってみた。屋内は雨戸が閉まっていて電灯も消えているので真暗であった。大下はつは神経痛の足でゆっくりとした仕種《しぐさ》で台所に上がると、戸の隙間かられる外のわずかな明かりを頼りに電灯のスイッチを探した。途中、何かが足に当たった。けたたましい音がした。床に鍋が落ちていたらしい。何度か探す手が空を切った後、電灯のヒモにあたった。ヒモをひくと、一瞬鈍い光が狭い台所を浮かびあがらせた。

大下はつの目に乱雑な台所が飛び込んだ。真中に台所用品が散らばっていた。急激にはつの体温が下がっていった。冷たい氷を全身に押しつけられたような寒気がした。

はつは深呼吸をしてから、奥へ進んだ。台所の明かりが届かない暗がりの中に、黒いものがみえた。横たわっている。目を凝らしてみると、人の形をしていた。

「古沢さん、とくさん」

はつは古沢質店の女房の名前を呼んだ。震えた声だった。はつはもう一歩近づいた。足が滑りそうになった。たたみの上に何かこぼした跡があった。濡れた感触が足から伝わった。はつはしゃがみ込んで足の裏をさわった。手にぬるぬるしたものがついた。しばらく、はつは自分の手をすかし見ていた。そのうち、あっと叫んだ。血だったのだ。

大下はつは古沢質店を飛び出すと、真向かいにあったそば屋に飛びこんだ。

警察が到着したのは通報から三十分後であった。

現場は市電神田停留場から百メートル路地を入った格子造りの質屋で、外にガラスケースを出して、質流れ品を陳列している。紺の暖簾《のれん》を入ると、二間四方の土間で、正面に木枠の柵《さく》で仕切られた帳場があった。

警視庁の捜査機構は大正十年六月にそれまで警務部の一課だった刑事係を刑事部に昇格させていた。この刑事部には、捜査係の他に鑑識課が置かれた。それまでほとんどが捜査官の勘や足に頼っていた捜査から、指紋、写真等を利用した科学捜査に切り替わっていったのである。

現場の惨状は思わず目をおおうばかりであった。

古沢質店の主人古沢吾一《ごいち》、五十五歳、妻とく、五十歳、さらに娘夫婦と十歳になる男の子まで惨殺されていたのである。

主人の吾一は奥の六畳間の寝室で、後頭部、側頭部を鈍器で殴られ絶命、妻とくは胸部と腹部を鋭利な刃物で刺されていた。さらに娘夫婦は二階で、これも全身を滅多突きにされふとんの上で折れ重なるようにして死んでいた。その傍《かたわ》らで、十歳の男の子が絶命していた。

悲惨な光景に、白根警部は思わず握り拳《こぶし》を作り、思い切り空《くう》に向かって振り下ろした。

犯人に対する怒りが全身にこみあげたのだ。さらに、親戚の家に出かけていて難を逃れた吾一の八十近い母親が、「きっと、天罰が下る」と孫の遺体を抱きしめながら叫び、その夜、庭の桜の木で頸《くび》を吊って自殺した。

隣に住む新興宗教の信者である老婆《ろうば》は通りの真中に出てきて、

「犯人に天罰が下る。天が懲《こ》らしめる！」

と、絶叫した。

それがこの事件を不気味なものにした。

現場に残された犯人のものと思われる遺留品はタタミの上の足跡だけであった。足跡は三種類が検出された。

十文半（約二十五センチ）が二つと十一文（約二十六センチ）である。十文半が二つというのは、足跡の運動靴とみられるゴム底の波状が別メーカーのものだったからである。

鑑識の報告書を見た白根警部は、とっさに盛岡で起きた時計店強盗殺人事件を連想した。長年の勘である。

捜査技術も科学捜査を取り入れ、近代的に変わっていたが、それは従来の警察官の勘がまったく不要かというとそうではない。直感的な漠然たる勘は不必要だが、合理的な過去の経験に裏づけされた勘や推理は、どんなに科学捜査が発展したとしても不変なのだ、と白根は思っている。科学捜査の資料と経験に裏づけされた勘が捜査の基本である、と白根は若い刑事に諭《さと》していた。

ただ、勘というのは合理的な説明がつくものではない。神田質屋強盗殺人事件の犯人と、岩手県で発生した時計店強盗殺人事件の犯人が同一だという根拠がどこにあるのか。白根にも明確な答えを出せなかった。

犯行の手口の酷似《こくじ》、犯人は三人組、また時計店強盗殺人事件の犯人が東京に逃走した可能性があること。さらに、盛岡の事件から約一ヵ月が経ち、奪った金で豪遊すれば金を遣い果たし、同じような犯行を繰り返したという見方もできる。そういった要素が入り混じった上での勘であった。

さらに、白根警部の推理を補強する資料が捜査員の足によってかき集められてきた。

警視庁の腕ききの捜査官が質屋強盗殺人事件に投入されている。神田周辺の聞き込みが進められていくうちに、神田署に設けられた捜査本部にぞくぞくと情報が入ってきたのだ。

まず、近所の主婦が、古沢質店の周りを数日前からうろついていた三人の若い男を目撃していた。一人は大きな男で古沢質店の前をいったりきたりしていたという。あとの二人は中肉中背の男とずんぐりとした男だという。その主婦は、事件前日にも大男を見かけていたのである。

そして、そば屋の出前持ちの女の子も三人連れの不審な男を目撃していた。やはり大男と、中肉中背の色白の男と小肥りの男であった。ともに二十代前半に見えたと言った。彼女は、若者の声をきいていた。古沢質店の前を通りかかった時、三人の男は店の近くでひそひそ話をしていたというのである。東北訛《なまり》だったと、捜査官に答えた。

白根はそれらの報告を聞いて、体の底から震えのようなものが起こった。間違いはないと思った。盛岡の時計店強盗殺人犯と同じ人間の仕業だ。

白根は岩手署の城野という刑事の顔を思い出した。純朴そうな男であった。正義感に燃えた目をしていた。

城野が東京の警視庁にやってきたのは八月の中旬であった。時計店強盗殺人の犯人は途中、福島の飯坂温泉で豪遊し、その後東京にやってきた、と城野は言った。単に地方の人間という以外に、純真な正義感にあふれた人間に白根には思われた。

白根は城野と気があった。東北の警察の刑事といった印象ではなかった。

「私はあんな残虐な犯人が許せないンです」

そう言った時の目は光っていた。

その翌日の夜行列車で城野は盛岡に帰っていった。上野駅まで見送った白根は、列車の発車時間に間があったので、城野を上野の地下の食堂に誘った。

定食を食べ終わった後、城野は、

「北上川の川底を探して何もでなかったンですが、鉄橋を渡っていく三人組を目撃した店員があの時、鉄橋で遊んでいた子供たちを見ていたンです。ひょっとしてと思い、あの鉄橋で遊んでいた子供たちを探しました」

と城野は扇子《せんす》で顔を扇《あお》ぎながら喋《しゃべ》る。食事をした後で汗がなかなかひかないのだ。

「私の思った通りでした。三人の若い男が鉄橋を渡って姿を消した後、河童《かっぱ》とあだなのある男の子が川の真中まで泳いでいってもぐってこれを見つけたンです」

と、城野は扇子を置くと、ズボンのポケットからハンケチに包んだペンダントを取り出した。

白根はそれを受け取って、調べるように見た。桜の花型のペンダントである。裏に何か文字がカタカナで刻印されていた。

「何と書いてあるんでしょうね」

白根はペンダントを返して言った。

「おそらく、犯人の恋人の名前かもしれません。大事に持っていたンですからね」

城野はペンダントを手にして言った。そして、

「残念なことに指紋は検出されませンでした」

城野は掌《てのひら》に置いたペンダントを見つめながら、

「私はきっと犯人を捕まえてみせます。あんな残虐な犯人はいませン」

白根警部は城野の顔を思い出しながら、盛岡署に電話を入れた。妙ななつかしさが漂った。二日間しか一緒にいなかったのに、白根は自分でも不思議な気がした。城野のような男ともっと話がしてみたかった。

交換を呼び出し、相手の電話番号を言ってから長い時間待たされた。

その間、白根は暑苦しい部屋でいらいらしながら待った。やっと、相手が出たのは五時過ぎだった。

城野の声を聞いた時、白根はなぜかほっとした。その声が白根の心の奥に染みたのである。あの純粋な目を思い出していた。鬼警部と呼ばれた白根にしては珍しい、いや、初めての体験であった。なつかしさから込み上げてくるものがあった。

「白根さん、どういたしました」

最初の挨拶《あいさつ》だけで絶句した白根に、城野が不思議そうな声をだした。

「いや、なんでもありません」

あわてて白根は言って、

「さっそくですが……」

と、自分の不覚を恥じるように、用件に入った。

「盛岡で起きた時計店強盗殺人事件の犯人の三人組について教えて欲しいのです。まず人相風体はひとりは六尺近い大男、ひとりは小肥り、そしてもうひとりは中肉中背ということで間違いないのでしょうか?」

「そ、その通りです」

城野の興奮した様子が受話器を持つ白根にも伝わってきた。

「何か、何かあったんですか?」

城野は息もつかさずきいた。

「そちらの強盗殺人事件と同じような手口の強盗殺人事件が起こったのです。私のカンでは同一犯人の犯行ではないかと思うのです」

「ほんとうですか?」

城野はうわずった声で、

「行きます。私が行きます。私が東京へ……」

「あなたが? そちらは大丈夫なのですか?」

出張許可が下りるのかという意味であった。しかし、城野は、

「たとえ休暇をとってでも行きます」

と声を張り上げた。

白根はなぜか電話を切り難《がた》かった。もっと彼と話していたい、彼の声が聞きたいという

思いが責め立てた。女々《めめ》しい、と白根は自分の気持ちを断ち切って電話を切った。

（俺も年なのか……）

今年四十六歳になる白根は涙もろくなった己《おのれ》を寂しい思いでふり返った。

白根は机から離れると、裏庭の見渡せる窓辺に向かった。板敷の床がみしりと音をたてた。窓の外は真赤な夕陽だった。東京市全体が落日の赤い色に染まっていた。こんなに赤い夕陽を見たのは初めてのことであった。異様であった。白根の胸にわけのわからない不安が兆《きざ》した。

白根の感傷は、捜査係の部屋に飛び込んできた捜査官によって破られた。犯人の動きがわかったのである。

警察は神田区、日本橋区、本所区、浅草《あさくさ》区一帯の旅館に聞き込みに走った。さすが警視庁であった。八月三十一日の夕方には三人組が宿泊していた旅館を見つけたのである。日本橋区小舟町《こぶなちよう》の『あけぼの旅館』であった。女将は三人の人相を聞いて、確かにうちに宿泊していた客だと答えた。

三人は二十五日から一週間の約束で泊まったのだと答えた。三人はこの旅館を根城に、獲物を物色していたのだ。

犯人の似顔絵が作成された。捜査本部は活気づいた。

その夜遅く、犯人が本所、向島方面に逃げたことが確認された。

4

九月一日は雲間から朝陽がのぞいたかと思うと、やがて強風混じりの強い雨が降った。風が強かった。上空を覆っていた雨雲が強風に吹き飛ばされると、太陽が顔をのぞかせる不安定な天候であった。湿度は異常に高く、空は雨雲に覆われることが多かった。

仮眠室から出てきた白根は、朝陽の周りに異様な雲をみつけた。まるで、太陽を包みこむように見えた。

夏休みが終わり、きょうから二学期だった。学校へ通う学童の姿があった。

白根はゆうべ家には帰らなかった。夕方にいったん帰宅したが、それは着替えを取りにいくためであった。

朝八時過ぎ、薬の行商人が吾妻橋《あづまばし》の派出所に駆け込んできた。質屋殺しの犯人と思われる三人組と一緒の旅館に泊まりあわせたというのであった。

本所区吾妻橋の旅館『伊勢屋《いせや》』の玄関を捜査官がまたいだのは、午前九時だった。『伊勢屋』は吾妻橋の近くにあった。頭の薄い丸顔の主人が、

「この三人ならたった今出発しました」

と、似顔絵を見つめて答えた。

三人組が『伊勢屋』を出発したのは八時半頃であった。三十分前である。犯人を追いつめたと、白根は気持ちがたかぶった。

宿帳には、村川三郎《むらかわさぶろう》他二名とあった。偽名である。三人の体の特徴も一致した。

警察は本所区、浅草区、下谷区《したや》一帯に非常線をはったのである。社会的反響の多い残虐事件に警察は必死であった。

三人組の目撃者が現れた。植木職人が隅田川沿いを歩いている三人組を見ていたのである。さらに、寺島町《てらじままち》の下駄屋の主人が店の前を急ぎ足で歩いている三人組を見ていた。

捜査官は寺島地区に駆けつけた。白根も向かった。

〔私はあんな残虐な犯人が許せないンです〕

盛岡署の城野の声が耳に蘇《よみがえ》った。

おそらく犯人は犯行後、東京駅か上野駅に出ようとしたが、すでに手配がすんでいて、しかたなく本所まで引き返したものと警察ではみた。

白根は早く犯人を捕まえ、城野と会った時にはうまい酒でも呑もうと思った。城野にいい知らせを与えたいと思った。そう思う分だけ心がせいた。

雨雲が忙《せわ》しく走っていた。そのたびに雲の切れめから太陽がのぞいた。またしても、白根は理由のはっきりしない不安に襲われた。心臓の鼓動が激しくなった。

十一時五十八分。白根は吾妻橋を渡りきった所だった。突然、白根は地面が動くのを感じた。それも一瞬のことで、ドーンという大音響がしたと思うと、あっと言う間もなく激しい揺れが白根を襲った。目の前を歩いていた老婆が倒れた。悲鳴が上がった。地面が上下に揺れているのだ。白根は立っていられなかった。這《は》って、吾妻橋の欄干《らんかん》にすがりつこうとした。白根の体に老婆がすがりついた。白根は老婆の手を取り、引きずるようにして欄干までたどりついた。

揺れがやんだ。白根は初めて体に圧迫を感じた。老婆が白根の腰にしがみついていたのだ。老婆は腰をぬかしていた。手をふりほどこうとしたが、老婆は目をつむり強い力で白根にしがみついたままだった。

道路を見ると、看板が倒れ屋根瓦が地面に落ちて砕けていた。四つん這いになった人々もようやく立ち上がろうとしていた。不思議なことに大勢の人々がいるのに声を出す者は誰もいなかった。恐怖のため声が出せないのだ。

白根はようやく納得した。昨日からの不吉な胸騒ぎの正体はこのことだったのだ。

ハッと気づいて白根は大声を出した。

「おおい、屋根の下から離れるんだ！　早く！」

その声が聞こえないのか、誰も彼ものんびりとしていた。白根がもう一度、口を開きかけた時、再び大揺れが起こった。地面が上下左右に揺れ、白根ははじき飛ばされた。這いつくばった目の前に屋根瓦が落ちてきて割れた。顔に激痛が走った。砂塵《さじん》が起こったのか周囲の景色は隠れた。

本震であった。激しい揺れは二、三分も続いたかと思った。まさに、天変地異であった。

ようやく揺れが収まって、白根は体を起こした。軒並、家屋は倒壊していた。老婆の姿が見えなかった。

「おばあさん、おばあさん！」

白根は大声で呼んだ。そして二、三歩、歩き始めてからウッと呻《うめ》いて立ちどまった。右脚のもの辺りに、肌をひき千切られたような痛みが走ったのだ。あわてて、脚を見ると、瓦の破片が突き刺さっていた。

地震発生は昼どきであった。どの家庭も昼食の支度で火を使っていた。

地震発生と同時に、各所から火の手が上がったのだ。強い余震とともに、火の手は人々を不安の極致においやった。

道路は逃げまどう人々で混乱した。

5

盛岡署の城野貞男が盛岡を出発したのは九月一日の早朝だった。

三等車はかなり込み合っていたが、城野は窓際の座席に座ることができた。列車はゆっくりと東京に向かった。

残暑が厳しかった。蒸し暑い日であった。空には不気味な黒い雨雲が強風に吹かれ移動していた。

城野は黒い雨雲の中に、強盗殺人犯人の影を見ていた。とうとう第二の犯行を引き起こしたのだ。またも残虐な犯行である。やつらは人間じゃない、と城野は思い出すたびに怒りがこみ上げてくるのだった。今度こそ捕まえ獄門台に送ってやる、と城野は思わず握り拳に力をこめた。

それにしてもゆっくりとした列車の動きであった。

仙台に着いたのが十一時五十五分であった。城野は網棚から鞄《かばん》を下ろし、妻が用意してくれた弁当を取り出した。握り飯であった。

発車のベルが鳴り始めてすぐ城野の体が揺れた。前の席の婦人が、地震よ、と連れの男に言った。かなり長い地震であった。

その時の城野は、まさか東京があのような惨状になっていようとは思いもしなかった。

城野が東京に大地震が起きたことを知ったのは、列車が宇都宮《うつのみや》に着いた時であった。

——東京は火の海。

という話が車内の乗客に伝わった。途中から乗り込んできた乗客がニュースを運んできたのだ。

しかし、噂というものは面白おかしく尾鰭《おひれ》がつくものである。

――五千人近い人間が家の下敷きになって死んだらしい。

城野はそんなことがあるはずはないと思った。五千人もの人間が一遍に死ぬなどということは大変なことである。話はどんどん大きくなって伝わるものだ。城野は東京の災害に不安をつのらせながらも、それほどおおげさには考えていなかった。


地震が収まった後、深川《ふかがわ》の洲崎《すさき》遊廓内から出火、さらに本所区内の各所からも火が出て、住民は本所横網町《よこあみちょう》にある元陸軍被服廠跡《ひふくしょうあと》の空地に避難した。白根は方向を失って歩いている時、偶然、相生《あいおい》警察署の署員が住民を被服廠跡に誘導しているところに出会った。

被服廠跡は東京市が軍から払い下げを受けた二万坪の空地であった。将来は公園などの建設予定地だった。

白根は相生署員に協力して住民を被服廠跡に誘導した。しかし、住民は大八車に家財道具を積めるだけ載せていた。

白根は、持ち物は少なくと説得したが、住民は他人が家財道具や畳までも家から持ち出しているのを知ると、自分たちも家にとってかえして家財道具を運び始めた。

三時を過ぎて、被服廠跡に避難した人々の顔にもようやく白い歯が見えるようになった。恐怖が薄らいでいったのだ。

白根も一息ついた。すると、自分の家族のことが気になった。白根の家は世田谷《せたがや》だった。あいつのことだ、ちゃんと子供たちを守っているだろう、と白根はしっかり者の妻を思った。

それにしても、まったく予期せぬ出来事であった。神田で発生した質屋強盗殺人犯人を包囲し、逮捕寸前だったのだ。犯人もどこかに避難したのだろう、と白根は空地を埋めつくした何万という人々の群れに目をやってつぶやいた。

落ち着くと、顔や手足、特に右脚のものもの傷が痛んだ。

群衆の中には笑顔も蘇った。

しかし、本当の悲劇、惨状がやがてやってくることを人々は想像さえしていなかったのである。

相生署員に連れられ、救護班の看護婦の手当を受けた白根は、包帯の巻かれた脚を引きずってテントから出た。その時、白根は東の方の空を見て顔をひきつらせた。黒い雲の塊が迫ってくるのだ。地鳴りのような不気味な音が近づいた。

「なんだあれは！」

誰かの叫び声がした。それから悲鳴。

「竜巻だ！」

白根も心臓が凍るほどの恐怖に襲われた。みるみる間に、竜巻は迫ってきた。

あたりが一瞬暗くなり、荷物や人間が空中に舞い上げられ落下した。

竜巻は火のついた柱や板を運んできた。その火が被服廠跡に運びこまれた荷物に引火し、方々から炎が上がった。

大群衆が逃げまどった。竜巻で空中に吸い上げられ地面に叩きつけられる者、倒れた人間の背中を踏みつけて逃げまどう人々。凄惨《せいさん》な光景であった。

6

城野が上野にたどりついたのは九月三日の昼頃であった。

途中で足止めをくい、列車も赤羽《あかばね》でとまり、あとは歩いてやっと着いたのであった。

東京は廃墟と化していた。茫然《ぼうぜん》と城野は焼け野原をみていた。その荒野に住まいを失った大勢の人々が避難していた。

上野に浅草方面からの火が燃え移ってきたのは一日の夜になってからだった。つい半月前にやってきた同じ東京とは信じられなかった。広小路《ひろこうじ》の方に歩いていくと、松坂屋《まつざかや》がきれいに焼け落ちていた。公園に足を向けると、公園の樹木も焼けて無残な姿だった。日本橋方面が見わたせせた。ほとんど焼け崩れていた。

城野は瓦礫《がれき》をかき分け、神田まで歩いた。須田町《すだちよう》から日本橋にかけて目抜きの大通りには老舗の建物やハイカラな西洋館などが軒を並べていたが、今はすべて焼失し、その面影はなかった。三越、白木屋、松屋などの呉服店や丸善《まるぜん》なども焼けていた。

赤煉瓦造りの万世橋《まんせいばし》駅、神田駅、神田明神《みようじん》、小川町《おがわまち》から錦町《にしきちよう》の古本屋街などすべて焼けていた。

神田署の建物は半壊で、署員が忙しく後片づけをしていた。城野は瓦礫を片づけている男に、白根警部の所在をきいた。すると、若い警察官は首を横にふって、ここには来ていないと答えた。

あと何人かにきいてまわったが、白根警部の所在を知っている人間はいなかった。熱心にききまわっていたので、遠くにいた年配の男が、

「確か、相生署の手伝いをしていたそうだから、そっちかもしれないな」

と、声をかけた。城野はその顔がやけに暗いのが気になった。相生署の道順を聞いて、城野は歩き出した。

神田質屋強盗殺人犯について尋ねるのがはばかられた。

両国橋《りようごくばし》を渡ると、惨状は目を覆った。隅田川にたくさんの死体が浮かんでいるのだ。大火から逃れるため群衆は川に飛び込んだのである。人が飛び込んだ後から、また人が飛

び込み、川は人で埋まった。しかし、熱風や火炎が川面をおおい、水につかっていても顔は焼けてしまうのだった。

異様な臭いに襲われた。死臭だ。

城野は身震いがした。

やっと、被服廠跡につくと、いっそうの惨状であった。城野は吐《は》き気がするほどショックを感じた。数万という死体がまるで材木のようにころがっているのだ。

相生署の署員をやっとつかまえて、白根警部についてきいたが、誰も白根警部の行方を知っている者はなかった。

向島のほうに歩いていったらしい、という誰かのあやふやな話だけで、城野は道を聞いて歩き始めた。

本所、向島一帯の被害は甚大《じんだい》であった。しばらく歩いていると、汚れた黒い布を被《かぶ》されて若い女が死んでいるのに目をとめた。その女の腕の中で生後半年にも満たない赤ん坊が死んでいた。城野は布をかけ直してやろうとして、手をのばした。布をつかんだ城野はあまりの布の重さに驚いた。それは布ではなかった。焼けて布のように曲がったトタン板だった。城野はトタンをどけて、どこからかムシロを探してきて母子の体にかけた。

どのあたりに来たのか、城野は見当がつかなかった。下町の木造家屋はほとんど倒壊していた。倒れた家の中からときどき人の顔がのぞいた。

歩き疲れて、城野は足が重くなっていた。

突然、目の前に十人近い男が現れ、城野をとり囲んだ。彼らは、日本刀や匕首《あいくち》や竹棒などを手にしていた。消防団のハッピを着た者、帽子をかぶり、裸の上にシャツをはおった若者、手拭を頭にまいた者、どの顔も若い。たすきをかけ、腰には日本刀をさげている者など、異様な連中だった。

「おい、どこへ行く！」

目の前に立ち塞がった消防団のハッピを着た男が一喝した。城野はいきなりのことでわけがわからなかった。右耳のあたりに竹槍《たけやり》の先があてられていた。

城野は、どこへ行くときかれてもとっさに返事ができなかった。

「きさま、ちょっと教育勅語を言ってみろ！」

別な男が口を出した。

「君たちは何者なンだ？」

やっと城野は声を出した。理不尽な連中だった。いきなり大勢でとり囲んで、横暴な振舞に及ぶことに、城野も腹がたった。

しかし、城野は疲れと興奮から言葉が明瞭に発せられなかった。おまけに、東北弁であった。相手の男は顔を見合わせてから、

「きさま、朝鮮人だな」

目の前にいた男が不気味に笑って言った。

その時、城野は脇から木刀で肩をつかれ、よろめいた。尻もちをついた城野は恐怖を感じた。連中の目は狂っていた。殺気だっている。

「おまえたち、何をするか！」

城野は怒鳴った。その瞬間、背後から頭を殴られ、地面に倒れた。

「俺は警察官だ！」

しかし、相手は日本刀を突き出し、竹槍をかざして迫ってきた。

このままでは殺されると思った。城野は力をふり絞り、起き上がると消防団のハッピを着た男の腰に飛びかかった。

相手の男とともに、城野は地面に倒れた。二人はもみあった。

「殺してしまえ！　やっちまえ！」

仲間は竹槍や日本刀をふりかざしながらはやしたてた。この騒ぎに人が集まってきた。

城野は相手をはね飛ばすと、あとずさりしながら腰のポケットから警察手帳を出し、

「待て！　これを見ろ！　わたしは警察の人間だ」

すると、群衆の中から、

「嘘だ、おまわりから手帳を奪ったのとちがうか！」

興奮していた。城野は殺されると思った。じりじりと男たちが迫ってきた。

(どうしたんだ、この連中は……)

と、城野は寒気がした。

あまりな天変地異に、人の気が狂ってしまったのだろうか。城野はその時、この連中が、朝鮮人襲来のデマに踊らされた民衆だとは知らなかった。

災害が起こった後、流言《りゅうげん》が広まった。初めは、また大地震がやってくる、津波が押し寄せてくる、といった自然現象だったが、九月一日の夕方からの流言は民衆を狂気におとしいれるものだった。

〔社会主義者が朝鮮人と一緒になって押し寄せてくる〕

というものであった。

当時、社会主義運動が活発化し、全国各地でストライキが頻発《ひんぱつ》し、政府と軍部は社会主義運動に対して弾圧を繰り返していた。政府は民衆に対して、社会主義者を国家の敵と宣伝していた。民衆は社会主義者を恐れていたのだ。

また、日本には朝鮮人労働者が各地で働いていた。その朝鮮人が社会主義者と共謀して各地で放火を繰り返し、暴動を起こしたという話が炎の広がるごとくにあっというまに伝わったのだ。そのため、各町内では自衛のため消防団を中心に自警団が結成されたのである。彼らは、手に手に日本刀や竹槍などを持ち、町内の各所で不審な通行人を検閲し、朝鮮人とわかると容赦《ようしゃ》なく殺害したのだ。それは恐怖の現れであった。民衆は、流言に惑わされ、真剣に朝鮮人の襲来を信じたのであった。

朝鮮人は日本人と同じ東洋人であり、見た目には区別がつかない。それで、自警団は、見知らぬ通行人を呼びとめては、朝鮮人かどうか確かめたのだ。

城野は東北弁だった。発音が朝鮮の言葉に似ているように自警団の連中は思ったのだろう。

城野は観念した。妻の顔が浮かんだ。腹の中の子供のことを思った。

ふいに、波が引くように騒ぎが小さくなった。

目を開けると、巡査の姿があった。

「この人は朝鮮人ではない。警察の人間だ」

と、殺気だった群衆に大声で訴えた。口ヒゲをはやした巡査はさきほど相生署で会った榎本《えのもと》巡査だった。連中は悪びれずに、散っていった。

「大丈夫ですか」

と、榎本巡査が声をかけた。

「何ですか、あいつらは。なぜ、帰してしまうンですか？」

城野は激しく波打っている胸を押さえながら言った。落ち着いている榎本が信じられなかった。暴漢を見逃す榎本に腹がたった。

「朝鮮人が暴動を起こしているんで、彼らは気がたっているんですよ」

榎本が答えた。

「朝鮮人が暴動？　まさか。彼らはただ歩いていた私をとり囲んだンですよ。私を朝鮮人と間違えたとしても、私はただ歩いていただけなンです。何もしていない人間を問答無用に殺害しようとしたンですよ。殺人未遂じゃないですか」

いくら城野が言っても、榎本の耳には入らないようだった。

城野は諦めた。いずれにしても榎本のお陰で命が救われたことは間違いないことだった。それにしても、榎本はなぜここに来たのだろうか。

榎本がハンケチを差し出した。城野は遠慮してから、ポケットから自分のハンケチを取り出し口の周りを拭《ぬぐ》った。血がにじんでいた。

榎本は城野が落ち着くのを待ってから、

「城野さんを追いかけてきたんですよ」

と、言った。榎本の表情が一瞬、曇《くも》った。

「私に何か？」

「白根警部の警察手帳が発見されました」

神田署の白根警部四十六歳は、本所被服廠跡で大旋風にまかれ焼死したことが確認されたと、榎本が言ったのである。

城野は絶句した。

「白根警部は避難者を被服廠跡に誘導し、犠牲になったのです」

榎本は目をふせて言った。

大正十二年九月一日十一時五十八分、関東大震災の発生である。大震災による死者は十万人近い。行方不明者も四万名以上である。そのうち東京府における死者は約五万八千名。行方不明者約一万名。なかでももっとも悲惨だったのは本所横網町の元陸軍被服廠跡であった。東京府五万八千名の死者のうち、本所被服廠跡だけで三万八千名の犠牲者が出ているのだ。

その被服廠跡の死者の中に、白根警部が入っていた。

白根警部は自分の家族のことを顧《かえり》みず、避難者の誘導に命をかけたのである。

関東大震災の発生により、警察は強盗殺人犯の追跡どころではなくなった。犯人三人組は災害から逃れ、警察の包囲からも脱出したのであろうか。城野は、三人組に心を残しながら盛岡に帰った。

関東大震災の惨状は城野の目をおおった。しかし、城野にとっては、自警団に殺されかかったことがショックであった。

朝鮮人が押し寄せてくるというデマによって、殺された朝鮮人の数は七千名近いのだ。なかには、盛岡署の城野刑事のように、東北訛のために朝鮮人と間違われて殺された日本人もかなりいた。城野は三人組のことを考えた。城野は自警団に殺されかかったことを思い出し、妙な不安に襲われた。

『東京百年史　第四巻　大都市への成長（大正期）』では、この虐殺事件について、多くの市民が天災地変の厄災を逃れながら不当な故なき人災によって誤解のまま不幸な死を遂げ、朝鮮人暴動というデマと、それに乗った自警団の暴虐は、大正の東京の歴史の、ぬぐうことのできない汚点だと述べられている。

荒川河川敷に埋められている、虐殺された朝鮮人の遺骨を発掘する集会が、東京都墨田区の一小学校教師の手によって開かれたのは、大震災から六十年近い歳月を要した昭和五十七年のことであった。

しかし、発掘が行なわれたが、遺骨は発見できなかったのである。

第二章　訪ねて来た男

1

昭和六十（一九八五）年二月。——

冬の海は遠くに船の明かりが寂しく光っている。半島の突端に車をとめ、室生と亜希子はじっとしていた。カー・ステレオからシベリウスの『ヴァイオリン協奏曲』が流れている。室生の好きな曲であった。室生がスイッチを切った。急激に静寂が襲った。室生は黙ってドアーを押した。

亜希子はすぐに動こうとはしなかった。しばらくじっとしていた。室生の黒い影が崖縁《がけふち》にゆっくり向かった。やっと、亜希子はドアーを押した。

冷たい海風が亜希子の頰《ほお》を打った。コートの襟《えり》もとを押さえ、亜希子は室生に近づいていった。室生は海に向かって立っている。月明かりが室生の背中を仄《ほの》かに浮かびあがらせていた。

伊豆《いず》半島の灯が海のかなたに見えた。汽笛を鳴らして、大島《おおしま》航路のフェリーが熱海《あたみ》港に入っていくところであった。

亜希子は闇に隠れた室生の表情をうかがった。その表情はよくわからないが、きっと長くて太い眉をひそめているのだろう。学問の研究で悩んでいる時は、同じ眉をひそめるにしても目は輝いていた。おそらく今は眉間《みけん》に深い縦皺《たてじわ》が刻みこまれているに違いない。

亜希子は足もとから崩れ落ちるような不安と必死に闘っていた。

室生の微妙な変化に気づいたのは、半年ほど前からであった。二人の交際は人目を避けたものだったが、亜希子に暗さはなかった。それは、室生がいろいろ気をつかってくれたからだった。室生は亜希子のために一流ホテルの部屋を用意していた。ある時は横浜《よこはま》の港の見えるホテルの一室だったり、ある時は都心の超高層ホテルだったりした。ホテルのバーで酒を飲み、それから室生が予約してある部屋に入る。それは室生の好みだったのかもしれないが、亜希子は室生の愛情だと思っていた。女子大の前途有望な助教授という立場から人目を避けることを余儀なくされた亜希子に対し、室生はそういったことで埋め合わせしているのであった。

ところが、半年前から、室生は亜希子に何かの負目《おいめ》を持つように、目を背《そむ》けることが多くなった。

行為の後、室生は亜希子をいとおしむようにいつまでも離さないようになった。そんな時の室生の顔は悲しげであった。亜希子の心をもやさしく愛撫《あいぶ》した室生だったが、よりやさしくなっていた。亜希子は室生の微妙な変化を肌で感じていた。

亜希子はそのやさしさにかえってある不安を感じた。そのやさしさの奥に、未知の室生という人間を見つけた思いがしたのだ。室生の持っている陰の部分を亜希子は改めて見たのである。

きょう室生と会った時、彼は海を見にいこうと言った。「海？」と、亜希子は室生の暗い顔を見つめ返した。室生はそっと顔をそむけた。その時の室生の憂鬱《ゆううつ》そうな顔を見た時、亜希子は平手打ちをくらったようなショックを感じたのだった。

冷たい風が亜希子の髪をなびかせた。すぐ傍《そば》に室生がいる。だが、室生との間に距離感があった。

室生が煙草《たばこ》に火を点《つ》けた。一瞬、室生の暗い顔が炎の中に浮かんだ。厳しい顔であった。

「実は、結婚を申しこまれている」

くぐもった声が風の音に混じって聞こえた。眼下で、波が割れたような音がした。室生はまっすぐ海を見つめたままだった。

「恩ある人の娘さんなんだ……」

煙草が短くなってから、室生が言った。震えた声だった。相変わらず、顔は海に向いていた。亜希子は唇を強くかんだ。そうしなければ涙が流れそうだったからだ。伊豆半島の灯がにじんでいた。

「どうしようもないんだ。君を裏切ることになってすまない……」

室生はあえぐような声を出した。

(別れの言葉なの。私に別れて欲しいと言っているの?)

亜希子は心の中で叫んだ。口を開けば泣いてしまいそうだった。

室生の口から次の言葉が出なかった。やっと、室生が口を開いたのは、フェリーが岸壁にほとんど近づいた頃であった。

「寒くなってきたね。さあ、行こうか」

室生は、初めて亜希子をふり向いた。やさしい言い方であった。しかし、亜希子には、話はすべて終わったという宣告のように冷たく聞こえた。室生は暗い中で亜希子の強張《こわば》った表情を察したのか、すぐ顔をそむけ、逃げるように車に戻ってしまった。

亜希子はまだ海を見つめていた。寒さを感じなかった。

初めて、亜希子が室生の裸の胸に抱かれたのは三年前である。室生は亜希子にとって初めての男性であった。大学の助教授らしく、話の内容もセンスにあふれ、その喋《しゃべ》り方も知的な風貌《ふうぼう》によくマッチしていた。

亜希子はどちらかと言うと地味なタイプであった。商業高校時代もおとなしく目立たない方だった。しかし、室生と交際するようになってから、友人からは、きれいになったとよく言われた。室生と初めて結ばれた翌日、銀行の同僚から、「きょうの、あなた、とてもきれいよ」と言われた時、亜希子は思わず顔を赤らめたことがあった。もちろん、室生との仲は友人にも打ち明けていなかった。恋の告白をしたいという誘惑を抑え、室生の意志に従ったのだ。それは、独身の女子大助教授という立場を考慮してほしいという頼みであった。

室生浩一郎は昭和二十五年生まれだから、今年三十五歳である。あまり自分のことを語らないが、両親は離婚し、彼は母親の実家で育てられたようだ。室生の頬のあたりにときどき現れる暗い翳《かげ》は、そんな環境からきているのだろうか。しかし、常に何かを思索しているような陰影の濃い顔だちの中で眼は輝いていた。

眼……。初めて室生に会った時、亜希子はその眼にひかれた。室生の二枚目的な顔だちのなかで、眼は異質なものを当てはめたようだった。切れ長の美しい眼だが、野獣を思わせる眼の輝きだったのだ。

確かに、室生と交際してから亜希子は目覚めたように美しくなっていった。銀行の同僚から、結婚を申しこまれたことも何度かあったし、窓口で客の若い男性から交際を求められたこともあった。当然、見合い話もいくつかあった。中には、いい条件の縁談もあったが、亜希子はすべて断ってきた。

ようするに、亜希子は室生との愛を着実に育ててきたと思っていた。それが、はかない錯覚だったと思い知らされたのだ。さきほどの室生の言葉で簡単に終わってしまう愛だったのか。亜希子は海に向かって首をふった。涙が頰を伝わった。

その時、背後で大きな音がした。室生がクラクションを鳴らして呼んでいた。亜希子はハンケチでそっと涙をふくと、車に戻った。

東京に向かう車の中で、亜希子は魂のぬけがらのようだった。

「君に何かプレゼントしたい。ふたりの思い出に……」

室生がハンドルを操りながら言った。

（いや、そんなものいらないわ。あなたと別れるなんてできない！　私は、あなたの奥さんになることだけを夢に描いていたのです！）

室生に向かって、叫びたいことがたくさんあった。しかし、亜希子は自分の心とは別に、どこかさめた部分があった。なぜ、もっと取り乱さないのか。亜希子は自分でもわからなかった。

「洋服？　それともバッグがいい？」

室生が言った。黙りこんでいる亜希子に、室生はいろいろ気をつかって言葉をかけてきた。どんなやさしい言葉であっても、実体のない愛の言葉は虚《うつ》ろに亜希子の体をすり抜けるだけだった。

「シベリウスのレコード……」

亜希子は無意識に言った。

「シベリウス？」

室生が意外そうな声を出した。それから、戸惑ったような声で言った。

「もっと、他に欲しいものがあるんじゃないの？」

「いえ、浩一郎さんが好きなシベリウスのレコードが欲しいんです」

亜希子ははっきり言った。それが亜希子の室生に対する抗議であった。その言葉は室生の胸を打ったのか、室生はすぐに返事を返さなかった。

車が第三京浜《けいひん》に入ってすぐに、室生は思い出したように、

「おじいさん、お元気なの？」

と、ハンドルを操りながら言った。

「三年前の遺骨の発掘作業以来、お会いしていないけど、よろしく伝えて……」

祖父の恭蔵は、一番、亜希子を可愛がっていたのだ。室生のことは、この祖父だけにはそれとなく話してあった。室生と別れたことを知れば、きっと祖父は悲しむことだろう。

また、亜希子の目から涙があふれてきた。

涙でにじんだ視界の遠くに明かりが揺れていた。

室生は亜希子が泣いていると知って黙った。かけるべき言葉が見つからないのだ。室生は亜希子から目をそらした。

車は首都高速に入り、都心に向かってスピードをあげていった。

2

三月初め、いったん温もりをみせた陽気も厳冬に逆戻りしたようだった。

亜希子の祖父の恭蔵は毎朝、隅田公園まで散歩に出かける。墨田区向島にある隅田公園は元水戸《みと》邸跡であった。隅田川にかかる言問橋《ことといばし》と東武鉄道の鉄橋の間に位置する。付近には向島の花街がある。

恭蔵は、公園の中にある牛嶋《うしじま》神社にお参りするのが日課であった。それは真冬でもかかしたことがなかった。恭蔵は朝早い。冬の朝はまだ夜が明けきらない。凍《い》てつく寒さの中を防寒着に身を包んでいた。恭蔵は今年で八十三歳になる。体はまだ丈夫であった。足だってまだ達者だった。

神社境内《けいだい》には「なで牛」と呼ばれる石像の臥牛《がぎゅう》がある。自分の体の具合の悪いところをなで、そして牛の同じあたりをなでると病気がなおると伝えられている。

恭蔵が、毎朝お参りするようになったのは、三年前の荒川河川敷での、虐殺された朝鮮人の遺骨の発掘に失敗してからだった。あの虚《むな》しく掘られた穴を見た時、自分が殺した朝鮮人の顔が蘇《よみがえ》った。それから牛島神社への毎日の参拝を始めたのだった。

六十二年前のことになる。関東大震災の直後、恭蔵は青年団の役員から武器を持って集まれと言われた。そこで、朝鮮人の暴動を知らされたのだ。恭蔵は信じた。お上の言うことに間違いはないと思ったからだ。自分たちの町を守らねばならないと必死であった。

町角で見張っているとき、朝鮮人らしき男がいた。自警団員の一人が、その通行人を問い詰め、いきなり日本刀で切りつけた。問答無用のやり方であった。一人が相手に傷を与えるたびに、まわりに集まってきた人々の口から歓声があがった。恭蔵も竹槍を出した。恭蔵は足がすくんだのを覚えている。死体を大八車に乗せ、荒川河川敷に運んだ。荒川河川敷には多くの朝鮮人の死体が転がっていた。ちょうどどこかの軍隊が引き上げていくところであった。それらの死体を石油で焼却し、穴の中に埋める作業をしたのである。

なぜ、あの時、あんなことができたのかわからなかった。ただ、言えることは、殺さなければならないと信じていたことだった。なにしろ自分も若かったし、異様な状況下で興奮していたのだ。殺した後、町内会の役員が、よくやったとほめていたのを思い出す。

恭蔵は朝鮮人を殺した。たとえ、致命傷は他の自警団員の攻撃によるものだろうが、恭蔵が竹槍で突いたのは事実だった。

牛嶋神社から池をめぐって築山《つきやま》の方を抜けると、まだ、造園工事中であり、大きな穴があいていた。朝早いため、売店もまだ閉まっている。恭蔵はこの穴の脇を通って、公園を出て家に帰るのであった。

穴のそばを通る時、恭蔵はショベルカーを睨《にら》みつけてから通る。ショベルカーの容赦《ようしゃ》のない掘削《くっさく》の音を、公園をいつくしんできた恭蔵はいつもにがにがしく思っていた。公園は荒れたままの自然がいい。きれいになるのは結構だが、いかにも人工的になる。人間的なあたたかみがない。恭蔵は昔の公園がなつかしかった。いまもまだ工事が続いている。樹木は破壊され黒い土が山になっていた。

作業員にはなんの罪もないものの、恭蔵の目には工事に携わる作業員たちの陽に焼けた黒い顔が、あの当時の軍隊の連中を思い出させることがあった。

工事は日毎《ひごと》にピッチを速めているようだった。

公園の出口に向かう途中で、恭蔵は足をとめ、穴の中を覗《のぞ》いた。三年前の荒川河川敷の遺骨発掘作業の情景を思い出した。あの時もこうやって穴の中を覗いたのだった。

徐々に、明るくなってきた。どんなに厚着しても、足の底からの寒さは痛いほどであった。耳がすっぽり被《かぶ》るフードでも、顔は冷気にさらされていた。

早く帰って温かいみそ汁をすすろうと、恭蔵は感傷から現実に戻った。さあ帰ろうとした時だった。穴のなかに白いものが光ったような気がした。恭蔵は神経が針でさされたような刺激を受けた。もう少し、穴に近づいて目を凝らした。光ったと思ったのは錯覚だった。しかし、穴の底と側面の壁から白くて細いものが出ていた。

その時、公園の入り口から、ときたま会う老人が歩いてきた。詩人ふうなベレー帽を被った品のいい老人だった。その老人が近づくのを待って、恭蔵は声をかけた。

恭蔵はその老人の腕をとって、穴のそばに引っ張ってきた。そして、穴の中に見える白い物を指さした。老人は大きくかがんで覗きこんだが、やがて恭蔵を見て首をふった。はっきり見えないというのだった。

しかし、恭蔵は納得しなかった。朝鮮人の遺骨が出たのだと思った。そう思うと体中が興奮のため震えだした。夢中で穴に下りようとした。ベレー帽の老人があわてて恭蔵の腕をつかんで止めた。穴は大きく深い。それに足場も悪い。恭蔵はとられた腕を振りきろうとした。あの白い物が、昔自分が埋めた朝鮮人の遺骨のような気がしたのだ。もみあう二人の足下から、砂利《じゃり》が穴の中にずり落ちた。小石が白い物のそばに落ちた。

恭蔵は夢中で穴の中に下りた。いや、滑り落ちたといった方がいい。穴の底に仰《あお》むけになって倒れた。腰や背中をしたたか打ちつけた。恭蔵は痛い体を起こし、一部はみ出している白い物の周囲の土を皺だらけの手でかき分けた。夢中だった。指先から血がにじんだ。土は固過ぎた。するとベレー帽の老人が上から棒を放ってくれた。恭蔵は棒を握り土に何度もさした。土が一握りずつ削られていく。

次第に手の形がはっきりしてきた。なおも夢中で掘った。腕が現れ、脚が出てきた。白骨だった。

静かな朝は警察官によって踏みにじられた。ベレー帽の老人の通報により、冬の日の朝は異常な熱気になった。

「朝鮮人の遺骨だよ！」

恭蔵は興奮して、若い刑事に言った。向島署の津山《つやま》刑事である。二十代後半だろう。

「朝鮮人？」

津山刑事は不思議そうな顔つきできさかえした。

「そうだ。関東大震災の時、自警団に殺されて埋められた朝鮮人の骨だよ」

「おじいさん、ばか言っちゃだめだよ。関東大震災なんて大正時代のことだろう？　この白骨はそんな古いもんじゃない」

と、津山は興奮している発見者の老人に言った。

白骨がすべて掘り出されたのは十時過ぎだった。

掘り出した白骨は泥まみれだった。頭骨、下顎骨《かがくこつ》、肩甲骨《けんこうこつ》、肋骨《ろっこつ》二十四本、脊椎《せきつい》……等、ほとんどの骨は揃って見つかった。

検視の結果、頭骨の左右に大きな亀裂骨折ができていた。古くなった骨は朽《く》ちて生前に骨折したものか見分けは難しいことがあるが、この場合はあきらかに生前に損傷を受けたものであった。大きな傷であり、これが致命傷であろう。

つまり、この白骨は殺害されたものであった。では、いつごろ殺されたのか。検視では死後二十年くらいという結果が出た。死因は頭部打撲による脳損傷で、凶器は堅くて丸い棒であろう。たとえば、野球のバットである。

推定年齢は七十前後である。男性で、身長一・六五メートル前後。

さらにT大法医学部教室にこの骨の鑑定を依頼した結果も、検視の所見とほぼ一致した。

死後経過が二十年ということは、とっくに時効を過ぎている。殺人の公訴時効は十五年だ。しかし、鑑定結果はあくまで推定であり、被害者を調べ、事件の全容は捜査しなければならない。

この付近は昔からの住人が多いが、最近はマンションが増え、流入者も多い。しかし、二十年前ということになれば現在と状況も違うだろう。それに、七十前後の年齢の被害者だとすると、この近辺の人間の可能性が高い。警察は当時の行方不明者を当たった。ところが、反応はなかったのだ。

津山は聞き込みをしながら、やはり被害者はどこか別な場所で殺されて、あの公園に運ばれたのだと思った。

津山刑事は二十八歳で、父も元警視庁の警部であった。本当は検察官を目指していたのだが、大学四年の時、父親が殉職《じゅんしょく》し、それから父の遺志を継いで警察官の道を選んだのである。父親の津山警部は銀行強盗の人質を助けるため自ら命を投げ出したのである。父を亡くした母は、津山が警察官になることに反対したが、最後は父の後を継ぐことを納得してくれた。

被害者の身元の捜査は難航した。なにしろ二十年前である。当時の行方不明者を片端から当たってゆくしかなかった。津山は昭和四十年前後の家出人捜索名簿を丹念に探した。

二十年前に埋められたと思われる白骨死体が見つかったというニュースは、新聞にも報道された。それは、発見者の葉山恭蔵が虐殺された朝鮮人の遺骨だと騒いだためであった。そのことが新聞で紹介されたのである。

――三月三日午前七時三十分頃、墨田区向島一丁目の隅田公園の工事現場から白骨死体が発見された。発見者の葉山恭蔵さん（八三歳）は関東大震災のおり虐殺され埋められた朝鮮人の遺骨だと主張したが、鑑定結果によると、白骨は約二十年前のものであり、朝鮮人の遺骨とはまったく無関係であった。

この新聞記事が被害者の身元判明の手がかりとなったのである。

3

葉山亜希子は、母から、

「おじいちゃんが隅田公園で白骨を発見したのよ。それから、ちょっと変なの」

と、心配そうな電話をもらった。亜希子は湯島天神に近い場所にアパートを借りている。

祖父は、あれは絶対に自分が埋めた朝鮮人の骨だ、とうわ言のように言っているらしい。亜希子はその言葉を聞いて胸を痛めた。それは祖父が六十年以上も引きずってきた過去だったのだ。

三年前の発掘作業で、遺骨は発見できなかった。

約六十年の歳月は大きかったのか、祖父が確信を持って示した荒川河川敷の場所から遺骨は発見されなかったのである。そのことが祖父には相当なショックだったようだ。

亜希子は向島の実家に行った。

亜希子は祖父の様子を痛ましげに見つめた。祖父は奥座敷でぼーっとしていた。

「お医者さんはショックからくる虚脱症だというの。安静にしてやるのが一番らしいわ」

と、母は亜希子に言った。

（おじいちゃん、室生さんと別れたのよ）

亜希子は心で祖父に訴えてから、実家を出た。駅に向かう途中、亜希子は公園にまわってみようと思った。縄を巻いた街路樹の寒々とした風景。濃いグリーンのオーバーコートの下の形のよい脚は黒い革のブーツに隠れている。亜希子はその足を公園に向けた。

煙草屋の前の通りを横断し、公園に入ると、すぐ工事現場にさしかかった。

工事は再開されていた。しかし、白骨が発見された穴はまだそのままのようだった。

黒い土がむき出しであった。樹木が無残に切り倒されている。

亜希子が穴に近づきかけた時、先に人がいるのに気づいた。さっきからそこにいたようだった。いままで気づかなかったのが不思議なくらいであった。女である。じっと手を合わせている。亜希子は立ち止まって、女の様子を見ていた。

ショートヘアーの色白の女性だった。二十二、三歳くらいだろうか。女の足下に花があった。被害者の身内の方かしら、と亜希子は思った。

女の合掌《がっしょう》が終わるのを待って、亜希子は近づいて行った。女はびくっとしたように目を向けた。丸い目が脅《おび》えたように亜希子を見ている。素朴な感じの女性だった。

「失礼ですが、ここで発見された方のお身内の方でいらっしゃいますか？」

亜希子は声をかけた。女はぎごちない素ぶりでうなずいた。

「身元がわかったのですね。よかったわ」

亜希子はえくぼを作って言った。改めて見ると、女は可愛い顔をしていた。

「失礼ですけど、お名前は？」

女は一瞬ためらったようだったが、

「城野由貴《ゆき》と申します」

「城野由貴さん……ね。この方はあなたのおじいさまかしら」

亜希子はきいた。被害者の失跡時期が二十年前だとすれば、由貴は記憶にないのではないだろうか。由貴は穴にちらっと目をやってから、

「祖父だと思います」

答えた後、由貴は今度は問い質《ただ》したげな目つきで亜希子を見た。

「私は葉山亜希子。よろしくね」

亜希子は自分を紹介した後、

「あなたのおじいさまを発見した葉山恭蔵の孫にあたるのよ。きょうは、祖父のところに寄った帰りに、ここに来てみたの。そしたらあなたがいたというわけなの」

「そうだったのですか」

由貴は笑みを見せた。

「あなたはどちらから？」

「盛岡です。私は県庁に勤めています」

亜希子は由貴としばらく立ち話をした。

その時、土の山の陰から人影が現れた。三十前の、長身の男である。その男は亜希子に会釈《えしゃく》してから、由貴に向かって、

「もうよろしいですか？」

と、きいた。

「じゃあ、戻りましょうか？」

男は亜希子に頭を下げてから、由貴を促《うなが》した。

亜希子はその場に残って、去っていく二人を見つめていた。


向島署に城野俊一《しゅんいち》と娘の由貴がやってきたのは白骨の発見から三日後のことだった。

俊一は六十過ぎの小肥りな男だが、娘の方はまだ二十代前半のようだった。二人は、盛岡から出てきたと言った。

津山刑事が俊一親子の応対をした。津山は応接室に俊一と由貴を招じ、上司の井上《いのうえ》課長とともに二人の話をきいたのであった。

「隅田公園で発見された白骨死体は、どうも父の城野貞男の気がします」

と、俊一は話を切り出したのである。俊一は、盛岡市内の銀行を数年前に定年退職し、現在はその銀行の嘱託《しょくたく》であると言った。末娘の由貴は、県庁に勤めている。

「父は昭和三十九年に突然、東京にでかけると言ってそのままだったんです」

俊一は言った。

「私は祖父のことはあまり覚えていませんが、私をとても可愛がってくれたそうなんです。その祖父が行方不明になったのは私が三歳の時でした。昭和三十九年十一月です。それきり、二度と戻ってこなかったんです」

脇から、由貴が目を伏せて言った。俊一は娘の言葉にうなずいていた。

津山は由貴の顔から、視線を父親に移してきいた。

「東京のどこに出かけたのかわからないのですね？」

「ええ。父は何もいいませんでしたから」

「東京にお知り合いは？」

「いません。ただ、知り合いといえば、昔、神田署にいた白根警部の奥様と年賀状のやりとりはしていたようです」

「神田署の白根警部？」

「はい。白根警部は関東大震災の時、殉職されたと父から聞いたことがあります」

俊一は答えた後、すぐにつけ加えた。

「父は昔、盛岡署の警察官でした。捜査で東京に来た時、白根警部と懇意になったと聞いたことがあります」

津山は、城野が警察官だったと知って親近感を覚えた。

「で、城野貞男氏の体の特徴はわかりますか?」

こんどは、課長の井上が確かめた。

俊一の話によると、城野は身長一・六五メートル。当時、七十二歳……。

盛岡署の協力を得て、城野貞男がかかった歯科医のカルテにより、隅田公園で見つかった白骨死体が城野貞男であることがはっきりした。

被害者が判明したことにより、殺害された年もほぼ推定できた。昭和三十九年である。被害者が東京にやってきてから、故郷に何の連絡もせず、東京で生活していたとは考えられない。したがって、三十九年十一月頃に、被害にあったと判断していい。つまり公訴時効は十五年であるから、今から二十年前のこの事件は犯罪として成立しないのである。

それから、数日後、由貴がひとりで祖父の死んだ場所に花束を持ってやってきたというわけであった。津山が現場まで彼女を案内したのである。公園から引き上げる途中、津山は由貴に尋ねた。

「あなたはどうして白骨死体が見つかっただけで、おじいさんの骨だとわかったのですか? 二十年前の白骨ということで、そう思われたのですか?」

「それもあります。でも、発見された方が、朝鮮人の遺骨だと信じているという記事が祖父と結びついたのです」

「ほう、朝鮮人の遺骨とおじいさんのことが結びつくのですか？」

「祖父は関東大震災の直後、東京に来たことがあるのです。その時、朝鮮人と間違われて殺されそうになったそうです。その話を父から聞いたことがありますので、なんとなくそう思ったのです」

由貴は答えた後、

「祖父の思い出は三歳の時しかありませんが、私にはやさしいおじいちゃんでした。由貴という名前もおじいちゃんがつけてくれたのです。お願いします。たとえ犯人を罰することができなくても、犯人の正体だけは知りたいんです。犯人を見つけてください！」

由貴の訴えに、津山は顔を背けた。すでに時効とわかった事件の捜査である。形ばかりの捜査をするだけだろう。

「だめなのですね？」

由貴が津山の顔を見つめて言った。

「時効ってなんなのですか」

由貴はつぶやくように言った。

「祖父は殺されて二十年間も冷たい土の中に埋められてきたのです。どうして祖父を殺した犯人を捕まえることができないんですか」

「……………」

津山は言葉がなかった。

「私には納得できません。たとえ、犯人を捕まえることができなくとも、犯人の捜査だけはして頂きたいんです」

「できるだけ、やってみますよ。だから安心してください」

殺されたのは、元警察官なのだ。津山は自分たちの大先輩を殺した犯人に憤《いきどお》りを覚えた。由貴のためにもできる限りの捜査はしてみようと思った。

二人はいったん、向島署の前に戻った。

「きょうはどうなさるのですか？」

と、津山はきいた。由貴の寂しそうな目があった。

「このまま盛岡に帰ろうと思っています」

送っていくという津山の申し出を断り、署の前で、由貴は津山と別れた。去っていく由貴の後ろ姿を、津山は見えなくなるまで見送った。

4

五月中旬。

国電総武《そうぶ》線は隅田川を渡るとすぐ両国駅である。両国の地名は、武蔵国《むさしのくに》と下総国《しもうさのくに》をわけていた隅田川に両国橋が架けられたことによっている。両国駅を降りると、ホームから国技館の緑青色の大屋根が見える。今年の初場所から国技館の場所が蔵前《くらまえ》から両国に移ったのである。ちょうど、大相撲夏場所が行なわれており、幟《のぼり》が初夏の風にはためいていた。

両国駅から国技館の前を通り、しばらく行くと旧《きゆう》安田《やすだ》庭園がある。安田財閥の総帥安田善《ぜん》次郎《じろう》の豪邸であった。隅田川の水をひいた汐入回遊式庭園で、江戸時代は丹後《たんご》宮津《みやづ》藩の下屋敷であった。明治時代に安田善次郎の所有となり、その後東京市に寄贈されたのである。

旧安田庭園の隣の横網町公園に都慰霊堂がある。

東京は過去に二度の災害を体験している。大正十二年の関東大震災、昭和二十（一九四五）年の東京大空襲である。いずれも、本所、深川など下町地区は最大の被害地であった。その二つの大災害の犠牲者を祭るため、慰霊堂が建てられたのである。毎年三月十日と九月一日には、平和と平安の祈りを込めた大法要が営まれている。

国技館を素通りし旧安田庭園を横目にして、ひとりの男が横網町公園に向かった。スマートな体つきで、紺の背広を着ていた。三十代の初めといった感じであった。

男は横網町公園の木立の中にある慰霊碑の前に立った。関東大震災で故なく虐殺された朝鮮人犠牲者の慰霊碑である。碑には『この歴史永遠に忘れず』とある。しばらく経《た》って、男は慰霊堂に入っていった。

天井の高い建物である。他に人はいなかった。ひんやりとした空気が男の全身をつつんだ。壁には、大震災の悲惨な状況を描いた油絵が掲げられている。

男はその絵を見て、それから脇の説明文に目をはわした。

〔被服廠跡〕

――この慰霊堂の敷地付近は、元陸軍被服廠跡であって空地となっていたので絶好の避難処となり、各方面から集まったため立錐《りっすい》の余地もなかった。午後三時頃延焼してきた猛火はここも襲い火に包まれ煙りにまかれ、一瞬にして三万八千の人々が悲惨な犠牲となった。遺体は十数日かかって露天火葬し焼骨は山と積みあげてあったので、ただ合掌するより言葉はなかった。

〔浅草北部〕

――浅草公園の北部、新吉原《しんよしわら》付近の惨状で火災に追われた避難者が庭の池へ集中して、遂に池を埋め折り重なった下の人は溺死《できし》し上の人達は炎によって焼死する事になり、惨鼻《さんび》を極めた。

〔翌日の悲嘆〕

――地震のあと各地から発生した火は延々と燃え拡がったので火に追われた人々は夜中

逃げまわって、翌朝になり自分の居住地を探してみると、家、屋敷や財宝は全部灰となり、家族の内には退避できないで無残にも焼骨となっていた。

〔自警団〕

――焼跡には残り火が真暗闇を照らすだけで、流言飛語《りゅうげんひご》はどこからとも無く飛び、不穏な情勢であったので、市民は各自に自警団を組織し焼跡を警して永年住みなれた居住地を護った。

男は油絵を熱心に観て、慰霊堂を出た。そして、関東大震災の展示室に向かった。その男は東京の人間ではないようだった。いかにも地方から出てきたように、地図を片手にボストンバッグを抱えていた。

墨田区横網町にある墨田区役所にひとりの男が現れた。角顔《かくがお》でやさしい顔だちだった。どこかおっとりとした性格が、穏やかな目もとからもうかがえるようだった。さっきまで都慰霊堂にいた男である。都慰霊堂から墨田区役所まで、わずかな距離であった。

受付にいた窓口係は、案内表示板の前できょろきょろしている紺の背広姿の男に声をかけた。すると、男は窓口係の座っている机の前まで近づいてから、

「三年前に荒川河川敷で、虐殺された朝鮮人の遺骨の発掘作業があったのですが……。その件でいろいろ調べているのですが……」

と、たずねた。中年の窓口係は、真面目に男の話を聞いてから、

「ええ、ありましたね。確か、『遺骨を発掘し慰霊する会』といった名前のグループが行なったものですね。結局、遺骨は発見されなかったのですよね」

と、答えた。男は窓口係がこの件に関してよく知っているので安心したようだった。

「当然、発掘にあたっては許可を得て河川敷を掘ったのでしょう?」

「そうでしょうね。かってに掘るわけにはいきませんからね」

「当時の発掘作業の調査報告書があれば見せていただきたいんですが……」

「待ってくださいよ」

と、窓口係は男を制してから、

「荒川は一級河川ですから国の管轄なんです。墨田区はただ借りているという形ですから関係していませんね。ちょっと待ってください」

と、窓口係の男性は親切に目の前の電話をつかんで、内線番号をまわした。

「ええ、荒川河川敷の管理です。えっ、建設省……」

窓口係は電話口で喋りながら鉛筆でメモ用紙に書き込んでいた。男はそばでじっと待っていた。

ようやく電話を切ると、今書いたメモ用紙を男の前に差し出して、

「荒川の管理は建設省なんです」

と、言った。

男はメモ用紙を見た。

〔建設省関東地方建設局、荒川下流工事事務部〕

とあった。さらに電話番号も記してあった。

「そちらできいてみていただけますか。許可願いはそちらに出ているはずです」

男は区役所を出ると公衆電話を探し、そこから建設省関東地方建設局に電話を入れた。

「どんな御用でしょうか?」

電話の相手がきいた。

「三年前に荒川河川敷で、虐殺された朝鮮人の遺骨の発掘作業がありましたね。その作業報告書を見せていただきたいのですが……」

電話の相手は困ったような声で、

「作業報告書ですか。ちょっと、お待ちください」

電話の向こうから人の気配が消えて、耳には微《かす》かな雑音が届いた。男は青信号で動き出す車の流れを見ながら、片手でポケットからハンケチを取り出し額《ひたい》の汗をふいた。電話ボックスのガラス窓を通過した強い陽差しが顔にあたっている。

「もしもし、お待たせいたしました」

ようやく、電話に声が戻った。

「三年前ですからね。担当の人間も代わっちゃっていましてね。それで今、別な部署に異動になった当時の担当者にきいてみたんですが、作業報告書は出ていないらしいです」

「ないんですか？」

男はがっかりしたような声を出した。

「うちには、報告書を出してもらう必要はないんですよ。掘った場所を元通りにしてもらえればいいわけですから」

電話の相手は早口で言った。男は納得できない気持ちだった。が、すぐ気を取り直して、

「それでは、許可願いを見せていただけますか？」

と、頼んだ。それで引き下がるしかないと男は思ったのである。

「許可願いですか？」

「ええ、当然、そちらに発掘の許可願いは出ているんでしょ？」

「ちょっと、お待ちください」

再び、電話口に人の気配がなくなった。その間、再び男は公衆電話ボックスの中から車の激しい通行を見ていた。後ろをふり返ると、電話ボックスの外で中年の婦人が足踏みしながら立っていた。男はその婦人と目があうと、軽く会釈を送った。婦人はわざとらしく腕時計に目をやった。

だいぶ待たされてから、

「もしもし、お電話代わりました」

と、先程と違った声が聞こえた。

「許可願いということですが、それはどういう目的でご覧になるわけですか？」

意外な返答に、おやっと思った。

「どなたが許可願いを出したのか、その方の連絡先を知りたいのです」

男は答えた。しかし、相手はつき放すように言った。

「許可願いは当然、出ているんですが、それらは保存していないんです」

「えっ？　保存していない？」

「三年前ですからね。それに、うちには保存の義務はありませんから。河川の一時使用だと、なにしろ、年間百何件という河川の使用許可願いが出てくるんですよ。キャンプだとか、花火大会だとか、いちいち管理していられないのです。当時の担当の人間にも聞いたんですが、『慰霊する会』の人というだけしか、記憶していないんです。その者が言うには、当時の新聞記事を調べた方がいいのではないか、ということですが……」

男は電話ボックスの外で待ちくたびれている婦人の姿を横目に、

「その後、『慰霊する会』からは発掘の許可願いは出てないんですね？」

「ええ、出ておりません」

男は大きくため息をついて、電話を切った。背後で、ガラスを叩く音がして、ふり返るとしびれを切らした婦人が目をつりあげてにらんでいた。

5

長い梅雨《つゆ》が明けると、太陽もそれまでの鬱積《うっせき》をはらすようにカッと照りつけた。暑い夏が始まったのである。連日の熱帯夜であった。

一学期の終業式が終わり、いよいよ明日から長い夏休みに入るという日、墨田区本所にある花島小学校の職員室によれよれのボストンバッグを提げた三十代前半の男がやってきた。純朴そうな細身の男だった。

「横田先生、いらっしゃいますか?」

その男は入り口に顔をのぞかせて、近くにいる教師にたずねた。若い教師は、席に座ったまま奥に向かって、横田先生、と大声を出した。すると、庭に面した窓際に座っていた中年の男が顔をあげた。

横田伸彦はT大国文学科を卒業し、昭和三十三年に教師になった。昔気質《かたぎ》の質実剛健な教師であった。

横田が入り口に顔を向けると、男が立っていた。三日前に学校へ電話を寄こした人間に違いないと思った。虐殺された朝鮮人の遺骨の発掘作業のことでおうかがいしたいと言っていた。

　横田はすぐに立ち上がった。入り口まで行くと、男は腰を低く頭を下げた。声の印象と会った第一印象は隔《へだ》たりがあまりなかった。

　横田は男を職員室の脇にある簡単な応接室に案内した。

　ソファーに腰を下ろす前にその男は胸のポケットから名刺を取り出して、

「先日はお電話で失礼しました。わたし、宗田《そうだ》と申します」

と、言った。横田が名刺を見ると、

〔青葉《あおば》電子　研究開発室　宗田康司《こうじ》〕

と、あった。会社の住所は、仙台市一番町《いちばんちょう》となっていた。

「突然、押しかけまして申し訳ありません。横田先生のお名前は新聞で拝見しておりました。もっと早く、お目にかかりたかったのですが、なかなか東京に出てくる機会がなくてきょうまで経ってしまいました」

　宗田と名乗った男は、二ヵ月ほど前、墨田区役所を訪れ、そして、建設省関東地方建設局の荒川下流工事事務部に電話をかけた男だった。

　朴訥《ぼくとつ》とした話しぶりであった。三十を一つか二つ出たくらいだろうか。好感のもてる印象がした。

「荒川河川敷の発掘作業の記事ですね？」

と、横田がきいた。

「はい。朝鮮人虐殺の遺骨を掘り出すという作業に興味を抱きました。実は、わたしもその事件に関心があるんです」

「そうですか」

横田は目を細めて、目の前の素朴な感じの男の顔を見た。しかし、名刺によると、企業の研究開発室にいるということだ。どうして、仙台にある会社の人間が、虐殺事件に関心を持ったのか、横田は興味を感じた。

すると、宗田は横田の心の中をのぞいたように、

「東北の人間がなぜ朝鮮人虐殺事件に興味を覚えたかなどと、不思議に思われるかもしれませんね」

と、言った。そして、一呼吸おいてから、

「わたしは朝鮮人虐殺そのものより、朝鮮人と間違われて殺された人々のことに関心があるんです」

「…………」

「仙台出身の詩人が、若い頃、関東大震災に遭《あ》い、朝鮮人と間違われてあやうく殺されかかったということが、その詩人の自伝に出ていました。その詩人は、それに懲《こ》りて東京に

二度と戻らなかったそうです。私はその本を読んでショックを受けたのですよ」

関東大震災の悲劇は、災害の被害とともに、その後に起きた悪質なデマ、いや官憲に煽《せん》動《どう》された民衆の悲劇でもあった。朝鮮人が暴動を起こすというデマのもと、市民が作った自警団が朝鮮人を虐殺したのである。さらに、悲劇は東北から東京に出てきた人々にも及んだ。彼らの喋る東北弁は、パニックに陥っていた東京の人間にとって朝鮮語と聞き分けがつかなかった。彼らは朝鮮人と間違われて、自警団に殺されたり、あるいは殺されかかったりしたのである。

東北の人間にとって、痛ましい歴史であろう。横田は宗田を見ながら思った。

「荒川河川敷には、朝鮮人の遺骨ばかりでなく、間違われて殺された日本人の遺骨も埋まっているに違いありません」

横田は、おとなしそうな宗田の意外な迫力に圧倒された。

「先生、もう荒川河川敷の発掘作業は行なわれないのでしょうか？」

宗田が身を乗り出してきいた。

「さあ、難しい状況にありますね」

横田は首をふり、ため息をついてから口を開いた。

「前回の発掘作業の失敗は場所がずれているか、掘った深さが足りなかったからでしょう。しかし、場所の問題となると、現在コンクリート護岸になっている場所でしょうから、それを崩さないといけない。また、穴をそれ以上掘るにしてもどのくらい掘ったらよいのか、それに深く掘ることは河川の保護上の問題も出てくるらしいのですよ。埋められているという確実な証拠がないと、なかなか許可が下りないんでしょうね」

さらに、横田は顔をしかめ、

「何しろ震災から今年で六十二年が経ちますからね。あの当時、十五歳の方でも現在は八十歳近いでしょう」

「証人がいれば何とかなるのでしょうか?」

いきなり、宗田が口をはさんだ。気負ったような声だった。

「証人といっても、当事者つまり自警団に入っていた人々はなかなか口を開いてはくれません。目撃者を頼るしかないのです」

「………」

「それに、時間が経っていますし、当時の記憶もさだかではないでしょう」

横田は宗田の顔を見つめて、

「あなたはおひとりでこの件を調べておられるのですか?」

横田の声に、宗田は床においたボストンバッグを持ち上げ膝《ひざ》の上に置いた。チャックを引っ張り、手を突っ込むと紙袋を取り出し、バッグは床に戻した。

「これをご覧ください」

と、宗田は紙袋から大学ノートを取り出し、横田の前に差し出した。

横田は皺の浮いた手で、そのノートをつかんだ。

ノートを数枚めくってみた。書かれた文章の中から関東大震災という語句や朝鮮人虐殺、自警団という文字が飛び込んできた。みると、朝鮮人に間違われて殺された、あるいは殺されかかった人々の記録だった。

「これは、あなたが調べたんですか……」

「自分なりに資料を整理してみました。アトランダムに書いてあります」

横田は興味を抱いて、ノートの文字を見た。なるほど、記述の内容はまとまりがないようだ。

「ほとんど本からの引き写しですが、実際に当事者にお会いしたものもあります」

ノートをめくる横田に、宗田は声をかけた。

横田は大きな見出し部分だけを目でおってみた。

『関東大震災直後の朝鮮人虐殺事件に巻きこまれた日本人について』というタイトルがついていた。

電報配達員が、配達先の住人に殺された話。これは、表戸をたたく声に、朝鮮人が電報配達と偽って押し寄せてきたと勘違いし、裏口からそっと抜け出し、自警団をひき連れてきて殺害。あとで間違いだと気づいた事件であった。

また、聾唖者《ろうあ》が口がきけないために、朝鮮人と間違われて殺されそうになった話。これは横田も知っていた事件だが、次の記述におやっと思った。

盛岡署の警察官が自警団にとり囲まれ、あやうく殺されそうになった話。さらに、東北出身の強盗殺人犯の三人の若者が自警団に殺され、荒川河川敷に埋められたという話が書いてあった。

「あなたは仙台のお生まれなのですか?」

ノートから顔をあげ、横田はきいた。

「いえ、私は北海道の函館《はこだて》です」

横田は意外な顔つきで、再びノートに眼を落とした。

ノートには朝鮮人に間違われ殺された日本人の事件について記述してあった。

横田もこのような話は知っている。

麹町《こうじまち》署管内で二人の日本人殺害事件が起きている。麹町だけでなく、各地で続発した。新劇俳優で、現在演出家である千田是也《せんだこれや》は当時学生だったが、千駄ケ谷《せんだがや》で朝鮮人と間違われて危うく殺されそうになったという話は有名である。千田是也は、千駄ヶ谷に住んでいたが、若い者は自警団に出ろと命令され、外を歩いているところをとり囲まれたのである。自分も加害者になったかもしれないという自戒をこめて、センダコレヤ、千駄ヶ谷のコレヤンという芸名をつけたということである。また、戦後に発表された詩人の壺井繁治《つぼいしげじ》は『十五円五十銭』という詩を発表している。怪しい男を見ると、「十五円五十銭と言ってみろ」とどなる。「チュウコエンコチッセン」と発音したら、その場から引っ立てていったという内容の詩であった。「じゅうごえん……」とはいえず、「ちゅうこえん……」となる。それによって朝鮮人と判断しようとしたのである。

ノートの中で、横田が興味を持ったのは、盛岡と東京で起きた強盗殺人事件の犯人が、自警団に殺されたという話であった。

まだ、ノートは続いていた。

「なかなかよくお調べですね」

ノートを閉じてから、横田は感心したように言った。

「いえ、ただ資料を集めて整理しただけです」

純朴そうな男は照れたように頭に手をやった。

「こういった資料を調べていくうち、私は体が震えてきましてねえ。朝鮮人の虐殺事件もショッキングなことですが、私には、日本人それも東北人が殺されたということがショックなんです」

宗田は言葉を切ってから、

「亀戸事件では、大震災の混乱に乗じて旧日本軍が労働運動家を殺害し荒川放水路下で焼却したというのですね。これも酷《ひど》い事件ですが、朝鮮人虐殺の加害者は、たとえデマに踊らされたとはいえ、一般市民なんです。さらに、殺された方にも日本人がいる。普通の人間がまるで人が変わったように同じ日本人を殺し埋めたのです。私はそれを考えるとたまらなくなるのです」

宗田は体を震わせて言った。

「単に朝鮮人の虐殺だけではない。たとえ人数はわずかでも東北人が殺されて埋められているんです。同じ日本人がですよ。だから、ぜひ発掘したいんですよ」

宗田は興奮したのか、うわずった声で続けた。それは、まるで自分の身内が犠牲者の中にいるような感じを与えた。

「お気持ちは私も同じです。私も古老のお話をきいて、遺骨を発掘し慰霊しなければいけないと思ったんですからね」

横田はため息をついてから、

「しかし、三年前の発掘が失敗したため難しい状況なんですよ」

「先生は発掘は諦《あきら》められたのでしょうか?」

「いえ、まだ諦めたわけじゃありませんが……」

宗田はうなだれたように下を向いていたが、ふいに顔を上げ、

「『朝鮮人の遺骨を発掘し慰霊する会』というのは、もう解散したのでしょうか?」

と、きいた。

「ええ、その会は解散しました。でも、『日本人を考える会』というものを新たに作って若い方々を中心に活動を続けています」

「じゃあ、もう発掘はしない、ということなのですか?」

宗田は顔を紅潮させて言った。横田は困惑したように、

「いえ、そうじゃありませんが、さきほども言いましたように、再度発掘を国に願い出ることは非常に難しい状況なのですよ。我々は、虐殺で埋められた朝鮮人の方の骨をせめて掘りだし、慰霊してあげたい気持ちは十分あります。でも、それと同時に、もっと大切なことは日本人が同じ過ちを二度と犯さないことでしょう。我々は、関東大震災時の朝鮮人虐殺事件の真相からいろいろなことを学びとらなければならないんです。そういったことも含めて考えていこうということで、『日本人を考える会』という形で活動を続けているのですよ」

「そうなのですか?」

と、宗田は言った後、

「その会には、城南女子大の室生先生も参加しているのですか?」

横田は、おやっという顔つきで、

「あなたは、室生さんをご存じなのですか?」

「いえ、新聞で名前を見た程度です」

「室生さんは、その会の補佐役ですよ」

宗田はうなずいてから、

「その会に一度、私も誘っていただけませんか?」

「それは構いませんよ。むしろそういった方がひとりでも多くいらっしゃることは喜ばしいことですからね」

横田は大きくうなずきながら言った。

横田にしても朝鮮人の遺骨を発掘したいという意志は強く持っている。しかし、六十余年の年月の大きさは想像以上なのであった。

6

『日本人を考える会』の集会は九月の末に千駄ヶ谷区民会館で午後六時三十分から開かれた。十一月上旬の気候ということで寒い雨の日だった。それにもかかわらず、大勢の参加者が神宮前《じんぐうまえ》にある区民会館に集まった。

その日のテーマは案内状によると、「関東大震災時の朝鮮人虐殺を考える」というもので、最初に関東大震災朝鮮人虐殺記録映画『隠された歴史』というビデオテープを見て、次にR大教授の川畑明氏の講演を聞くのであった。今回の集会の趣旨は、一般の人々に参加を呼びかけ、多くの人々に、この問題を知ってもらおうというものであった。

その日、葉山亜希子は新宿の銀行を出ると、途中で夕食をとり、それから千駄ヶ谷区民会館へ向かった。室生との別れから半年経って、亜希子の心からやっと室生の姿が消えかけていたのである。何度か室生に会いに行ったことがある。室生のマンションの近くで、帰宅する室生をじっと待っていたこともあった。夜中に、目がさめ涙を流したことも何度もあった。室生との楽しい日々を思い出しては涙があふれた。いつまでも、めそめそしてはいられないと、何人かの男性と交際をしたが、どうしても室生と比較してしまうのであった。その男性たちに、もとから亜希子をひきつける魅力が欠けていたのか、あるいはまだ室生のことが忘れられないのか、亜希子はわからなかった。

亜希子は区民会館に着くと、すぐに会場に向かわず化粧室に入った。鏡の中に自分の姿を映した。室生の好みだった長い髪をばっさり切ってショートヘアーに変えたのは、最近になってのことだった。軽く口紅をひき、服装の乱れを直した。亜希子は鏡を見つめながら、会場で顔をあわすことになる室生のことを考えていた。まだ、室生を意識する思いは強かった。

会場である和室に入ると部屋はいっぱいであった。参加者は五十名近かった。

学生、主婦、サラリーマン等と会員以外の人々も多かった。三十畳の座敷にテーブルを四角に囲み、用意してあった座ぶとんの数が足りないほどであった。

部屋のとば口に受付があり、そこで参加費を払った。その時、亜希子は受付の横にいた室生と目があった。その瞬間、心臓に針で刺されたような痛みを感じた。室生は何か言いたそうに、じっと亜希子を見つめていた。なつかしい顔であった。胸にこみあげるものがあった。濃い眉、形のよい鼻、自分に熱い息を吹きかけた唇。すべて前と同じであった。しかし、あの頃より風格が出たようだ。自信といったようなものである。亜希子は逃げるように、その場を離れた。

心臓が激しく波打っていた。背中に室生の熱い視線を感じる。空《あ》いている場所を探していると、

「葉山さん」

と、比較的前の方の席から声をかけられた。亜希子がその方に目をやると、花島小学校の横田教諭だった。隣のざぶとんが空いていた。亜希子のために確保してあったようだった。

亜希子は人の間をぬうようにして、横田の隣に行った。きょうの会合は、横田から強い誘いを受けたのである。亜希子はしばらく、このような会合に参加していなかった。

「ごぶさたしております」

と、亜希子は横田の隣に腰を下ろしてから頭を下げた。

「やあ、こちらこそ」

横田も軽く会釈を返してから、

「葉山さん、ご紹介しておきましょう」

と、少し後ずさりして横田の左隣に座っている三十代前半の男を紹介した。

「仙台にお住まいの宗田康司さんです。なかなか熱心にこの問題に取り組んでおられる方ですよ」

と、横田は話した。亜希子が視線を横田から宗田に向けると、宗田が驚いたような目つきで、亜希子を見ていた。不審に思いながら、

「葉山亜希子です」

と、挨拶《あいさつ》すると、宗田はハッとしたように、

「失礼いたしました……」

あわてて、宗田は亜希子から視線をはずした。そのことが、亜希子に宗田に対する興味を起こさせた。確かに、亜希子は男の目をひくようだ。特に、室生と別れてから急に大人っぽくなったと他人から言われるようになった。髪を短くしたせいもあるが、自分でもある変化は感じている。失恋してかえって美しくなったのは、内面的に強くなったからかもしれない。が、今の宗田の反応は他の男が示すものと異質なものであった。宗田は朴訥で、感じのいい青年に思えた。美しい二重の目と長い睫《まつげ》が印象的であった。しかし、どこか暗い感じなのが気になった。

さきほどの驚きは、自分を誰かと勘違いしたらしい。きっと、宗田の知っている人間に似ていたのだろう。それにしても、少しおおげさな表情じゃなかったかしら、と亜希子は思った。その時、亜希子の思考を中断させるような声が部屋に轟《とどろ》いた。

「それでは、これからきょうの会合を始めたいと思います」

この会の幹事役である塩木《しおき》という若い男が開会を告げた。彼は二十六歳で、亜希子と同じ年である。いろいろな支援活動にも参加している運動家であった。

「最初に城南女子大の室生浩一郎先生から、きょうの勉強会の目的を話していただき、その後、ビデオで『隠された歴史』という記録映画をご覧いただきます。その後で今日、お忙しい中おいでいただきましたR大教授の川畑明先生に講演していただきます」

塩木が隣にいた室生に合図すると、室生はうなずいてから口を開いた。室生は『考える会』の補佐役である。亜希子は室生の顔を複雑な気持ちで見つめた。

「――朝鮮人虐殺の事実をひた隠しにする権力とそれを支えた民衆というものに焦点を当て、川畑先生にお話ししていただきます。では、初めに、関東大震災朝鮮人虐殺記録映画『隠された歴史』をご覧いただきましょう」

若い男が立ち上がって、部屋のスイッチを消し、それから、ビデオの操作に入った。

この間、宗田はじっと室生浩一郎の話に耳を傾けていた。亜希子は熱心な人だと思った。

映画が始まった。このビデオは三年前に行なわれた荒川河川敷の遺骨発掘作業を中心に、関東大震災直後の朝鮮人虐殺事件に焦点を当てている。

画面は荒川にかかる現在の四ツ木橋や木根川橋の映像だった。それから、荒川河川敷の発掘作業の場面に変わった。黒い土が掘り返され、穴の底には水が湧き出ていた。ただ虚しい穴だけがそこにあった。その周囲には大勢の人々の残念そうな顔があった。

亜希子は宗田という男の様子があまりに異様に思えたので、気になった。身を乗り出し画面を食い入るように見つめていた。

画面には、集会に集まった人々が映っている。

記録映画はこの後、目撃者の証言や当時殺されそうになった朝鮮人の証言などを交え、悲惨な状況を浮きぼりにしていった。当時あやうく命拾いした朝鮮人と、自警団の一員だった住民が六十年後の今日《こんにち》に、荒川河川敷で手をとりあう感動的な場面で記録映画が終わった。

亜希子は気になって、宗田の様子をうかがったが、ビデオが終わって部屋の電気がついた後、よけいに興奮しているようだった。

続いて、川畑教授の講演である。

『関東大震災時の朝鮮人虐殺と日本民衆――なぜ隠された歴史になったのか――』

というテーマであった。

講師の川畑教授は朝鮮人虐殺の歴史隠しは官憲と民衆の両者によって行なわれたと指摘する。

まず、官憲による歴史隠しから、教科書に現れた関東大震災時の朝鮮人虐殺を見ると、たとえば、出版社Sの『高校日本史』では、

〔――関東大震災の混乱の中で、朝鮮人が暴動を起こしたとの流言飛語が伝えられ、これを信じた民衆や軍隊・警察の手で多数の朝鮮人が虐殺された――〕

という記述である。

この記述では、流言飛語が誰によって流されたのか明示していない。デマは官憲が流したという証拠があるのに、そのことにふれていないのだ。次に記述でいうと、〔これを信じた民衆や軍隊・警察――〕と続く。民衆を先に書いている。あきらかに、民衆に責任を押しつけている。さらに、多数とはどのくらいなのか、二百名か五百名かあるいは一千名か。これについても、現在までの研究では六千名以上と言われているのだ。

これと同じような歴史隠しは民衆側にも見られるのだ。

埼玉県神保原《じんぼはら》にある安盛寺《あんせいじ》に建立された慰霊碑の裏面に刻まれた文をみると、

〔――関東大震災に際し朝鮮人が動乱を起こしたとの流言により東京方面より送られてきた数十名の人々がこの地において悲惨な最期を遂げた。――〕

この地において悲惨な最期を遂げた――誰によって殺されたかを避けている。このよう

な碑を作り、過去の過ちを再び繰り返さないよう、日朝友好と平和を誓うという碑文を作ったことは評価されるところだが、やはりこの地の民衆が直接手を下したということは避け、曖昧《あいまい》にしなければならなかったことに問題がある。

川畑教授の話が終わって二、三の質問がすんだ後で、宗田が発言を求めた。亜希子は驚いて、横田の体の陰から宗田の顔を見た。真剣な表情であった。司会役の室生が指名すると、宗田は立ち上がった。

「ただいまの川畑先生のお話をおききして、問題の一端が明らかになったような気がして、とても有意義でした。しかし、三年前の遺骨の発掘調査でせっかく盛り上がったムードでしたのに、最近世間の関心が薄らいでいるような気がするのです。日本人の特徴といいましょうか、一つのことに熱中し、しばらくしてすぐに熱がさめてしまうところがあります。何年か前に社会的に評判となった、南京《なんきん》での日本軍による虐殺事件も一時的に騒がれただけでした。それと、七三一部隊の件。これらは現在の我々が過去のものと考えているからではないでしょうか。なぜ、過去のものと切り捨てられるのか。それは、加害者側が旧日本軍で、被害者側が中国人だったからではないでしょうか。朝鮮人虐殺事件もまた同様です。被害者側が朝鮮人だからであります。確かに、加害者側は自警団という民間人ですが、当局に煽動されたという事実だけが語り継がれております。煽動された異常事態だったから、やむを得なかったのだという意識です。しかし、本当にそうでしょうか。

たとえデマとは言え、なぜあんな残虐なことが行なわれたのかを考えてみる必要があります。あの事件はたまたま朝鮮人虐殺ということが大きくクローズアップされていますが、実際は一般人による一般人の虐殺事件だと思うのです。関東大震災による朝鮮人虐殺事件は、根拠のない流言により虐殺されたというふうにうたっていますが、加害者側の責任は曖昧であります。

虐殺されたのは朝鮮人だけではない。朝鮮人と間違われて殺された東北の日本人もいます。つまり、日本人による日本人の虐殺事件でもあるのです。いかにデマによって日本人が狂気に走ったか、どうして同じ日本人を虐殺していったのか、そのような日本人の体質がいかに政府に利用されたのか。そういった問題から世間に訴えていく必要があるのではないでしょうか」

宗田がこれほど雄弁で激昂《げきこう》するタイプとは思わなかった。宗田を連れてきた横田教諭も困惑ぎみに下をむいている。宗田という男がどのような人間なのか、亜希子は彼の言うことに耳を傾けた。

が、そこまではよかった。宗田の主張や怒りも、純粋な人間としてのやむをえないイラダチからきているのに違いない。たとえ間違われたとはいえ、東北の人間が同じ日本人に殺されたことに対し、彼は激しい憤りを感じているのだ。

しかし、この後、彼の主張が別の方向に向かった。亜希子は改めて、彼の横顔を見つめた。

「最近、この運動にもう一歩迫力が欠けているように思えます」

宗田は続けた。

「三年前の発掘失敗により、再度の発掘の困難さは非常に大きいものでありますが、以来皆さんの中に諦めのようなものが芽生えているような気がします。もう一度、発掘作業を行なうべきです」

「宗田さん」

と、あわてて司会役の室生が口をはさんだ。

「本日はR大の川畑先生をお招きして、『関東大震災時の朝鮮人虐殺を考える』というテーマでお話をしていただいたのです。発掘作業の件は今回のテーマではありません」

「なぜですか？　当然、発掘作業に結びつくと思いますが」

宗田が反論した。室生は困ったような顔つきで、

「実はこの部屋は九時半までなのです。時間もありませんし、他の方ももっと川畑先生におききしたいことが……」

九時二十分を回ったところだった。しかし、宗田は拳《こぶし》をふりかざし、

「皆さんはどうなのですか？」

と、周囲を見回して叫んだ。

「もう遺骨を発掘することは諦めたのですか。ただ、頭の中で虐殺を考えるだけで、実際に慰霊しようなどと思っていないのじゃないですか」

「あんた！　何を勝手なことばかり言っているんだ」

突然、甲高い声が宗田の声を遮《さえぎ》った。後方に座っていたジーンズとシャツ姿の二十代の男が座ったまま、手をのばし宗田を指で差して怒鳴った。

「発掘作業がどんなに大変なものなのかわかっているのか」

しらけかけた座を救ったのは、館内放送であった。九時半になったから引き上げるようにというアナウンスであった。

会合が終わった帰り、先に失礼するという横田と別れ、亜希子は宗田を原宿《はらじゆく》の喫茶店に誘った。宗田はまだ興奮していた。

コーヒーを飲んで、宗田もだいぶ落ち着いてきたようだった。

「ご迷惑をかけたでしょうか。どうもすいません」

宗田は頭を下げた。

亜希子はコーヒーカップをテーブルに戻してから、

「でも、驚きましたわ。宗田さんがあれほど激昂なさるとは……」

と笑みを作った。

「つい興奮してしまいました」

　宗田は照れたように頭をかいた。が、すぐに真顔になって、

「でも、私はどうしても荒川河川敷の発掘作業を続けるべきだと思っているのですよ」

「あなたのお気持ち、よくわかりますわ。私だって、同じです。いえ、皆さんも同じ気持ちだと思います」

　亜希子は強い調子になって言ったが、軽いため息をついてから続けた。

「でも、難しいことに違いありません。だって、荒川河川敷に必ず埋められているという確かな証拠を見つけなければ国に許可してもらえないでしょう。なにしろ、今度掘るとしたら、三年前より深く掘るか、コンクリートになっている堤防の辺りを掘らなければならないんですもの。相当大がかりな作業になると思います。発掘許可も出にくいと考えるべきじゃないかしら」

「証拠を集めることはできないのでしょうか……」

　ため息まじりにつぶやいてから、宗田は遠くを見る目つきになった。この人は、なぜこんなにも荒川河川敷の発掘に熱心なんだろう、と亜希子は思った。

「今年の三月に隅田公園で二十年前の白骨が発見されましたね？」

　いきなり宗田が言った。話の変化に戸惑いながら、亜希子が、

「ええ、その白骨、私の祖父が発見しました」

と、答えると、

「やはりそうでしたか。さっき、葉山さんというお名前をきいて、発見者と同じ名前だったので、そうじゃないかと思ってました」

「それが何か?」

亜希子がきくと、宗田は亜希子を見つめてから唇を動かした。

「その白骨の主は城野貞男という人で、元盛岡署の警察官でした。城野刑事は、関東大震災の直後、東京に来ていたんですよ。その時、自警団に取り囲まれて、あやうく殺されかかったそうです」

宗田はため息をついてから続けた。

「城野刑事は、強盗殺人犯人を追って東京に来たのです。関東大震災の前々日、神田の質屋に強盗が入り一家を虐殺して逃走した犯人が、盛岡の時計店に押し入った犯人と同一人らしいという情報で盛岡から出てきたのですよ」

「…………」

「その犯人は三人組で、盛岡出身の若者でした。ところが、そいつらは寺島まで逃げてきて、自警団に殺されてしまったのです」

「まあ……」

初めて聞く話であった。

「このことは、盛岡署の捜査記録にも残っていました。問題は、たとえ強盗殺人犯だろうが、東北の人間が朝鮮人に間違われて殺されたという事実なんですよ。ひょっとして、三人組の遺体は荒川河川敷に埋められているのかもしれないのです」

宗田は顔を紅潮させて言った。

この人は、なぜこんなにも、東北の人が殺されたことに憤りを感じているのだろうか。

亜希子は相手の声に圧倒されながら、宗田を見つめていた。

翌日の夕方、午後六時頃、亜希子は横田と一緒に世田谷にある室生浩一郎のマンションに出かけた。

横田に誘われた時、亜希子はちょっとためらったが、結局、つき合うことにした。ゆうべ、区民会館で室生の顔を見た時から、いつまでもこのままではいけないと思ったのだ。

室生は過去の人間なのだ。亜希子は自分に何度もいい聞かせた。

三軒茶屋《さんげんぢゃや》駅前の商店街を抜けると庭に緑の目だつ家が続き、その並びに赤レンガふうのしゃれた建物がある。『アスカコーポ』と門にあった。亜希子の住んでいる下町とはだいぶ趣《おもむき》を異《こと》にしている、静かな住宅地の中にあった。

室生の部屋は六階で、三ＬＤＫの部屋に独りで暮らしていた。

ベルを鳴らすと、しばらくしてブルーの水玉模様のシャツを着た若い女が現れた。胸もとに銀のネックレスがあった。その女は笑みを作って現れたが、亜希子の顔を見ると笑みを消した。豊かな髪が女の顔半分を隠していた。亜希子が驚いてその女を見ると、その女は敵意のこもった目を亜希子に向けた。が、それも一瞬のことで、すぐに隣の横田に視線を移し、再び笑みを作り、

「お久しぶりです。さあ、どうぞお上がりになってください」

と、言った。靴を脱ぐとき、横田が亜希子の耳元で、

「室生さんの婚約者ですよ」

と、ささやいた。

(あの女性が……)

亜希子は、室生の婚約者を初めて見たのだ。国会議員の辰野洋行《たつのひろゆき》の娘で、恵子《けいこ》という名前だということは聞いていた。背のスラリとして異国ふうな顔だちであった。広い額に形の良い眉が印象的だった。理知的な感じである。自分よりもはるかに美人だと亜希子は思った。しかし、気位が高く、ちょっときつい感じで、どこか冷たそうだ。化粧だって濃い。室生は化粧の濃い女は嫌いだと言っていたではないか。違う、と亜希子は思った。恵子という女は室生が好きになる女ではない。不思議なことに、亜希子は恵子によって室生に対する感情を再び引き出されたように心が騒いだ。それは、恵子に対する反発心からであろう。

恵子に案内されて、横田と亜希子は応接間に通された。

奥から室生が出てきた。彼は亜希子もいっしょだったので驚いたようだった。亜希子は室生のボタンを外したシャツの胸もとに覗くネックレスを見て眉をひそめた。銀のネックレスは恵子もしていた。室生はそんなものをするような男ではなかったのに……。亜希子は眼をそらした。

洋間のソファーに、二人は室生と向かいあって座った。窓から涼しい風が入ってくる。六階の窓から池袋のサンシャインビルの明かりが見わたせた。

室生は煙草をくわえて卓上のライターを使った。キッチンの方から茶碗の音がした。亜希子はキッチンの方に眼をやった。恵子が自分の家のように立ちふる舞っていた。

「たまたま、彼女が遊びに来ていましてね」

室生がキッチンの恵子に眼をやってから言った。

「室生さん、ゆうべは失礼いたしました。あのような人を連れていきましして。すっかり、座がしらけてしまったですな」

さっそく、横田は用向きの話を切りだした。

「あの方は仙台にある会社に勤めている人ですが、朝鮮人に間違われて殺された東北の人々について関心を持っているんですよ」

「そのようですね。あの方は朝鮮人が虐殺されたということより、間違われて殺された日本人、それも東北人のことに関心があるようですねえ」

「はあ、東北の人からするとそんな感情があるものなのでしょうかね。ひょっとして、あの人の祖父も間違えられて殺されたのかもしれませんよ……」

横田がつぶやいた。すると、室生は眉を少し寄せて、

「あの人は、かなりそのことを調べているのですか？」

「ええ、ノートを見せてもらいましたが……。ほとんど、朝鮮人に間違われて殺された、あるいは殺されかかった人々のことなんですよ」

「ほう……。変わっていますね……」

室生は答えてから、ちらっと亜希子を見た。室生はさっきから時々、視線を亜希子に移している。そのたびに、亜希子の胸は騒いだ。

「まあ、その他の犯罪についても調べているようですがね。たとえば、関東大震災の混乱で、強盗や婦女子を誘拐して売り飛ばすとか、郵便貯金の証書消失で偽造証書により金をだましとるとか、そういったこともノートに書いてありましたね」

室生はうなずきながら横田の話をきいていた。

「あの人は東北の出身なのですか？」

室生は口をはさんだ。

「いえ、郷里は北海道の函館だそうです。東北の大学に入り、そのまま仙台の会社に就職

したらしいんです」

　横田が答えてから、声を改めて、

「ところで、室生さん、きょうおじゃましたのは他でもない。遺骨の発掘作業の件なのですがね……」

と、言った。

「宗田さんはだいぶ熱心でした。あの人の言うことにも一理あると思うのですよ。宗田さんがあの会に参加したということは何かの啓示かもしれません。この問題を多くの人に知ってもらう意味でも、もう一度、発掘作業をすべきではないでしょうかねえ」

　しかし、室生はすぐに答えようとせず、新しい煙草に火をつけた。そして、

「大震災からだいぶ年月も経過し、当時を知っている人々が少なくなりましたからね」

　室生は煙りを吐《は》いてから言った。

　横田はオヤッといった表情で室生の顔を見つめた。亜希子は室生がだいぶ変わったような気がした。

　もう七年も前になるが、亜希子が初めて会った当時の室生は若く情熱的な青年だった。遺骨を発掘し、ぜひ慰霊したい。そのために、証言して欲しいと、祖父の恭蔵に身を乗り出して訴えたのだ。三年前の発掘作業でも積極的に行動した。あの迫力がまったくない。あれほど情熱を燃やしていたのが、水をかけたように消えてしまっている。

横田が言葉をかけた時、スリッパの足音がした。恵子が紅茶を作って運んできたのだ。

「室生さん」

恵子は紅茶を二人の前に置くと、横田に向かって、どうぞと声をかけた。

「式の日取りはお決まりですか？」

横田が微笑《ほほえ》みながら恵子に言った。恵子は白い歯を見せて、

「まだ、正式には決まってませんのよ。でも、来年の六月頃までには式を挙げたいと思っているのですけれど……」

と、室生の肩に手を置いて答えた。亜希子に対して、いかにもこれ見よがしな態度であった。そして、

「父が盛大にやろうと言ってますので、ほとんど父に任せきりですわ」

と、恵子は言ったが、あきらかに亜希子を意識しての言葉にとれた。恵子は亜希子と室生の関係を知っていたようだ。室生は顔をしかめていた。

亜希子はいたたまれなかった。敗北感があった。

恵子が引き下がると、横田はグッと身を乗り出し、

「あなたは、三年前の遺骨の発掘失敗の後、もっと証言を集め、もう一度、掘ると言っていましたよね」

と、話を続行した。室生は紅茶にブランデーを落とし、カップをとると味わうように一

口を含んでから、

「関東大震災から六十年以上経っているのです。前に発掘して出なかった。今度は出るという保証はあるのでしょうか？　目撃者だってお年を召されてきています。記憶違いもあり、難しい状況にあるんじゃないでしょうか」

「難しいことは最初から承知だったはずです」

横田は大きな声を出した。恵子がこちらの話を聞いていた。室生はいつから恵子とつき合うようになったのだろう、と亜希子は思った。

「虐殺された朝鮮人の遺骨を発掘し、慰霊したい気持ちは誰にも負けませんよ。しかし、その気持ちと現実は別でしょう？」

強張った表情で、室生は答えた。そして、

「三年前の発掘作業では、確実と思われた場所を三ヵ所も掘ったのですよ。でも、出なかった。どうしてだと思います？」

逆に、室生がきいた。

「掘った位置が違ったのでしょう？」

横田が不安そうな声で、相手に確かめるように答えた。

「だって、三人もの証言を集めて掘ったのですよ。彼らは、確信があったはずでしょう？」

「じゃあ、深さが足りなかったんじゃないでしょうか？」

「違いますね。三メートル以上掘ったんですよ。私は、なぜ遺骨が出てこなかったのか、考えましたよ」

室生は眉をひそめて言った。縦皺《たてじわ》が浮かんだ。自分の考えを口に出す前に見せる表情だった。亜希子はその時の室生の顔が好きだった。

室生が亜希子に顔を向けた。亜希子は内心をのぞかれたようであわてた。

「位置でもない。深さでもない。結論は一つですよ。あそこに、遺骨はないということですよ」

遺骨がない、という言葉が亜希子の耳を刺激した。

「どういうことですの？」

それまで黙って二人のやりとりを聞いていた亜希子が、初めて口を開いた。すかさず、横田も、

「だって、証人になった人々は遺体を埋めるのを手伝わされたんですよ」

と、言った。室生は落ち着いた声でしっかりと、

「今まで、黙っていたんですがねえ。私は発掘の失敗について、もう一度、考えなおしてみたんですよ。そして得た結論は、もうすでに誰かによって掘り返されているということなんですよ」

「なんですって?」

横田と亜希子は同時に叫んだ。

「すでに、当局によって掘り返されているということです」

「そ、そんなばかな」

横田は甲高い声を出した。亜希子は声が出なかった。そんなことがあるだろうか。

「いいですか。権力側は虐殺の事実をひた隠しにしてきたのです。危険な証拠をいつまでもほうっておくと思いますか」

室生は声を高めて言った。

「南京虐殺でも、日本政府は虐殺は偽りだ、二十万という人間の虐殺は不可能だと言って否定を始めています。中国での出来事ですから証拠といっても写真でしょう。もし関東大震災当時の虐殺された朝鮮人の遺骨が発見されたら、中国、朝鮮、東南アジアなどあらゆるところから日本に対する非難が浴びせられるでしょう」

「いつ掘り返したと考えているのですか?」

横田がやっと声を出したという感じできいた。

「掘り返すチャンスはいくらでもあった。私は現在から過去にさかのぼって調べてみました。まず、昭和四十四年に新四ツ木橋の工事での事故。もうひとつは、木根川橋の工事です。旧橋より、埋められたと思われる場所に近いところに橋を作り変えています。まず、ここだと思い調べました。結論から言うと、間違いでした。新四ツ木橋工事中の事故だとすると、事故は故意に起こされたものとなります。いかに、権力側の隠蔽《いんぺい》工作とはいえ、死者八名を出すほどの事故を起こしてまでやったとも思えません。それに、あの事故は裁判で刑が確定しています。次に、木根川橋の架けかえ工事ですが、やはり、これも無理でした。工事中に穴を掘って、白骨を運んだと考えたのですが、実際の工事に立ち会った人々はある土木工事会社の下請けです。ただ、この下請けには季節労働者が入りこんでいるので、国に関係する人間が作業員に化けてもぐり込めないこともありません。しかし、労働者の移動は少なかったので、これも見当はずれでした。こんどはさらに遡《さかのぼ》ると、戦争時です。下町一帯は東京空襲で焼け野原になった。その時だと思いました。しかし、私の結論は、関東大震災から遠くない日だと思います。やはりこの作業は軍関係者によって行なわれたはずです」

亜希子も室生の話には衝撃を受けた。横田と亜希子は顔を見合わせた。

「朝鮮人の遺骨が大震災直後に軍によって発掘されたという推測は、当時の新聞記事からもうかがえるのですよ」

室生はそう言うと、立ち上がって奥の部屋に向かった。亜希子は室生の今の言葉にショックを受けていた。横田も憮然《ぶぜん》とした顔つきだった。

室生は資料を抱えて戻ってきた。

「実は、この推理はR大の川畑教授が初めにおっしゃっていたことなんです。この資料も川畑教授からいただいたものです」

室生は横田と亜希子の前に、資料を広げた。当時の新聞記事の切り抜きをまとめたものだった。

〔報知新聞、大正十二年十月十一日〕
――労働運動者等十名、亀戸署で刺殺される。殺したのは習志野《ならしの》騎兵。
――殺害は当然の処置、官憲はかくいふ。
――自警団四名、刺殺さる。労働運動者と同時に。

これは亀戸事件を報じる新聞の見出しである。

亀戸事件は九月三日に南葛《なんかつ》労働会の川合義虎《かわいよしとら》ら八名、さらに純労働者組合の平沢計七《ひらさわけいしち》らあわせて十名が亀戸署に連行されて署内で虐殺されたという事件である。この時、同署内で自警団員四名も殺された。

遺族や弁護士らによる追及に隠しきれなくなった当局が、この事件を発表したのは十月十日であった。

この日以降、遺族や弁護士らによる遺体引取り交渉が開始された。遺体引取りは紆余《うよ》曲折を経て、実現の段階を迎えるが、亀戸事件犠牲者とともに朝鮮人の遺体が仮埋葬されていたことが亀戸署長の口から語られた。この仮埋葬の場所が荒川放水路四ツ木橋から川下に半町（約五〇メートル）ばかり下った堤防の下である。

十一月十三日、この仮埋葬の現場に遺族や、弁護士等が向かうが、憲兵や警官の阻止にあい、現場に近づくこともできなかった。警官による発掘作業が行なわれていたのである。発掘は翌日も続けられた。いずれも大警戒のなかで行なわれた。

この二回の発掘で、朝鮮人の遺骨もかなり掘り返されて運ばれた。

亀戸事件犠牲者の遺体引取りを警察らが阻止した最大の理由は、遺族たちの発掘による朝鮮人の遺体の発覚を恐れたためであろう、と資料は書いてある。

横田が資料から顔をあげた。

「なぜ、あなたはそのことを発表されないのですか？」

「まだ研究の途中だからです。まだ、推測の域を脱してないからです。それに、いまこんな説を言い出したら、一生懸命な若い人たちにショックを与えるでしょうからね」

マンションを出てから駅に着くまで、横田は口をつぐんでいた。ホームで電車を待っている時、横田が亜希子に言った。

「室生さんが、こんど選挙に出るという噂、知っていますか？」

「えっ？　選挙？」

「この次の総選挙に出るという噂があるんですよ。辰野洋行のひきでね。室生さんが自説を翻《ひるがえ》した裏には、別の理由があると思うんですよ」

「別な理由……？」

「もし、発掘して遺骨でも見つかった場合、辰野代議士の立場もなくなりますからね。それに、自分が洋行氏の跡を継ぐ場合でも、自由保守党の中でもにらまれ、マイナスになるでしょうからねえ」

「でも、それだったらなぜ、あの人は研究を続けているのでしょうか？」

「そのことは、よくわかりませんが……。でも、たとえ、何千人という朝鮮人が虐殺されたことを発表しても、遺骨が発見されなければ政府は痛くもかゆくもないんじゃないかな。過去のことだし、あくまでも机上の議論でしかないでしょう」

　横田は息を吸ってから続けた。

「これが、荒川河川敷から遺骨が発掘されたら、政府としても何か手を打たざるをえないでしょう。たとえば、慰霊祭を行なうでしょうね。仮に、政府が何もしなくとも、韓国では大々的に慰霊祭を行なうとか……。ここぞとばかり、朝鮮や中国からいっせいに攻撃の火の手が上がる可能性があります」

「…………」

「室生さんは将来は洋行氏の地盤を引き継いで、選挙に打って出るのは確かですよ。洋行氏は病気がちで健康面を考えても、そう長く政治活動ができないようですからね。朝鮮人虐殺の問題は政府にとっては由々《ゆゆ》しき問題でしょう。もはや、官憲のデマということが定説になっているのです。自由保守党から立候補するとなると、まずいのでしょう」

亜希子は途中から横田の声を聞いていなかった。

（浩一郎さんが選挙に出る……）

室生は政治家になるために恵子を選んだのだろうか。

室生はいつか言っていたことがある。初めて会った頃のことだ。

〔親父の一生はみじめだった。貧乏人の子として生まれ、必死にはいあがってきたが、結局、事業にも失敗し、晩年は寂しい日々を送っていたよ。アパートにたまたま顔を出したらすでに血を吐いて死んでいた。親父の唯一のいきがいはぼくだった。ぼくは親父の遺志を継いで、きっと世に出てみせる〕

室生の時折り見せる暗さは、父親のわびしい最期を垣間見たせいだろうか。しかし、その時の室生の眼はほんとうに野獣のようだった。父親の悲惨な一生が彼を野心家にさせたのか。下町の平凡な家の娘の亜希子は初めから結婚の対象外だったのだ。亜希子は室生のためならどんな協力もするつもりだった。だが、初めから恵子との勝負はついていたのか。

（私とは遊びだったの……）

亜希子は唇をかんだ。じっと涙をこらえたのだ。

7

亜希子は室生が政治家になるために恵子を選んだことがショックだった。政治家になるために、自説さえ覆《くつがえ》そうとしている。三年前、あれほど意気込んでいた室生浩一郎の態度の急変は亜希子に失望を与えた。たとえ、自分から去っていった男であっても、自分の憧《あこが》れたままの室生であって欲しかった。

祖父恭蔵のことを考えた。祖父は、遺骨の発掘を残りの人生の課題と考えているのだ。亜希子にしても、罪もなく殺され、長い間、恨みを呑んで埋められている朝鮮人の遺骨を発掘して慰霊したい、という気持ちが強かったのだ。もし、室生の考えが発表されたら、ますます再発掘のチャンスはなくなるに違いない。

翌日、亜希子の銀行に、宗田から電話があって、明日、仙台へ帰ると言った。亜希子はもうとっくに帰ったものと思っていたので意外な気がした。

「もし、よろしければ今夜お会いできないでしょうか？」

宗田が遠慮がちにきいた。

「ええ、かまいませんわ」

亜希子は宗田の純朴そうな顔を思い出しながら答えた。電話を切った後で、いったい宗田は東京で何をしていたのだろう、と不思議な思いにとらわれた。

その夜、亜希子は宗田と新宿で会った。超高層ビルの最上階にあるパブだった。亜希子が選んだのだ。都心の夜景を、宗田は飽きずに眺めていた。

「一度、おうかがいしたいと思っていたのですが……」

水割りのグラスをテーブルに戻してから、亜希子は宗田の顔を見た。

「一昨日、千駄ヶ谷区民会館で初めてお目にかかった時、宗田さんは私の顔を見て、とてもおどろいたようでした。どうしてですの？」

宗田のやさしい顔だちに困ったような表情がみえた。

「どなたかに似てらしたのかしら？」

亜希子はグラスに手をのばしてきいた。

「はあ、むかし好きだった女性に似ていたんです」

ある間があってから、宗田は小さな声で答えた。

「まあ、どんな女性でしたの？」

しかし、宗田はすぐに答えなかった。新宿駅方面の夜景に目を転じていたので、表情はつかめないが、あまり彼にとって好ましくない話題のように思えた。

「死にました。その女性……」

しばらく経ってから、宗田が小さな声で言った。

亜希子は戸惑ったように宗田の顔を見つめた。髪などにあまり気をつかわないのか、ボサボサ頭であった。身につけているものも、お世辞にもセンスがいいとは言えない。ネクタイの柄も野暮《やぼ》ったい。しかし、それがかえって素朴な宗田に合っているようだった。

宗田は寡黙《かもく》だった。『日本人を考える会』で見せた姿と別人のようだった。しかし、亜希子は宗田のそばにいると、なんとなく気持ちが落ち着いた。それは、宗田から土の匂いを感じるせいかもしれない。

ふいに、宗田が夜景を見たまま、

「室生さんという人は、もう荒川河川敷を発掘する気がないんでしょうね……」

と、つぶやくように言った。その瞬間、亜希子は室生を思い出し、胸が締めつけられた。宗田に気づかれないように、気持ちを落ち着かせてから声を絞り出した。

「室生先生は、もう荒川河川敷から遺骨は発掘され、別な場所に移されたと考えているようなんです」

「………」

「国がすでに、遺骨を掘り出して、別な場所に移していると言うのです」

宗田は恐ろしい顔で、亜希子をにらみつけ、

「ほんとうなんですか。それ？」

亜希子はうなずいた。

「そんなことはない！」

宗田は大声を出した。

「遺骨はあの場所に必ず埋まっているはずですよ」

亜希子はあっけにとられた。宗田はさっきと別人のようになった。区民会館での激昂を思い出した。彼の目は真赤に充血していた。けっしてアルコールのせいばかりではなさそうだった。

「宗田さん、今夜はそんなお話、よしません？」

重苦しくなった雰囲気をとりのぞこうと、亜希子は明るくふるまった。宗田はハッと気づいたように、あわてて、

「すいません。つい興奮してしまって……」

と、体を縮めて言った。亜希子はそんな宗田を不思議に思ったが、けっして不快ではなかった。

「それより、仙台のお話、してくれません？」

宗田もようやく笑みを見せた。

翌日、宗田は仙台に帰っていった。亜希子は銀行の窓口で、客が跡絶《とだ》えた時、壁の時計を見た。宗田は新幹線に乗っているのだろう。福島を過ぎたあたりかしら、と亜希子は気

がつくと宗田のことを考えていた。

　それにしても、宗田はなぜ、あのように荒川河川敷の遺骨の発掘作業にこだわるのだろう。それに、二日間も東京で何をしていたのだろうか。

「アッコ、きょうはいやに明るいじゃない？」

昼休み、食堂で同じ班の同僚からいきなり言われた。

「あら、どうして？」

亜希子はその同僚に聞き返した。すると、ブルーの制服姿の同僚は、

「だって、窓口でニヤニヤしていたわよ」

と、からかうように言った。

「嘘よ！　そんな顔していなかったわ」

亜希子はむきになって言い返した。

「きっといいことがあったのね」

「そんなことないわ」

亜希子は笑いながら答えた。

「恋人、できたんでしょう？」

脇から別な同僚が亜希子の肘《ひじ》をつっ突いて言った。

「恋人？　まさか！」

あわてて、亜希子は言った。そして首をかしげた。どうして、彼女たちはそんなことを言うのだろう。別に恋なんかしていないのに……。

ふと、宗田のことを思った。ひょっとして宗田のような男といっしょに食事して久しぶりに気分が晴れたせいかもしれない。宗田の純朴さが、亜希子には新鮮に映った。だからといって、好意は感じるものの、男性として意識するような相手ではなかった。彼とは朝鮮人虐殺事件に関心を寄せる者同士の関係でしかないのだ。

それから一週間ほど後、宗田から手紙が届いた。東京ではお世話になりました、という礼と、十月の中旬に東京に出かけるのでお会いしたいという内容であった。

お会いできることを楽しみにしています、と亜希子は返事をしたためた。投函する時、別になんの感情もなかった。

それから、亜希子は仕事に追われ、宗田のことは忘れていった。亜希子は普通預金の窓口で端末のキーを叩いている。銀行もオンライン化が進み、窓口の省力化が進んでいた。亜希子の勤める新和銀行でも、ここ数年、女子行員の数が減っている。特に採用者は半減し、結婚退職者を歓迎する。亜希子も入行して八年近くなる。まわりの冷たい目は十分に感じていた。

宗田が東京に出てきたのは、十月中旬の土曜日であった。銀座《ぎんざ》で食事をした。久しぶりに会って、宗田の雰囲気が少し変わったような気がした。亜希子はすぐに気がついた。髪型だった。綺麗《きれい》に七三に分けている。それに、ネクタイも新品のようだった。その日の彼は楽しそうによく喋った。

翌日の日曜日も会って、亜希子は仙台に帰る宗田を上野駅に見送った。

別れ際、亜希子は宗田に言った。

「宗田さん、髪型、以前の方が私は好きだわ」

宗田は顔を赤くして、頭をかいていた。

次に宗田がやってきたのは、十一月初めの連休の時であった。

頭髪は初めて会った頃のように自然に任せていた。亜希子は宗田の頭を見て、気づかれないようにクスリと笑った。

宗田は、荒川河川敷の発掘作業の件は口に出さなかった。意識して避けているようにも思えた。それは宗田の心遣いのような気がした。しかし、亜希子は宗田が自分に会うためだけで東京に来ているとは思えなかった。宗田が前日から東京に来ているようだったからだ。彼は、一日、東京で何かをしている。そんな気がした。もし、そうだとしたら、それは荒川河川敷の発掘の件に違いない。宗田はまだあの件に熱心なようであった。

十一月の末の連休の時、宗田と会った亜希子は思いきって訊ねた。その頃は、宗田とは大衆酒場に行くことが多かった。宗田はパブのような場所より、焼鳥屋のような大衆的な店が似合っている。亜希子もその方が落ち着く感じであった。

「宗田さん、荒川河川敷の発掘の件、どうなさったのですか？」

亜希子が宗田の顔を見つめてきいた。

宗田はしばらく、亜希子の顔を見つめていたが、

「いまでも、発掘したいという気持ちには変わりありません」

と、答えた。それから、宗田は急に黙りこんでしまった。恐ろしい表情をしていた。亜希子は気になって、

「宗田さん、どうかなさいましたか？」

と声をかけた。宗田は焼酎のグラスを持ったまま、何かを考えこんでいた。が、亜希子の声に、宗田は夢からさめたように顔をあげた。

「何を考えていたのですか？」

亜希子がきくと、宗田はまっすぐ目を向けて言った。

「ひょっとして、以前あなたは室生さんと交際していたんじゃないですか？」

亜希子はいきなり聞かれ、顔が熱くなった。

「ど、どうしてですの？　どうしてそう思うのですか？」

と、あわててきき返した。なぜ、室生の名前が出たのか、亜希子はあやしんだ。

「いえ、ただなんとなくそんな感じがしたものですから……」

それから、宗田が真剣な表情で、

「亜希子さん、僕は、今あることを調べているんです。どうしても、自分で確認しなければならないのです。そのことが終わったら……」

と、言ってから、その後の言葉を呑んだ。亜希子はいぶかしく宗田の顔を見つめた。

宗田はもじもじしていたが、決心したように言った。

「あなたを仙台に連れて行きたい」

そう言ってから、宗田はいきなりグラスをいっきに呑みほした。

亜希子はビックリした。宗田のプロポーズに違いない。これまで、宗田に好意は感じていたものの、そのような目で見たことはなかった。しかし、亜希子の胸はどきどきしていた。

店を出ると、亜希子は宗田の泊まっている両国のホテルまで見送った。亜希子も寡黙になっていた。国電の両国駅を下りてから、ホテルを通り過ぎて、二人は隅田川沿いを歩いた。夜風は冷たかったが、寒さを感じなかった。月が雲間に見え隠れしていた。宗田も亜希子もただ黙って歩いていた。途中、アベックとすれ違った。

暗がりで、いきなり亜希子は宗田の腕に抱きすくめられた。宗田が唇を重ねてきたのだ。いかにもぎごちない仕種《しぐさ》であった。亜希子は顔を左右にふって唇をよけた。が、それは形だけであった。亜希子は宗田に抱かれながら、室生のことを思い出していた。

自分は室生を忘れられるのだろうか。こうして宗田に心を許しているのは室生を忘れるためだろうか。

宗田は室生とはまったく別のタイプであった。長身でスマートで都会的センスにあふれた室生に対し、宗田は土の匂いのする純朴な男であった。

途中でホテルへひき返した。ホテルの前で別れようとすると、今度は宗田が両国駅まで見送ると言った。駅に向かう途中で、亜希子はきいた。

「明日何時の新幹線に乗るつもりですか?」

「まだ決めていません」

「お見送りさせてください」

しかし、宗田は、

「でも、あなたには会社があるんでしょ。それに、もしかしたら、寄り道してから帰るかもしれませんから……」

「あの、どちらへ?」

「まだ、自分の考えが正しいのか自信がないのです。はっきりしたらすべてお話しします」

宗田は申し訳なさそうに頭をさげた。

「荒川河川敷の発掘の件と関係があるのですね?」

亜希子はきいたが、宗田は答えなかった。

「もうすぐ、はっきりします。それじゃ」

と、宗田は言った。亜希子が改札に入ろうとしたとき、宗田が呼びとめた。

「亜希子さん、仙台に来てください。仙台でいっしょに暮らしたい……」

亜希子は宗田の顔を見つめた。宗田はあわてて、

「いますぐ返事をもらおうと思っていません」

と、照れたように言った。

亜希子は宗田に見送られ、改札に入った。

亜希子は両国駅のホームに立った。今離れたばかりのホテルの明かりが目の前にあった。高架のホームから暗い隅田川が見える。国技館の大屋根が暗い空に沈んでいた。遠くに寂しく灯があった。なんとなく、亜希子は胸騒ぎを覚えた。

電車が入ってきた。乗り込んだ後、もう一度、宗田のもとに戻ろうかと思った。このまもう二度と会えないような気がしたのだ。亜希子が迷っているうちに扉はしまった。

第三章　失踪《しっそう》

1

　十二月に入った。冬が深まってきたことを肌で感じる。昼間が極端に短くなった。

　その日、亜希子が湯島のアパートに帰ると、郵便受けに手紙が届いていた。差出し人は、尾関一郎《おぜきいちろう》とあった。心当たりのない名前である。だが、差出し人の住所を見て、亜希子は胸騒ぎがした。仙台市だったからだ。

　部屋に入ると、急いで封を切った。

〔突然、お手紙を差し上げ申し訳ございません。小生は仙台市内にある青葉電子という会社に勤めております。宗田康司くんとは同僚であります。さて、突然にお手紙を差し上げたのにはわけがございます。実は、宗田くんが未だに出社していないのです。彼は先月の二十二日から休暇をとり二十六日からは出社する予定でした。ところが、一週間経《た》つのに、まだ出社しておりません。彼のアパートにも行ってみましたが、留守でした。たとえ何らかの事情が生じたとしても、彼は会社に連絡する男なのです。なのに、連絡がないので心配しています。宗田くんは最近、頻繁《ひんぱん》に東京に出かけておりました。何の用かは教えてくれませんでしたが、今度も東京に行ったことは知っています。彼が東京に何しに行ったのか。東京には知り合いもいないはずです。ところが、会社の彼の机の引き出しを調べていたところ、あなた様からの手紙が見つかったのです。もし、宗田くんと会ったのなら、その時の様子をお聞かせ願いたく手紙を差し上げた次第であります。それによっては、警察に捜索願いを出すつもりです……」

一瞬、亜希子の目がくらんだ。捜索願いという文字が忌《い》まわしい思いとともに亜希子の胸に突き刺さった。

(そんなばかな。宗田さんが行方不明だなんて……)

いたずらに決まっている。

亜希子はコートを脱ぐのも忘れて部屋の真中で座りこんでしまった。宗田と別れたのは十一月二十四日の夜だった。彼は次の日に仙台に帰ると言ったのだ。きょうは十二月三日である。

亜希子は落ち着いていられなかった。すぐにも、仙台に飛んでいきたかった。

もう一度、手紙に目を通した。差出し人の尾関という男は、連絡を乞《こ》うと書いてあった。最後に電話番号が書き込まれていた。尾関のアパートの電話番号のようだった。

亜希子はすぐに電話に飛びついて、手紙の電話番号をまわした。亜希子の胸の動悸《どうき》は激しかった。

「はい。尾関です」

すぐに、相手が出た。亜希子は名乗った。すると、相手の声が急に緊張した。

「さっそく連絡をいただいて申し訳ありません。それで、宗田くんは？」

「宗田さんは十一月二十五日には東京を出発したはずです」

亜希子は震える声で答えた。相手の返答はすぐになかった。その沈黙が、亜希子の不安を倍加させた。しばらく経って、

「明日、東京にお伺いします。ぜひ、お話をお聞かせください」

と、尾関のせっぱ詰まった声が聞こえた。

その夜、亜希子は寝つかれなかった。眠りに落ちてはハッとして目が醒《さ》めた。夢を見た。夢に宗田が出てきた。亜希子の名前を呼びながら、宗田が次第に遠ざかっていく夢だった。

翌日、亜希子は銀行を休んだ。尾関は十時十四分到着予定の『やまびこ2号』に乗るということだった。

亜希子は上野駅の新幹線ホームのエスカレーターを上がった所にあるベンチで待った。

宗田はここから新幹線に乗って仙台に帰ったはずなのだ。宗田の身になにかあったのだろうか。

地下ホームからどっと人が上がってきた。時計を見ると、十時二十分になるところだった。『やまびこ2号』が到着したのだ。

亜希子は階段に目をこらした。

人の流れからはみ出して近づいてくる二人の男が目に入った。一人は四十代後半の恰幅《かっぷく》のいい男で、もう一人は三十前後の背の高い男だった。

その若い方の男が、一歩先にたって亜希子の前にやってきた。

「葉山亜希子さんですか？」

と、男が言った。亜希子が返事をすると、

「尾関です。こちら、上司の村島《むらしま》です」

二人はそれぞれ亜希子に名刺を渡した。

〔青葉電子　研究開発室室長　村島武男《たけお》〕

これが、年配の方の男の名刺であった。

「どこかお話しできるところに行きましょう」

年嵩《としかさ》の村島が言った。

亜希子は上野駅前にある喫茶店に二人を案内した。

「手紙にも書きましたように、宗田くんは一週間も連絡をよこさないのです。函館の彼の実家にも問い合わせたのですが、やはり連絡はありませんでした」

尾関がウエートレスにコーヒーを三つ頼んでから口を開いた。亜希子は村島も尾関も深刻そうな表情なので、胸がふさがれるように苦しかった。二人とも最悪な事態を予想しているような気がした。

「ひょっとして、宗田くんは東京で事故にでも遭《あ》ったのではないか、と心配しているんです」

村島がつけ加えるように言った。そして、少し身を乗り出して、

「失礼ですが、あなたは彼とはどのようなご関係なのでしょうか?」

と、きいた。亜希子は不安をおさえて、

「朝鮮人虐殺の件でお会いして以来、宗田さんが東京にやってくるたびにお会いしていました」

と、答えた。宗田にプロポーズされたとは言えなかった。

「朝鮮人虐殺の件ってなんですか?」

尾関が怪訝《けげん》そうな顔つきで言った。

「関東大震災直後に発生した自警団による朝鮮人虐殺事件です。宗田さんはその件で、東京にいらしてたのでしょう?」

亜希子が言うと、尾関と村島は顔を見合わせた。亜希子はおやっと思った。

「さあ、宗田くんにそんな興味があるなんて聞いていませんが……」

尾関は戸惑った表情を作った。

「でも、宗田さんは朝鮮人に間違われて殺された東北の方の……」

亜希子は途中で言葉をのんだ。宗田は一人で調べていたのだ。だから、二人には何も話していないのだろう。それで、改めて事情を説明した。

「そうだったのですか。彼が頻繁に東京に出かけるので奇妙に思っていたのです。ひょっとして彼は……」

尾関は何か言いかけて言葉をのんだ。亜希子は次の言葉を待ったが、尾関の口は開かなかった。代わって、村島が、

「彼は優秀な研究員ですが、仕事ばかの方でしてね。そのようなことに興味を持っていたとは意外でしたな」

と、目を細めて言った。その時、コーヒーが運ばれてきた。三人は口を閉ざした。

しばらく重苦しい雰囲気が続いた。

「やはり、警察に捜索願いを出した方がいいな」

村島がやっと口を開いた。尾関がうなずいた。亜希子はその声が遠い意識の外で聞こえた。

「やはり、仙台署に出すべきだろうね」

「そうですね」

「しかし、とりあえず東京の警察に届け、交通事故や変死者について訊ねてみよう」

亜希子は目頭が熱くなった。無神経な村島の言葉が亜希子の胸を叩いた。ひょっとして、宗田はすでに死んでいるのではないか。亜希子は背中に冷たい水をあびせられたように体を震わせた。

三人は上野署に向かった。署の前に来て、亜希子は足がすくんだ。膝《ひざ》ががくがく震えた。村島と尾関はさっさと玄関前の石段を昇っていった。

後から亜希子が玄関を入ると、村島と尾関は窓口に行って係官に話しかけていた。亜希子もその方に近づいていった。その途中、壁に貼ってあるチラシに眼がいった。

身元不明死体の照会である。

男性の殺人事件の被害者の顔写真があった。丸顔で宗田とは似ても似つかないが、亜希子はそのチラシをみつめていた。

「どうかしましたか?」

壁に目を近づけている亜希子の傍《そば》に、尾関がやってきて声をかけた。亜希子の視線の先をみつめた。

「まさか、宗田さんは……」

亜希子はチラシを見つめたまま、つぶやいた。尾関は一瞬、眉を寄せたが、

「そんなことはない。彼はきっと何処《どこ》かで生きていますよ」と、亜希子に言った。

やがて、村島が窓口を離れ、亜希子の傍にやってきて、

「都内には特に変わったことはありませんでした」と、報告した。亜希子はホッと胸を撫《な》でおろした。

上野署を出ると、亜希子はすぐ仙台に戻るという二人を改札口まで見送った。

「われわれは、これから仙台に帰り、さっそく捜索願いを出します。あなたも何かわかりましたらご連絡ください」

村島は亜希子に言った。それから、村島は尾関と顔を見合わせてから、亜希子に頭を下げ改札に入っていった。

2

埼玉県本庄《ほんじよう》市は県の北西部にあり、利根川《とねがわ》を隔《へだ》てて群馬県と接している。上野から特急で約一時間、高崎《たかさき》まで約二十分である。

戦国時代に、山内上杉《やまのうちうえすぎ》氏の家臣本庄実忠《さねただ》が本庄城を築城し、城下町であったが、その後、廃城となり、江戸時代に入ると中仙道《なかせんどう》の宿場町として栄えた。

桑畑が多く、養蚕《ようさん》業が盛んだが、国道十七号線沿いには機械、化学、電気などの工場が進出してきている。

「ホテル『白鳥《しらとり》』の裏手の草藪《くさやぶ》の中で人が死んでいる」という通報が本庄署に入ったのは十二月七日の朝であった。通報者はホテルの従業員であった。

署員がホテル『白鳥』の裏手に行ってみると、雑木林の中で草藪に覆われて男がうつ伏《ぶ》せで倒れていた。男の後頭部に鈍器のような物で殴られた跡があった。さらに顔面も潰《つぶ》されており、目や鼻も識別できないほどであった。署員は殺人事件と判断し、すぐ署に通報した。

現場は、市内東台《ひがしだい》五丁目で十間通《じっけんどお》りを入ってすぐの所にあるホテルの裏である。それほど広くはないが草藪になっている。その背後は畑で、小道をはさんでテニスコートがある。また、ホテルの隣は小高い丘になっていて、墓地であった。長峰《ながみね》墓地という。

間もなく、県警本部から鑑識課、捜査第一課長以下が車でやってきた。これから本格的な初期捜査の開始であった。

死因は頭蓋骨骨折と脳挫傷《のうざしょう》だった。少なくとも鈍器のような物で三回以上殴られたと認められる。被害者は角顔《かくがお》で額《ひたい》が広く、顎《あご》が尖《とが》っていた。耳は大きく、左頬《ほお》に小さなほくろがある。身長一七二センチメートル。やせ型。三十歳くらい。ブルーの背広。黒い靴。

県警の鑑識課員の話では、死後二週間、すなわち、死亡推定時刻は十一月二十五日前後ということであった。

被害者の身元を示すものは何も発見されなかった。ズボンやシャツのポケットからも何も見つからなかった。現場周辺を捜索したが犯人に結びつくようなものは発見されなかった。

凶器の拳《こぶし》大の石が発見された。この凶器は、墓地の中に落ちていたのである。犯人は凶器の石を墓地に捨てたに違いない。血痕《けっこん》は被害者のものと一致し、付着していた毛髪も被害者のものと判明し、凶器と断定された。しかし、指紋は検出されなかった。これはハンケチ等を使って指紋を残さないようにしたものだろう。

捜査班は付近一帯を捜索し、目撃者の発見に努めた。問題は、被害者の身元であった。市内の人間か、あるいは余所《よそ》からやってきたのか。

余所の人間ということも考慮して、捜査員が本庄駅に聞き込みに行ったところ、本庄駅の駅員が被害者らしい男を微《かす》かに記憶していた。しかし、それが二十五日か二十六日か、また、何時頃であったのか、そこまではっきり記憶していなかった。

また、群馬中央バスのバス停付近で、被害者らしい男が立っていたのを喫茶店のウエートレスが覚えていた。このウエートレスにしても顔を記憶しているわけではなく、黒いバッグを提《さ》げた男がバス停の前に立っていたのを見かけただけである。しかし、いつかという問いには、明確に答えられなかった。

さらに捜査員が聞き込みを続けたが、被害者らしい男が長峰の方に行くのを見たという証言を得たものの、これもあやふやなものでしかなかった。

これらの情報から、捜査本部は被害者は高崎線で本庄にやってきて、犯人と待ち合わせして、現場まで歩いて行ったと考えた。捜査本部の意見としては顔見知りの犯行ということに落ち着いた。物盗りの犯行という考えもあったが、犯人は被害者の身元を示すものを奪い去っており、さらに人相をわからなくするために顔を潰しているのである。

顔見知りの犯行であれば、被害者の身元がわかった時点で、犯人がすぐに浮かぶ可能性がある。被害者の身元確認が急務であった。

次に、犯人の逃走経路である。犯人も被害者と同様、市内の人間か余所の人間か、が問題である。余所の人間の場合、逃走経路が問題である。本庄駅から高崎線に乗ったか、あるいはバス、また車ということも考えられる。車であれば、犯人の逃走経路はぐっと広がる。まず、本庄市の南には関越《かんえつ》自動車道の本庄児玉《こだま》インターチェンジがある。北に行けば、利根川を渡り群馬県に入ることができる。しかし、犯人の逃走に関して、目ぼしい聞き込みは得られなかった。

捜査会議の席で、本庄署の川西《かわにし》刑事が意見を求められた。今年四十六歳になる川西は警察官になって二十年になる。丸顔で温厚そうな顔だちだが目は大きく鋭い。川西は立ち上がって意見を述べた。川西の捜査能力は周囲から認められていた。他の捜査員はいっせいに川西の言葉を待った。しかし、川西に格別な考えがあったわけではなく、思いついたことを声にしたという感じであった。

「犯人は市内に土地鑑のある者です。余所者が犯行現場をあのような場所に選ぶことはまずありえないでしょう。あの場所を知っていることからして、市内に住むか、あるいは過去に市内に住んでいた人間だと考えられますが……」

川西は咳払《せきばら》いをしてから、

「なぜ、犯人は犯行現場をあのような場所に選んだのかを考える必要があるんじゃないでしょうか」

と、話を続けた。

「あの場所は雑木林が残っているといっても、それはほんのわずかで、周囲には人家もあります。犯行にはあまり適していません。なのに、そこで犯行が行なわれたというのは、あの現場が犯人にとって都合がよかったからだと思います。つまり、被害者が何の疑いも持たず、ついていける場所だったのではないでしょうか」

と、川西は言ったが、あの現場がどうして被害者にとって不審を抱かない場所なのか、川西もよくわからなかった。

「あの場所にラブホテルがある。つまり、被害者はラブホテルに行ったということも考えられる」

川西の発言を引き取って、県警の警部が言った。

「つまり、三角関係のもつれからラブホテルの前でトラブルが生じたということだ」

警部の説はわかるような気もするが、川西は女絡《がら》みの犯行ということにひっかかった。被害者が女に会いに本庄のラブホテルに来たとは思えないのだ。

しかし、ラブホテルときいて、川西には閃《ひらめ》くものがあった。あの現場からホテルの部屋の窓が見えた。ひょっとして、ホテルの客が何かを目撃していないだろうか。

この考えは捜査本部に受け入れられた。

捜査一課長が、

「被害者の身元捜索と同時に、ホテル『白鳥』の客を当たって犯行の目撃者を探すこと」

と、しめくくった。

ともかく、被害者の身元を知ることが先決であった。東京の警視庁、群馬県警にも調査の依頼をしたが、新聞の反響に期待した。

3

『長峰墓地裏殺人事件』の死体発見から三日経った。

だが、被害者の身元がなかなかわからなかった。身近な者でも被害者が旅行に出たと思っていれば、二、三日帰らなくとも不思議に思わないかもしれない。

しかし、二週間は経っているのだ。テレビや新聞のニュースで、被害者の特徴を知らせており、関わりのある人間がいれば届け出るであろう。それがないのは、被害者はやはり県外の人間の可能性が高い。

川西刑事は県警捜査一課の梅沢《うめさわ》刑事と二人で、事件当日の被害者の足取りを洗っていた。被害者は東京から来た可能性が高かった。しかし、被害者の足取りはつかめなかった。

遠い地に来て、非業《ひごう》の最期をとげた名前も知らぬ人間が哀れであった。川西は早く被害者の身元を突き止め家族のもとに返してやりたいと思った。どこかで、家族が帰りを待っているはずだ。

ゆうべも東京まで行き、力を落として引き上げてきたのは夜の八時過ぎであった。いったん捜査本部に帰り、それから家路についた。家にたどりつくと、ばたんとふとんに倒れこんでしまったのだった。

しかし、夜中に川西は眼を覚ました。体の疲労とは別に神経だけは常に事件に向かっていた。被害者の叫びのようなものが耳から離れなかった。被害者は殺されるとは思いもせず、犯人に連れられて現場まで行ったのである。恐らく駅前通りから旧中仙道を右に折れ、そして十間通りを左折して行ったに違いない。これまでの捜査で何人かの目撃者が見つかった。しかし、誰も顔を覚えていなかった。

夜中に眼が醒めてから、川西はなかなか寝つかれなかったが、明け方近くなって、やっと熟睡したようだった。眼が醒めたのは十時過ぎであった。

起きていくと、犬がしっぽをふりながら飛んできて、川西にまとわりついた。ゆうべ、帰宅した時、飛び出してきたが、疲れていたのであまり相手にしなかった。それで、改めて挨拶《あいさつ》にきたという感じであった。マルチーズで、顔をなめてくる。いっとき、マルチーズの相手をしてから、

「だいぶ疲れていたようだから、起こしませんでしたのよ」

という妻の声をきいた。

「きょうは午後に出ればいい」

と、言って川西は洗面所に向かった。

顔を洗ってテーブルに腰を下ろすと、

「カルチャーセンターへ通おうと思うの。どうかしら？」

と、妻が待っていたように言った。

「カルチャーセンター？」

「『源氏《げんじ》物語』とか『万葉集《まんようしゆう》』とか、古典を勉強したいの」

「子供はどうするんだ？」

子供というのはマルチーズのことだった。子供がいないので、マルチーズが二人の子供のようだった。いつも妻と一緒にいるので、たまに置いて家を空《あ》けると、鳴いているらしい。

「週に一度ですもの。置いていっても大丈夫よ。ねえ」

と妻は犬を見て言った。きょとんとした顔で、犬は妻の顔を見ている。

川西の頭は捜査のことで埋まっていた。だから生返事であった。犯人は被害者の顔を潰している。それは被害者の身元を隠すためだ。被害者の身元がわかれば、犯人にとって具合が悪いからだ。被害者さえわかれば、と川西は唇をかんだ。

「ねえ、いいでしょう？　お隣の木内《きうち》さんの奥さんと一緒なの」

妻の声がした。最近の主婦はひまをもてあましているのだろう。カルチャーセンターブームであった。

「これが講座内容」

妻はパンフレットを出した。しかたなく、手にとり表紙をめくった。会場は東京、横浜、名古屋、大阪、そして北は仙台、札幌とある。

最近は、不倫ブームとかで浮気願望の人妻が多いという。カルチャーセンターに行かせるのも、少し不安だった。川西は現場近くのラブホテルを思い出した。別な捜査員がホテルを当たっているが、ホテルの従業員は客と顔をあわせないシステムなので、要領を得なかった。目撃者がいてくれるといいのだが……。

すぐ、捜査の方に思考が向かってしまう。川西は頭から事件をふり払って、パンフレットの先を読み進めた。

講座の内容も相当な種類に及んでいる。

歴史、文学、英語、絵画……。どの講座も受講生でいっぱいなのだろう。

時事問題を考えるという講座もあった。内容を読むと、外国人の指紋押捺《おうなつ》制度について考えるというものであった。講師も大学の教授や作家などである。

『関東大震災時の朝鮮人虐殺を考える』という特別講座が目に入った。特別講座というのは、一日だけ講師が話をするのである。講師は城南女子大の室生浩一郎となっていた。川西は長身のハンサムな男の顔を思い出した。室生浩一郎は最近、テレビにも時どき顔を出している大学の助教授であった。

川西は湯飲みを口に運んでから、その講座の内容に目を通した。

〈大正十二年九月一日、関東大震災が発生。関東地方に甚大《じんだい》な被害をもたらしましたが、その陰にもっと大きな悲劇がありました。朝鮮人が暴動を起こし攻めてくるという悪質なデマです。このデマに踊らされた市民は自警団を結成し、在郷軍人や警察などと一緒に朝鮮人を虐殺し荒川河川敷に埋めたのです。講師の城南女子大助教授の室生浩一郎氏は三年前の荒川河川敷の発掘作業にも加わり、この問題に深く関わってこられました。室生氏は最近、遺骨はすでに当局より移し変えられていた可能性が高い、という説を打ち出されており、三年前の荒川河川敷の遺骨発掘作業の失敗もそのためだとされております。この講座では、なぜ一般市民が朝鮮人虐殺に走ったのか、その歴史的背景から真相を探り、さらに、いかに権力側が真相隠しに努めてきたのか、そういった観点から……」

この文章に川西の目がいったのは、長峰墓地にある慰霊碑を思い出したからだ。墓地の前を通ると、その大きな慰霊碑が眼につく。長峰墓地にも、朝鮮人の骨が埋められているのだ。慰霊碑は『関東大震災朝鮮人犠牲者慰霊碑』である。

この慰霊碑の裏面に次のように刻みこまれている。

「一九二三年、関東大震災に際し朝鮮人が暴動を起こそうとしたとの流言により、東京方面から送られてきた八十六名の朝鮮人が、この地において悲惨な最期を遂げた。我々は、暗い過去への厳粛な反省と明るい未来への希望をこめてこの碑を建立し、日朝友好と世界平和のために献身することを、地下に眠る犠牲者に誓うものである。

一九五九年秋――」

読み終えたあと、川西は、被害者がこの慰霊碑を見にきたのではないか、と思った。もし、そうであれば、身元を知るきっかけになるかもしれない。しかし、川西はすぐ首をふった。考えすぎだと思い直したのである。

「さあ、食事にしてくれ」

川西はパンフレットを畳に置いてから茶碗をさし出した。妻が不満そうな表情を作った。川西はわざと気づかないように、朝刊を広げた。

妻はもともと楽天家の人間で、刑事の妻という感じではなかった。事件のことなどとんと無頓着《むとんちゃく》であった。気を遣われるより、かえって、その方が有り難かった。結婚して十五年になるが、妻はまだ三十六歳で若かった。

4

亜希子は新聞の社会面を丹念に読むようになった。交通事故のニュースや身元不明死体という文字に敏感になった。

仕事中も、亜希子は宗田のことが気になっていた。時々、ミスをして客に注意された。銀行はボーナス・シーズンで忙しい時期であった。

宗田の失踪《しっそう》から二週間が過ぎた。

その日の夕方、亜希子に電話があった。上野署からであった。亜希子は身を硬くした。顔見知りになった警部補の声が耳に届いた。

「実は、埼玉県警から照会がありましてね」

と、話を切り出した。

「埼玉県警？」

意外な場所なので、亜希子は他人事のように聞いた。

「殺人事件の被害者の身元照会なのですが、宗田さんの特徴によく似ているんですよ」

と、警部補は続けた。亜希子は殺人事件の被害者という言葉も、どこか宗田とかけ離れているような気がした。しかし、次の警部補の言葉が亜希子の心臓をつかんだ。

「現場は本庄市東台五丁目……」

「本庄市？　あの東台五丁目というとどのあたりなのでしょう？」

亜希子は思い詰めた声で、口をはさんだ。警部補はけげんそうな声で、

「長峰墓地というところがあって、その裏手だそうです」

その後の、被害者の特徴を亜希子はうわのそらで聞いていた。

（長峰墓地……）

帰りに上野署によって、亜希子は詳しい話をもう一度きいた。

翌朝、亜希子は上野から高崎線に乗り、本庄に向かった。本庄市の長峰墓地に、『関東

大震災朝鮮人犠牲者慰霊碑』が建っている。

埼玉県で発生した朝鮮人虐殺事件については北沢文武《きたざわふみたけ》氏の『大正の朝鮮人虐殺事件』に詳しく書かれているが、亜希子も以前に室生といっしょに本庄市に出かけたことがある。

亜希子の脳裏に、室生の面影が蘇《よみがえ》った。二人で市立図書館で資料を調べたり、本庄駅の隣の神保原にある安盛寺にも行ったりしたのだ。安盛寺にも『関東大震災朝鮮人犠牲者慰霊碑』があるのだ。真夏のカンカン照りの中を歩きまわった思い出がある。

本庄に着いたのは十時半であった。改札を抜けた時、亜希子は感慨にとらわれた。宗田もこの改札を抜けて、この駅前広場に立ったのだ。すでに、亜希子は身元不明死体が宗田だという予感があった。

駅前からタクシーに乗った。本庄署までわずかな距離であった。駅前通りをまっすぐ行った所にあった。

上野署から連絡が入っていたので、課長と川西という刑事が亜希子を待っていた。川西は温厚そうな丸顔であったが、ギョロ目で亜希子を見つめた。

「被害者は近くのお墓に仮埋葬してあります」

川西が亜希子の顔を見て言った。そして、

「さっそくですが、これをご覧ください」

警察の方も、被害者の身元がわかるかもしれないということで、だいぶ緊張しているようだった。

亜希子は被害者の顔写真および全身の写真をおそるおそる見た。しばらく凝視《ぎょうし》した後、目の前が一瞬暗くなった。顔は識別できず、目を覆うような写真であったが、亜希子は宗田に間違いないと思った。顎のあたりの特徴も、宗田のものだった。

「間違いありません。宗田さんです」

そう言った後、ふいに亜希子の目に涙があふれてきた。

それから、川西が被害者のことを訊ねた。氏名、年齢、職業、住所など、亜希子は嗚咽《おえつ》をこらえながら答えた。被害者が仙台の人間と知って、川西がきいた。

「宗田さん、どんな用で東京に来ていたのです？」

「私は宗田さんとは、『日本人を考える会』というのがありまして、そこで知り合いました」

「『日本人を考える会』？」

「はい。もともとは関東大震災の直後、デマによって虐殺された朝鮮人の遺骨を発掘する会から始まったものなんです」

「関東大震災ですって！」

川西は大きな声を出した。

「宗田さんは以前からそのメンバーだったのですか？」

「いいえ、最近です」

亜希子は話しながら、宗田の顔が浮かんで胸がつまった。

「初めに宗田さんは、墨田区の花島小学校の横田先生を訪ねられたのです」

「花島小学校の横田先生ですね……」

「実は、横田先生は関東大震災の際に虐殺された朝鮮人のことについて調べており、三年前に荒川の河川敷で遺骨の発掘作業をしたことがあります」

と、亜希子は説明した。

朝鮮人の遺骨の発掘ときいて、川西は長峰墓地の『関東大震災朝鮮人犠牲者慰霊碑』の石碑を思い出した。

「宗田さんは、関東大震災の朝鮮人虐殺事件に興味を持たれていて……。荒川河川敷の発掘作業をぜひもう一度やりたいと横田先生を訪ねてきたのです」

と、亜希子は答えた。

「ちょっと待ってください。宗田さんは仙台の人なのでしょう。どうして横田先生を訪ねられたのでしょうか？」

「新聞記事で横田先生の名前を知ったらしいのです。三年前の発掘作業のことが新聞に紹介され、その中で横田先生のことがふれてあったのです」

「なるほど……」

川西はうなずいてから、

「すると、今回もその件で東京に来ていたのですか？」

「たぶん、そうだと思います」

「たぶん？」

川西は不審そうにきき返した。

「何も話してくれなかったので、わかりませんが、たぶん、その件でも東京に用があったと思います」

川西はしばらく亜希子のうつむいた顔を見ていたが、

「宗田さんは、あなたに会う目的もあったのですね？」

と、きいた。再び、亜希子の胸に悲しみが押し寄せた。

「最後に宗田さんと会った時の様子を教えていただけませんか？」

川西は、わざと事務的に言った。亜希子はうなずいたが、また涙がこみあげてきた。相手にわからないように、さりげなく目をそらした。

亜希子は、宗田と別れた時の様子を話した。

「被害者は、両国にあるビジネスホテルに泊まっていたのですね。名前は、リバーサイドホテルですか……」

川西は少し考えてから、

「あなたが最後に宗田さんとお会いになったのは、二十四日の日曜日でしたね?」

「宗田さんはその翌日に仙台に帰ると言っていたのです」

亜希子は宗田と会った時のことを思い出しながら答えた。

「つまり十一月二十五日ですね」

川西は確認してから、

「その日はまっすぐ帰ると言っておいででしたか?」

亜希子はアッと声を出した。川西が目をぎょろりとさせた。

「思い出しました。その時、宗田さんはどこかへ寄るつもりだったようです」

「それが本庄市だったのですかねえ」

「もし、そうでしたら私に隠すことはないはずですが、宗田さんは教えてくれなかったのです」

亜希子は若い刑事がいちいちメモをとっているのを見ながら答えた。

その他、いくつか質問があった。亜希子は宗田の死が信じられないまま答えた。

亜希子は川西の案内で、現場に向かった。

警察の車を降りてから見上げると、小さな丘の上に石碑が見えた。

「あれが朝鮮人犠牲者の慰霊碑です」

川西が言った。亜希子は以前に一度、室生とこの慰霊碑を見にきたことがあった。亜希子は墓地に上がる石段をそのまま過ぎて、雑木林の草を踏んでいった。

「ここで、被害者は殺されていました」

川西が指差した。亜希子は、途中で買ってきた花束をその場所にそっと置いた。手を合わせているうちに、またも涙があふれてきた。

木枯らしが吹いていた。日陰に入ると、凍るような寒さである。なぜ、宗田はこの場所に来たのだろうか。誰が宗田を殺したのか。亜希子はその場所にじっと立っていた。

「そろそろ戻りましょう」

川西が声をかけた。亜希子は未練を残して、再び本庄署に戻った。

被害者の判明によって、捜査は大きく前進した。すぐに、仙台の青葉電子に勤める尾関という男が本庄署にやってきた。被害者の家族もすでに函館を出発したということであった。

川西は県警の若い梅沢刑事とともに、両国のリバーサイドホテルに向かった。梅沢は県警捜査一課のやり手だが、所轄の年長の川西をたてていた。川西は捜査で、何度も東京に来ているので地理は詳しかった。両国は隅田川を越えた場所であった。国技館ができて、活気が生まれたようである。相撲のない時は、他の屋内スポーツや歌などの催し物がある。

リバーサイドホテルは、その名前の通り、隅田川沿いに建っていた。十二階建てのホテルである。小ぢんまりしたロビーに小さなフロントがある。ロビーの隅に自動販売機がおいてあった。

中年のループタイのフロントマンは警察の要請に、宿泊カードを出した。宗田康司の名前はすぐに見つかった。

〔仙台市木ノ下《きのした》六丁目、木下荘《きのしたそう》。会社員。宗田康司〕

「十一月二十五日の朝八時半にチェックアウトしています」

フロントマンが答えた。

「その時、この人、何か言っていませんでしたか？」

刑事がきいた。するとフロントマンは、すぐに思い出した。

「成城《せいじょう》に行くには、どうしたらいいのかと聞かれたので、教えましたが……」

「成城？」

「小田急《おだきゅう》線の成城学園前《せいじょうがくえんまえ》までの行きかたを教えました」

「成城のどこですか？」

「いえ、それだけでした」

「それで、あなたの教えた通りに行くような感じだったのでしょうか？」

「はい。そうだと思います。おそらく、ホテルを出て、そちらに向かわれたのではないでしょうか……」

　宗田は成城に住んでいる誰かを訪ねるつもりだったに違いない。

　宗田は八時半にホテルを出た。両国駅から新宿まで行き、新宿から小田急線に乗り換えた。八時半にホテルを出たとすると、十時までには成城学園前に着いただろう。

　問題はそこからの行動だ。宗田は地方の人間であり、初めて行く場所であれば、きっとそこでも誰かに道を尋ねたに違いない。たとえば、成城学園前駅の駅員にきいたり、交番あるいは煙草屋などで道を聞きながら目的地に向かったはずだ。被害者の痕跡《こんせき》は残っている……。

　それから、川西と梅沢は両国から新宿まで行き、小田急線に乗り換えた。急行小田原《おだわら》行きで二十分足らずで着いた。

　成城学園前駅の駅員に、宗田の顔写真を見せて尋ねた。若い駅員は首をひねっていたが、やっと思い出した。

「そのお客さんでしたら、辰野茂久《しげひさ》という人の家に行かれたようです」

「辰野茂久というと、辰野服飾学院の理事長のご主人ですか？」

「はい。そうです」

　背の高いスポーツマンタイプの駅員は背筋をはって答えた。

　辰野茂久は、文京《ぶんきよう》区千駄木《せんだぎ》にある美術館のオーナーであるが、一般的には、辰野服飾学院理事長の辰野綾《あや》の亭主ということで知られていた。

辰野美術館は、茂久所蔵の絵画の展示だけでなく、個展などの会場にも広く使用されていた。

辰野服飾学院は、和裁、洋裁、着物の着付けから、美容などの講座をもつ学校であった。学校も東京以外、大阪、神戸、そして札幌などにあった。ふと、川西は仙台にもあるのではないかと思った。

川西と梅沢はその足で、辰野の屋敷に向かった。

大きな門柱のインターホンを押すと、中から返事がきた。警察の者だと告げ、ご主人にお会いしたいと言った。

お手伝いに案内されて、応接間に入ると、すぐに五十過ぎの赤ら顔のでっぷりとした男が出てきた。辰野服飾学院の学院長である辰野文彦《ふみひこ》であった。

辰野綾には二人の子供がおり、長男が文彦で、次男が国会議員の洋行である。

「突然、おじゃましまして申しわけありません」

川西はそう言って頭を下げた。

「まあ、おすわりなさい」

と、辰野は鷹揚《おうよう》に言ってから、自分もソファーに腰をしずめた。

「どんな御用ですか?」

「宗田康司という男をご存じないでしょうか？」

「宗田康司？　はて、ちょっと記憶にないが……」

辰野は厚い唇を突き出して答えた。

「先月の二十五日、茂久氏を訪ねてこられたと思いますが……」

「父を訪ねてですか。父は今、新宿のＴ病院に入院中ですが……。まあ、ちょっと家内にきいてみましょう」

そう言うと、辰野はお手伝いを呼ぶため手をたたいた。それから、すぐ川西の方を見て、

「私はその前の日から伊豆に行ってました。いや、学院の人間とゴルフですよ」

と笑った。お手伝いのスリッパの音が近づいてくると、奥様を呼んでいらっしゃいと命じた。辰野文彦の細君はすぐにやってきた。和服姿の上品な女性であった。

「先月の二十五日、私が伊豆に行って留守の時だが、誰か父を訪ねてきたかね？」

と、文彦は細君にきいた。

細君は夫と刑事の顔を見比べてから、

「ええ、訪ねていらっしゃいました。確か、朝の十時前だったと思いますが……」

と、あっさり言った。

「なに、来たのか。何も言わなかったじゃないか？」

少しとがめるような口調で文彦が細君に言った。

「お義母《かあ》さまを訪ねていらっしゃったのよ」

「えっ？　茂久さんに会いにきたわけではないんですか？」

川西が声をかけた。

「はい。義母に用があるような口ぶりでしたわ」

「その時の様子を教えていただけますか」

川西がきいた。

「様子も何も、義母は病院だと言うと、その方は病院の名前を教えて欲しいといいましたが、結局教えませんでしたわ」

「どんな御用だったのかわかりますか」

「さあ、また何かの寄付をねだりにきたのかと思いましたわ」

文彦の細君は有名な大手企業の会長の娘であった。気位の高い女性のようだった。話す間も、背筋をぴんと張り眼鏡の奥から相手を観察するように見ていた。

「今、お義母さまはいらっしゃいますか？」

川西は細君を見つめてきいた。

「きょうは病院のほうに行っております」

帰りがけ、門まで見送ったお手伝いにさりげなく確かめたが、やはり宗田は門前で追い払われたようだった。

辰野茂久は今年八十四歳である。明治三十四年に東京の神田で生まれ、大正十三年、電気商から始め成功した。綾と結婚し、戦後になって事業は綾に任せ、自分は辰野美術館の館長になったのである。その茂久は去年、くも膜下出血で倒れ、現在新宿のT病院に入院していた。

川西と梅沢は新宿に戻り、T病院に出向いた。

受付で取り次いでもらい、待合室で待っていると、和服姿で白髪の上品な老婦人がやってきた。新聞の顔写真で見かけたことのある茂久夫人の辰野綾であった。八十になるはずだったが、十歳以上は若く見えた。川西は立ち上がって、老婦人に近づいて行った。

突然の来訪を詫びてから、

「宗田康司という男をご存じでしょうか?」

と、さっそく用件に入った。綾は肌艶のよい丸い顔をかしげ、

「いいえ、存じあげませんわ」

と、答えた。

「先月の二十五日に、宗田康司は成城のお宅を訪ねているのですが……」

「さあ、私にはわかりかねますわね」

綾は鷹揚に答えた。

川西は訊ねた。

「辰野服飾学院は仙台にも学校があるのでしょうか?」

「仙台でございますか。いいえ、ございませんわ」

綾は静かな口調で答えた。川西は辰野綾の暗い顔色を見て、茂久氏の容体が思わしくないのだろうと想像した。

5

その夜、宗田康司の両親が上司の村島と一緒に大宮《おおみや》駅に着いた。

翌日の夕方、両親は新幹線に乗って、大宮から帰っていった。

亜希子は宗田の両親を見送った。亜希子にできることは東京での彼の様子を語って聞かせるだけだった。温厚そうな両親であった。涙も枯れたように、小柄な母親は焦点のない目つきだった。

遺骨を胸にした両親が新幹線に乗り込むと、亜希子は涙があふれた。宗田が亡くなってみると、自分と宗田の間には何も残っていなかった。彼の両親からみれば、亜希子は息子の単なる知り合いに過ぎなかった。

大宮から上野駅まで、亜希子はやりきれない気持ちを運んだ。上野駅からアパートに戻る道すがらも、上野広小路のネオンがにじんでいた。

亜希子は自分の部屋で茫然《ぼうぜん》としていた。何をする気にもなれず、ベッドに横になっていた。忘れようとしても、宗田のことを思い出して、涙がにじんでいた。

あの時、やはり引き返すべきだったと、悔やんだ。宗田と別れた両国駅のホームで感じたあの胸さわぎは現実のものになった。

自分は宗田のことを何も知らなかった。もっともっと宗田のことを知りたかった。

それにしても、宗田はなぜ本庄市に出かけたのだろうか。宗田は何を調べていたのだろう。長峰墓地の朝鮮人犠牲者の慰霊碑を見るために本庄に出かけたのだろうか。

ふと、ベッドの脇の電話がさっきから鳴っているのに気づいた。亜希子は体をのばし、受話器をとった。

「亜希子さん、いないのかと思ったわ」

義姉《あね》からだった。亜希子には兄が二人いる。長兄は向島の実家を継ぎ、次兄は浅草のマンションに住んでいる。この電話はすぐ上の次兄の嫁であった。亜希子は年が近いせいか、この義姉が好きだった。子供が二人いる。

「すいません。ちょっと横になっていたので……」

「あら、どこか具合でも悪いの。そう言えば、なんとなく声に元気がないようね」

「いいえ、そんなことありません。元気です」

亜希子はわざと快活に言った。義姉はいぶかしそうだったが、すぐ元気な声を出した。

「うちの人、今日から出張なの。ねえ、遊びに来ない？　いいでしょう」

義姉の誘いだった。独り暮らしを心配して、たまに家に遊びに来るように誘われた。しかし、今日はその気になれなかった。

「すいません。用があるの」

「そう、残念ね。大事なお話があるのに……」

その時、玄関のチャイムが鳴った。

「あら、誰か訪ねてきたわ。お義姉《ねえ》さん、これで切るわね」

亜希子は義姉の声を最後まで聞かないうちに電話を切った。

亜希子が覗《のぞ》き窓から確認すると、本庄署の川西刑事と若い刑事の顔があった。亜希子は急いで扉を開けた。

上がるように言うと、川西は遠慮したように、

「ちょっと、外に出ましょうか」

と、外に誘った。亜希子は湯島天神の近くにある喫茶店に案内した。亜希子がいつも利用している落ち着いた静かな店だった。画廊喫茶である。ほとんど無名の新進画家の絵が壁に飾られていた。

「なかなか感じのいいお店ですね」

店内を見まわしながら、川西が言った。若い刑事も壁の絵に見とれていた。

「宗田さんを殺した犯人はまだわからないんでしょうか」

ウエートレスが去った後、亜希子はきいた。

「ええ、努力しているんですが……」

川西が力のない声で答えた。が、ふいに声に力をこめ、

「事件当日の宗田さんの行動の一部がわかったのです。宗田さんは辰野綾という人を成城の屋敷に訪ねているんですよ」

「辰野綾？」

亜希子は聞き返した。

「宗田さんの口からこの名前を聞いたことはありませんか？」

「いいえ、聞いていません」

「そうですか……。実は、宗田さんは辰野綾に会えなかったのです」

と、川西はその経緯を話した。

「その後の行動がまだわからないのですが、なぜ辰野綾をたずねたか。それが事件と直接関係あるのかどうかわかりませんが、一応あなたに確かめようと思ったのです」

「そうですか。辰野綾という名前は初耳です。それより、辰野綾という人は何とおっしゃっているのでしょう？」

「心当たりはないそうです」

「あの……。辰野綾という人は……？」

「辰野服飾学院の理事長ですよ」

「国会議員の辰野洋行という人とは、関係があるのでしょうか？」

「辰野洋行は、綾の次男ですよ。何か？」

川西が亜希子の顔をじっと見つめた。室生浩一郎の婚約者は辰野洋行の娘である。宗田が訪ねた辰野綾というのは、辰野洋行の母親であった。

「いいえ、ただどこかできいたような名前だと思ったものですから……」

「そうですか。なぜ、被害者が辰野綾をたずねたのか不思議でなりません」

川西は少し小首をかしげた。しばらく間をおいてから、川西がきいた。

「宗田さんは函館の高校を卒業後、仙台の大学に入り、そのまま地元の青葉電子に就職しており、東京には知り合いがいませんでした。その宗田さんが東京で何かを調べていた。それが関東大震災に関することだったら、なぜあなたに協力してもらわなかったのでしょうか。特別、隠しだてするようなことじゃないと思いますねえ。かえって、あなたに協力してもらった方がよかったんじゃないでしょうか？」

「そうですね……」

亜希子は考えをめぐらしたが思いつくようなことは浮かばなかった。

「宗田さんはほんとうに東京に知り合いがいなかったのでしょうかねえ。『日本人を考える会』のメンバーの中で以前から知っている人間がいたとか……、そんなことはなかったのでしょうか？」

川西はしつこく亜希子に訊ねた。

「さあ、私たちあまり多くお話ししたわけでもありませんし……」

「どんな些細《ささい》なことでもいいんです。実は東京で、被害者と接触した人にそれぞれお話を伺っているのですが、どうも要領をえないのですよ。まあ、接触した人といっても限られた人々なんですがね」

「………」

「被害者はプライベートなことは何一つ話していないようなんです。まあ、仙台のサラリーマンだということは話していましたが、朝鮮人虐殺の話だけなんですね」

川西は言葉を切ってから、

「ただ、あなたにだけはもっと別なお話もされたんじゃないかと思うのです」

亜希子は顔が熱くなった。心のうちを見透かされたような気がしたのだ。しかし、宗田は喋《しゃべ》ってはくれなかった。

宗田は亜希子にも自分のことを詳しく話してくれなかった。私のことはあんなに熱心にきいていたくせに……と亜希子は宗田をうらめしく思った。

なぜ、彼は自分のことを話してくれなかったのか。それは彼に恋人がいたからではないか、と思うのだった。その思いは亜希子の胸をしめつけた。

思い出すことがある。宗田と初めて会った時、彼は一瞬驚いたような表情を作った。むかし好きだった女性に似ていると言っていた。

それは彼の恋人だったのだ。恋人は死んだと言っていた。詳しいことは何も語ってくれなかった。その恋人はほんとうに死んだのだろうか。

宗田が自分に示した好意の向こうには恋人の存在があったのではないか。そう考えると、亜希子は悲しくなった。

亜希子は宗田との会話の一つひとつを思い出そうとした。その中に、宗田と恋人との生活をうかがわせる何かがあるはずだった。

「葉山さん、いかがでしょうか」

ふいに、川西の声が飛び込んできた。

「何か思い出されませんか?」

「私、わかりません」

亜希子は首をふった。具体的なものは何ひとつきいていないのだ。

「そうですか」

川西は声を落として言った。しばらく経って、

「宗田さんは関東大震災の朝鮮人虐殺の事件に興味を持ち、そのために東京に来たということでしたね？」

「はい、そうです。特に荒川河川敷の遺骨発掘にはとても熱心でした」

「そうですねえ。本庄市に行ったのも朝鮮人犠牲者の慰霊碑を見にいったのかもしれませんが……」

と、川西は濃い眉をひそめて言った。

「しかし、宗田さんの上司や同僚のお話ですと、そのようなことに興味を持っていたことを知らないと言うんですね」

「でも、あくまでも宗田さんの個人的な問題だったのではないでしょうか。私だってそうです。銀行の人たちは私のやっていることを知らないはずです」

「あなたは朝鮮人の虐殺事件に、どういう理由で興味を持たれたのですか？」

川西が言葉を改めてきいた。

「それは、私の祖父も自警団の一員だったからです」

亜希子の答えに、川西は大きくうなずいた。

「そうでしょうねえ。あなたもそのような環境にあったわけですよねえ」

川西はそこで一息ついてから続けた。

「ところで、宗田さんが朝鮮人虐殺の問題に取り組むきっかけがよくわからないのです。

函館生まれで、仙台暮らしです。そのような環境にないんですねえ」

「それは、朝鮮人と間違われて殺された東北の人のことに関心があるからです」

川西は納得しないような顔つきだった。しばらく考えてから、川西は言った。

「ほんとうは別の目的で東京に出てきてたんじゃないでしょうか?」

「別な目的?」

亜希子は川西の言葉に不安になった。

「朝鮮人虐殺の件は、宗田さんのカモフラージュだったということです」

亜希子は心臓をつかまれたような気がした。

(宗田さんは、別な目的で東京にきていた……)

川西たちと別れ、アパートに戻る途中も、亜希子の頭の中は川西の最後に言った言葉でいっぱいだった。

カモフラージュだったとしたら、なぜそんなことをする必要があるのだろう。『日本人を考える会』で、顔を紅潮させて訴えた宗田の顔が思い出された。あの熱気はけっして作りものではなかった。

アパートの階段を昇りきった時、自分の部屋の前に人影があった。

「まあ、お義姉さん」

と、亜希子は声を出した。義姉が手荷物をかかえて所在なげに立っていた。

鍵を開け、中に入ると、義姉は、

「さっき、途中で電話を切っちゃうんですもの」

と、とがめるように言って、

「あなたの様子が変だから見にきたのよ」

「ごめんなさい。きょうは、ちょっと疲れていたの」

亜希子はそう答えてから、ガストーブを点《つ》けた。

「それより、うちの人から頼まれたことがあるの」

ざぶとんに腰を下ろすと、義姉は鞄《かばん》から写真を出した。亜希子はお茶をいれながら、

「また、写真なの」

と、うんざりしたような声を出した。

「うちの人だって、あなたが心配なのよ。ね、それより、どう、この人。商社マン」

「ごめんなさい。私、まだ結婚する気になれないのよ」

湯飲みを義姉の前に置いてから、亜希子は答えた。

「まだって言ったって、亜希子さん」

あきれたように、義姉は声をあげたが、すぐ真顔になって、

「ひょっとして、あなた、好きな人がいるんじゃないの?」

と、まじまじと亜希子の顔を見た。

「いないわ。そんな人」

一瞬、宗田の顔が浮かんだ。亜希子はあわてて、

「やりたいことが、まだまだたくさんあるのよ」

「それより、お義母さまから聞いたのだけれど、あなた銀行を辞めるんですって?」

義姉が心配そうにきいた。

「まだ、はっきり決めたわけじゃないわ」

亜希子は答えた。銀行を辞めるということは、前々から考えていたことだった。今のままの銀行生活はそれなりに楽しいが、ただそれだけのような気がした。それに同僚もどんどん結婚して退職し、居づらくなった面もあった。

しぶしぶ、義姉は帰っていった。地下鉄の駅まで見送った。

「ごめんなさい。兄によろしく言ってください」

改札で義姉と別れた。

アパートに戻る途中、宗田のことが蘇った。飲み屋から酔っぱらいが出てきて、亜希子の顔をじろじろ見ていた。その脇をすりぬけた。酒の匂いが鼻にしみた。

川西の言葉をかみしめた。宗田の言葉や仕種《しぐさ》の中に何かヒントでもないか。しかし、宗田は何も喋ってはくれなかった。

その時、アッと叫んで亜希子は足を止めた。

宗田との会話の中で、妙に思ったことを一つだけ思いだした。

最後に会った夜、宗田はこう言った。

〔ひょっとして、以前あなたは室生さんと交際していたんじゃないですか？〕

この時、亜希子は宗田が嫉妬《しっと》に近い感情から言っているのかと思ったのだ。が、この言葉にはもっと別な意味が隠されていたのではないだろうか。

宗田は室生のことを意識していたような気がする。そういえば、千駄ヶ谷区民会館で彼の室生を見つめる時の激しい目。それに、宗田は辰野綾を訪ねている。室生の婚約者の祖母だ。

自分の顔からさっと血の気がひくのがわかった。ひょっとして、室生と宗田の間に何かあったのではないだろうか。もっと以前から、二人の間には秘密があった……。

（そんなばかな！）

亜希子はふいに湧きあがった疑念を打ち消した。宗田殺害に室生が関わっているというのか。そんなことはありえない。自分はなんとばかげたことを考えたのだろう。が、そう思いながら、亜希子は自分の部屋に戻っても、一度とりつかれた疑念からなかなか逃れることができなかった。

もし、秘密があるとすればどこで生まれたのだろうか。宗田は仙台の人間で、東京には来たことがないようだ。すると、宗田と室生に何かがあったとすれば仙台に違いない。

気がつくと、亜希子は『日本人を考える会』の幹事役である塩木のもとに電話を入れていた。

6

翌日、亜希子は新宿の喫茶店で、塩木と会った。塩木は元学生運動家の闘士で、現在小さな印刷屋で働いている。亜希子と同じ年の二十六歳であった。

「葉山さんに呼び出されるとは光栄だな」

と、塩木はあご髭《ひげ》の上に白い歯を見せた。

「なに言っているの。丘《おか》さんという女性《ひと》がいながら」

亜希子が丘のぶ子《こ》の名前を出すと、塩木は苦笑いした。丘のぶ子は会の会計係で、塩木とは親密な仲であった。

コーヒーがきてから、亜希子は真顔になって、

「先日、室生さんは荒川河川敷から遺骨はもう掘り起こされてしまったと、言っていました。塩木さんはどう考えていらっしゃるの？」

「難しい質問だな。三年前の発掘作業で遺骨が発見できなかったことは確かだからね。発掘した場所が違うか、もっと掘らなければならないのか……」

塩木は首をかしげてから、

「しかし、その説は、R大の川畑教授もおっしゃっていたからねえ」

「室生さんが、荒川河川敷にもう遺骨がないと言いだしたのはいつごろかしら？」

「さあ、やはり、三年前の発掘の失敗が、相当ショックだったようだからね。その後、研究して、そう結論づけたのじゃないかな」

塩木はのんびりとした口調で答えた。

「塩木さん、あなたは室生さんと親しいのでしょう？」

「まあ、親しいというほどでもないけど……。朝鮮人虐殺の件以来ずっと一緒に行動しているからね」

塩木は、室生と亜希子の関係に気づいていない。いや、一時は変な目で見ていたが、室生が婚約したことで、自分の思い過ごしだったと考えたようだった。

「ちょっと調べていただきたいことがあるの。お願いできるかしら」

亜希子は言った。

「ほう、どんなこと？　ぼくで用がたせることなの？」

「実は、室生さんが東北で暮らしたことがあるか、あるいは東北に旅行したことがあるか、それを調べていただきたいの」

亜希子が言うと、塩木は細い目に不審の色を浮かべ、

「何を調べようとしているんです？」

その言い訳を、亜希子は用意してあった。わざと、少し困ったような顔つきをしてから亜希子は口を開いた。

「室生さん、こんど選挙に出るという噂でしょ？」

「そうらしいね。婚約者の親父さんの跡を継ぐ、という噂があるようだけど……」

「ええ、それも自由保守党からでしょう？」

亜希子はわざといいよどんでから続けた。

「荒川河川敷がすでに掘り起こされているという室生さんの説が、ほんとうに研究の成果から来たものなのか、あるいは自由保守党から選挙に出るために方向転換をしたのか、それが知りたいのよ」

「考えすぎだよ。室生さんはほんとうに研究の結果から結論を出したんだよ」

塩木は言った。

「私にはそうは思えないわ」

と、亜希子は否定してから、

「だって、遺骨が発見されたら、また外国から日本政府攻撃の火の手が上がるでしょう。国にとっちゃ由々《ゆゆ》しき問題だと思うの。発掘作業の急先鋒だった室生さんを籠絡《ろうらく》すれば、永久に荒川河川敷を発掘するということはなくなるんじゃないかしら」

亜希子はいっきに喋った。

「室生さんは学者だよ」

「いえ、政治家になろうとしているわ」

うむっと、塩木は腕組した。

「それで、室生さんの東北行きというのは？」

腕組を解いて、塩木がきいた。

「待って、それは今は言えないわ。今の件と関係あるとだけ言っておくわ」

亜希子がぴしっと言うと、塩木は不満そうに鼻をふくらましたが、

「わかったよ。調べておきましょう」

「いつまでにわかるかしら」

「明日にでも調べて連絡しますよ。で、いつからいつまでの期間を調べればいいのかな？」

そうね、と亜希子は考えたが、

「ここ一、二年かしら」

塩木から電話があったのは翌日の夜だった。

「わかりましたよ。城南女子大の事務局の友人に室生さんのスケジュールを調べてもらっ

たんです」

と、塩木の闊達《かったつ》な声が聞こえた。

「室生さんはこの二年間、東北には出かけてないね」

「ほんとう？」

亜希子は聞き返した。そんなはずはないと思った。最近、東北で宗田となんらかの関係が生じたはずだ。

「でも、旅行で行ったかもしれないわね」

「それはそうだけど、個人的な行動までは調べられないよ」

「そうね。それは本人に聞くしかないですものね」

亜希子が気落ちしたような声を出すと、

「でも、三年前には行っているよ」

「三年前？」

亜希子は思わず大声を出した。

「昭和五十七年四月から六月までの三ヵ月間、毎週火曜日、仙台に出かけているね」

「毎週？　なんで毎週行っていたのかしら？」

「Mデパートのカルチャーセンターの講師だよ」

電話を切った後、亜希子は思い出した。室生の口から、カルチャーセンターの講師の話を聞いたことがあったが、仙台にもその話があったことは知らなかった。室生との楽しい日々がふと目の前を過《よぎ》った。

いずれにしても、三年前に室生は三ヵ月間、仙台に通っていた。この仙台時代、宗田と何かがあったのではないか。室生は気がつかず、宗田だけが知っている何かが……。

7

何が亜希子を仙台に旅立たせたのか。亜希子は自分でもよくわからなかった。宗田の死の真相が知りたいというより、室生の秘密に近づきたいという思いからかもしれない。

亜希子は室生のことを理解しているつもりでいた。しかし、室生には亜希子にも見せない暗い部分があったのだ。それが知りたいと思った。

東北というと、どこか郷愁のようなものが感じられる。亜希子は『杜《もり》の都』仙台に一度だけ行ったことがある。銀行に入った年の夏休みのことだった。銀行の仲間と一緒だった。いつか愛する人と訪れてみたいとその時、亜希子は思ったものだった。まさか、このような形で、仙台に向かうとは想像だにしなかった。

亜希子が銀行に休暇をとったのは十二月の中旬であった。

上野駅の新幹線地下ホームにはスキー客の姿も目立った。スキー客は上越新幹線のホームに向かった。

東北新幹線『やまびこ』が静かに出発すると、亜希子は大きくため息をついた。仙台に何があるのか、亜希子は過ぎ去る窓の風景を見ながら、気持ちの高ぶりを押さえていた。

厚い雲が浮かんでいた。遠くに黒い山並が続いている。亜希子は新幹線に乗っている自分を不思議に思った。自分に、このような行動力があることが信じられなかった。少なくとも、室生と別れる前までの亜希子には考えられないことだった。

車窓に流れる冬の田園風景を見ながら、亜希子は宗田の声を蘇らせた。

「あなたと仙台で暮らせたら、と思っているんです」

照れながら言う宗田の顔が思い出され、亜希子はまた涙がにじんできた。

上野から二時間で、仙台に着いた。冷たい風が仙台のホームに吹きつけた。

仙台に下りて、その変貌《へんぼう》ぶりに目をみはった。モダンなステーションビルに駅前の高架歩道橋。

亜希子は公衆電話を見つけると、バッグから宗田の上司である村島武男の名刺を取り出して、青葉電子に電話をかけた。

「研究開発室の村島室長をお願いいたします」

亜希子が交換手に言うと、しばらくして、聞き覚えのある声が聞こえた。

「村島です。東京ではお世話になりました」

「今、仙台に来ているんですが、少しお時間をいただけないでしょうか?」

「ほう、こちらに……」

村島は少し驚いたような声を出したが、すぐに、

「かまいませんよ。会社まで来ていただけると有り難いんですがね……」

「わかりました。おうかがいします」

場所をきいて、亜希子は電話を切った。

青葉電子は青葉通り一番町である。亜希子はバスに乗らずに歩くことにした。

どんよりした空であった。しかし、ケヤキ並木の青葉通りはいくらか亜希子の心を落ち着かせた。葉は落ち、細い枝を見せているが、ケヤキ並木のこの道を宗田も歩いたのだと思うと、胸が熱くなった。

青葉電子はMホテルの並びにあった。ロビーの自動ドアーを入ると、横手に受付があった。若い女性が二人並んでいた。亜希子は村島の名前を言った。話は通してあったとみえ、受付嬢は亜希子を応接室に案内した。応接室はロビーの端にあった。

ソファーに座って待っていると、村島がやってきた。腹の出た柔和《にゅうわ》そうな顔をほころばせながら、

「どうも、宗田がお世話になりました」

「いいえ、とんでもございません」

あわてて、亜希子は言った。さきほどの受付嬢がお茶を運んできた。

「仙台は初めてですか？」

村島はきいた。

「二度目です。でも、だいぶ前です」

「すっかり変わったでしょう」

世間話の後で、村島が事件のことに先にふれた。

「まだ、犯人の目星がつかないようですね」

「そのことで少し、おうかがいしたいのです」

「なんでしょう？」

「宗田さんはＭデパートのカルチャーセンターに通われたことはないでしょうか？」

「カルチャーセンター？」

「はい。三年前、五十七年の四月から六月までなんですが」

「それが、宗田くんの殺されたことと何か関わりが？」

村島は不審そうな顔つきできいた。

「まだ、わかりませんが……」

「ちょっと待ってくださいよ」

村島はそう言って立ち上がると、部屋の隅にある電話をかけにいった。ダイアルをまわしてから、何ごとかささやいていた。亜希子は湯飲みに手をのばした。

村島が戻ってきて、再び真向かいのソファーに腰をおろすと、

「今、尾関くんを呼びました。彼から話をきいた方がいいでしょう」

しばらくして、背の高い男がやってきた。

「どうもその節はお世話になりました」

尾関は頭をさげてから、村島の横に腰をおろした。

「室長からききましたが、宗田くんがカルチャーセンターに通ったことがあるか、というお尋ねだそうですねえ」

と、尾関は話を切り出した。

「彼はカルチャーセンターには行ったことはないはずです。それに、三年前、彼はアメリカに出張していたんですよ」

隣で、村島が思い出したように顔をうなずかせた。

「アメリカに?」

亜希子は驚いてきき返した。すると、村島が脇から言った。

「そうでした。半導体の研究開発のために米国の提携企業に派遣されたのです。確か、五十七年の四月から一年間でした」

「そうですか……」

亜希子は心の中でため息をついた。宗田と室生の接点はなくなった。どこかほっとした部分もあったが、軽い気落ちもあった。亜希子は気をとり直してから、

「あの、宗田さんに恋人は……?」

と、思い切ってきいてみた。

「恋人? さあ、いなかったようですが……」

尾関が答えた。

その後、宗田の思い出話を少ししてから、最後に村島が、

「今夜はこちらにお泊まりですか?」

ときいた。

「いえ、まだわかりません」

「もし、泊まるんでしたら駅前のAホテルがよろしいですよ。青葉電子の社名を出せば一割引きになります」

村島は笑顔を作って言った。それから、亜希子は二人に別れを告げた。

再び、駅に向かって歩き始めた時、後ろから追ってくる声をきいた。立ち止まってふり返ると、たった今別れたばかりの長身の尾関が近づいてきた。

「葉山さん、ちょっといいですか」

と、尾関は亜希子の前に立って言った。

「さっき室長がいたので言えなかったのですが……」

その瞬間、亜希子の心臓が激しく波打った。尾関は駅の方向に向かって歩き出した。亜希子も並んで歩いた。

「宗田くんには好きな人がいたんですよ」

その声が重く、亜希子の胸に響いた。

「でも、その女性は宗田くんがアメリカに行っている間に、彼の前から姿を消してしまったのです」

「まあ……。どうしてですの？」

亜希子はきいた。声が震えているのが自分でもわかった。

「わかりません。宗田くんにもわからなかったようです。彼はアメリカから帰ったら結婚するつもりだったそうです。相当ショックを受けていましたね」

宗田が自分の奥に見ていたのは、その女性だったのだ。亜希子は宗田が遠い存在になったように感じた。

「実は彼のアパートの荷物の整理を手伝っていたら、その女性からの手紙があったのです」

と、尾関は言葉を切ってから、

「その手紙を大事にとってあったところをみると、やはりその女性のことが忘れられなかったのかもしれません。手紙には、ある人の世話で東京に行くということが書いてありました。今思うと、宗田くんは東京にその女性を探しに行ったのではないでしょうかねえ」

「その女性はどんな人なんですか？」

亜希子は心を落ち着かせてきいた。

「クラブのホステスだったようです」

「ホステス？」

意外な職業に亜希子は驚いた。あの宗田のような男がクラブのホステスに夢中になるとは信じられなかった。

「ホステスといっても、それはただ生活のためにやってたらしいですよ。東京に行くことをきっかけにクラブ勤めは辞めますと書いてありました」

「その女性、東京に行った可能性があったのですか？」

「ええ、手紙を読む限りにおいてはそうでしょうねえ」

「その女性の名前、覚えていらっしゃいますか？」

「渥美《あつみ》美津子《みつこ》という名前でした」

室生に対する疑念が再び湧きあがった。

その女は室生と関係があったのではないだろうか。その女がカルチャーセンターで室生と知り合ったのかもしれない。

「その女性、カルチャーセンターには通っていなかったでしょうか？」

さあ、と尾関は首をふった。よかったら今夜、仙台の街を案内したいという申し出を断って亜希子は尾関と別れた。亜希子の目に、尾関の残念そうな顔が残った。

亜希子はMデパートに向かった。そこに室生の秘密が隠されているような気がした。

Mデパートは国分町《こくぶんちょう》の商店街にある。亜希子は一番町通りのしゃれた道を歩いた。どの道を通っても、かつて宗田が愛した街並だと思うと、胸に熱いものが湧きあがってくる。亜希子の心は、室生に対する疑念と、宗田に対する哀惜《あいせき》の念が常に交錯《こうさく》していた。

Mデパートの前にはベンチが置かれ、買物客が休んでいた。亜希子はデパートに入り、エレベーターで八階のカルチャーセンターに向かった。

八階でおりると、すぐ受付があった。亜希子は受付に近づき、

「失礼します。私こういうものですが……」

と、名刺を出した。受付の髪の長い女性は、名刺の名前をみてから顔をあげた。まだ二十歳くらいの女性だった。

「私、城南女子大の室生浩一郎先生と一緒にグループ活動している者ですが」

亜希子の声を、受付の若い女は畏《かしこ》まってきいた。

「実は、室生先生は三年前にこちらで講座を持たれたのですが、その時の生徒さんの名簿をなくしてしまったのです」

亜希子は言い訳するように、

「そのとき授業に出られた生徒さんからお手紙をいただいたそうなんですが、他の方にも連絡がとりたいので、あの当時のクラスの名簿を見せていただきたいというのです」

「少々、お待ちください」

と、受付の女性は奥の部屋に引っ込んで行った。

その間、授業のテキストを購入する人や、入学の手続きをする人で、カウンターはこんできた。亜希子は待合室ふうなソファーに腰を下ろし、カウンターにさきほどの女性が現れるのを待った。

壁には、各種講座のスケジュールがはってある。明るい雰囲気であった。昼間なので、やはり主婦の姿が目立った。

頼んだ女性が、年上の女性を連れて現れた。亜希子は急いで立ち上がった。

「あの、三年前の室生先生の授業と申しますと、『明治・大正の女性史』ですね?」

眼鏡の女性が確認するように言った。手にファイルを持っていた。

「はい。そうだと思います」

亜希子が答えると、ファイルをカウンターの上に広げ、

「これでございますけれど」

と、手書きの住所録を見せた。Ａ４サイズの用紙に二ページに渡って氏名と住所と電話

番号が記入されていた。全部で六十名近い人数だった。

「かなりな生徒さんでいらっしゃいますね」

「室生先生はなかなか人気がおありでしたから」

「申しわけありませんが、コピーをとっていただけないでしょうか」

写すには多過ぎた。

コピーをもらってから、亜希子はすぐに調べたいので、再びソファーに腰を下ろして住所録を広げた。

上から順番に見ていった。ほとんど女性だった。二ページ目の最後までいったが、渥美美津子の名前はなかった。しかし、考えてみれば渥美美津子はクラブに勤めていたのだ。室生の方から、そのクラブに顔を出したことも考えられる。または、美津子の友人がカルチャーセンターに入っていたのかもしれない。とりあえず、講義を受けた人間を当たれば何かがつかめるかもしれない。

そう思い直して、名簿を見直した。ほとんど仙台市内である。それでも一人ひとり当たることは大変な作業であった。警察なら、たちどころに調べることができようが、亜希子一人では苦しかった。

ただ、電話番号が書いてあるので、その点は助かった。電話番号がないのは、十五名であった。

亜希子はとりあえずカルチャーセンターを出た。

Mデパートの外に出ると、雨が降り始めていた。意気込みに水を差すように冷たい雨が降ってきた。バッグから傘を出して開いた。

まだ二時過ぎなのに、空は薄暗く、亜希子の心も滅入《めい》ってきた。自分は今、何をしようとしているのか。室生の秘密をかぎ出してどうしようというのか。

その時、室生の婚約者の恵子の顔が浮かんだ。亜希子の前で勝ち誇ったような笑顔をふりまいた恵子であった。亜希子はあの時の悔しさを覚えている。出世のために、恵子を選んだ室生に対し、復讐しようという気持ちが、亜希子をこのような行動に走らせているのだろうか。

歩き始めると、雨ははげしくなった。亜希子は一番町通りを戻った。目の前を、アベックが一つ傘で肩を抱き合うようにして歩いていた。

そういえば、昼食がまだだった。あまり食欲はないが、食べておかなければと、亜希子は思った。昔、銀行の同僚と三人で旅行した時、しゃれた洋菓子店に入ったことがある。亜希子はなつかしさから、その洋菓子店を探した。

その店はすぐにわかった。

入り口のガラスケースにはケーキやパンが並んでおり、奥が喫茶店になっていた。

店内は比較的空《す》いていた。亜希子は入ってすぐのテーブルに腰を下ろした。

コーヒーと野菜サンドを頼んでから、亜希子は仙台市内の地図を広げた。

住所録を照らしあわせると、やはり四方に分散している。しかし、東京と違って区域は狭いようだった。

やはり、自分は無駄なことをしているのではないか、という気になった。まったく見当外れなのかもしれないという思いが、またも亜希子を襲ってきた。

独りで食事をとることに馴れているとはいえ、遠い地方に出て、独りコーヒーを飲む姿に亜希子は感傷的になった。

サンドイッチを食べると、ようやく元気が出たようだった。

亜希子は名簿を広げた。この中に、美津子を知っている人間がいるはずだ。

亜希子はその店を出ると、近くの公衆電話ボックスに入った。

まず、赤城定子《あかぎさだこ》という人の電話番号をまわした。呼び出し音が亜希子の耳に響く。緊張した。ガチャンと受話器の外れる音がした。

「はい。赤城でございます」

「もしもし、こちらMデパートのカルチャーセンターですが、定子さんはいらっしゃいますか？」

亜希子はカルチャーセンターの名前をつかった。

「定子は私ですが……」

声の様子から判断して、四十代後半ぐらいだろうか。

「失礼ですが、三年前に室生浩一郎先生の講座にご出席されましたね？」

「ええ、そうですわ」

「つかぬことをお伺いしますが、お知り合いの方で、渥美美津子さんという方をご存じないでしょうか？」

「あなた、どなたなのですか？」

電話の声が高くなった。亜希子は息をしずめてから、

「はい。生徒さんの一人の連絡先がわからなくなりまして……」

定子は、亜希子の言い訳を最後まで聞かないうちに、

「また、何かを売りつけようという魂胆なんでしょう！」

と、怒鳴って電話を切った。亜希子は頬《ほお》を打たれたような気がした。今、自分がやっていることの虚《むな》しさをひしひしと感じた。

すぐ、気を取り直し、次の電話番号をまわした。

「もしもし、吉田《よしだ》のぶさんのお宅でしょうか？」

「私がのぶですが……」

落ち着いた声だった。かなり年配のようだ。亜希子は、さきほどと同じようにカルチャーセンターの者と名乗り、これも同じようにきいた。

「知りません……」

亜希子は虚しく電話を切った。

結局、七名の女性の連絡先に電話をかけたが、手応えはなかった。外に人が待っていたので、亜希子は諦《あきら》めて電話ボックスから出た。

亜希子はきょう東京に帰るつもりだったが、このまま帰ることができなかった。もう少し、何かをつかんで帰りたいと思った。

亜希子は駅前にあるAホテルに泊まることにした。

ホテルのレストランで食事をして、部屋に入ると急に心細さが襲った。

部屋にいても亜希子は落ち着かなかった。十階にあるバーへ行ってみた。窓際のテーブルに腰を下ろし、カクテルを頼んだ。仙台の街の灯がにじんで見えた。若い女独りがもの悲しげに酒を飲む姿は、周囲の客の目には好奇的に映るのだろう。時々、痛いような視線を感じた。

酒に弱い亜希子だが、今夜はいっこうに酔う気配はなかった。頭の中はますます冴えてきた。

宗田は渥美美津子という女を愛していたのだ。その渥美美津子は宗田がアメリカ出張中に姿をくらましている。なぜ、彼女は宗田を裏切ったのだろうか。

亜希子はグラスを握りしめた。その陰に室生がいたのではないか。室生の彫りの深い顔が蘇った。室生の後を追って彼女は東京に行ったのだ。

室生と美津子はどこで知り合ったのか。やはり、彼女がクラブのホステスであることを考えると、室生がそのクラブに遊びに行って知り合ったように思える。

室生はそのクラブに偶然入ったのだろうか。いや、室生の性格からして、一人でクラブに行くとは思えない。誰かに連れて行ってもらったのだろう。

亜希子はカクテルグラスを口もとでとめた。もしかしたら、講座に参加した男性と一緒に行ったのではないだろうか。カルチャーセンターの事務局の人間に連れて行ってもらったという考えもあるが、亜希子はそうは思わなかった。

しかし、亜希子にわからないことがある。たとえ、亜希子に顔つきが似ていたとしても、室生はいわゆる水商売の女とつき合う男ではないのだ。室生が美津子と交際していたとしたら、もっと別に室生の心をひくものが彼女にあったからに違いない。

明日、講座に出席した男性を訪ねてみようと亜希子は思った。

8

翌朝は青空が広がった。

起きた当初は頭の中が重かったが、窓から差し込む朝陽をあびて、亜希子の心は少し癒された。

亜希子はホテルの部屋から、名簿を見て男性の家に電話をかけた。まず、井関進《いせきすすむ》という人だった。一番近くに住んでいたからだ。住所を見ると、本町《ほんちょう》二丁目であった。声の感じからすると、年配であった。用件を言うと、お待ちしております、と答えた。

亜希子はホテルをチェックアウトすると、目的地に向かって歩いた。

井関進の家は文房具店であった。瘦《や》せた品のいい七十過ぎの老人だった。息子に店を任せ、五年前に隠居したと言った。

「実は人を探しております。井関さんは、渥美美津子という女性をご存じじゃありませんか?」

と亜希子は話を切り出した。

「渥美美津子さんですか? いいえ、知りませんねえ」

井関は姿勢を崩さず答えた。

「授業が終わった後、皆さんと室生先生とは呑みに行ったりなさったのでしょうか?」

「さあ、どうでしょうか。講義が終わると、先生といっしょにお茶を呑みに行ったりしましたがねえ。まあ、その後で、他の人がご一緒したかもしれませんねえ」

「これが、当時の名簿なんですが……」

亜希子は用紙を差し出した。井関は眼鏡をはずしてコピーを手にした。

「この中で、先生と仲のよかった人といったらどなたでしょうか？」

しかし、井関は首をふった。

亜希子は礼を言って、退去した。

亜希子は次に、村川幸吉《むらかわこうきち》という男に電話をした。住所は、仙台市大手町《おおてまち》……。

約束を取りつけてから、亜希子はバスに乗った。

市民プール前で降り、大橋《おおはし》に向かって歩いた。高校のグラウンドから歓声が聞こえた。ラグビーの練習でもしているのだろう。広瀬川《ひろせがわ》の傍《かたわ》らに村川幸吉の事務所が見つかった。

村川は建築事務所を開いている。

腹の出た中年男であった。村川は亜希子の顔を見て、おやという顔つきをした。心臓が高鳴って、亜希子は挨拶もそこそこに、渥美美津子のことを訊ねた。すると、村川は、

「知ってますよ。国分町の『ジュリー』という店のホステスでしょ。そのクラブに、私も何度か行ったことがありますから。でも、彼女、もう、いませんよ」

村川は亜希子の胸のあたりをじろじろ舐《な》めるように見ながら答える。一時も早く、事務所から出ていきたい心境だった。

いよいよ肝心な質問である。

「室生先生は、そのクラブに行ったことがあるのでしょうか？」

「いいや。行ったことないでしょ」

村川は簡単に否定した。亜希子は思わず、相手の顔を見つめ、

「じゃあ、美津子さんと室生先生はお互い知らなかったのでしょうか？」

「美津子と室生さんが？　あなたが何を調べているのかわからんが、美津子は室生先生を知っていたようだね」

「ほんとうですか？」

亜希子は身を乗り出した。

「いつだったか、講義が終わって教室を出ると、ロビーに美津子がいたんだよ。なんでクラブのホステスがこんなところにいるのかと思っていたら、教室から出てきた室生さんと何か話しこんでいたからね」

とうとう室生と美津子が繋《つな》がったのだ。

亜希子はクラブに行ってみようと思った。村川の話によると、当時美津子と仲の良かった久子《ひさこ》というホステスがまだいるということだった。

「行くなら今夜一緒に行ってやってもいいよ」

村川は濡れたような唇をつき出して言った。結構です、と言って亜希子は事務所を出た。ちょうど十二時になるところだった。

クラブに出かけるには、まだ時間が早かった。

亜希子は広瀬川を渡り、歩いて青葉城跡に登った。宗田といっしょに歩くことになった

かもしれない道であった。歩いていると、汗が出てきた。青葉城跡には団体の観光客が多かった。市内を見渡すと、広瀬川は曲がりくねっているのがよくわかった。アベックが肩を寄せ合い、市内のビル群を見つめながら楽しそうに笑っている。宗田が生きていれば、とアベックを見て亜希子の胸は熱くなった。宗田は自分にプロポーズをした。自分はそれに応じただろうか。亜希子は自分でもよくわからない。宗田と二人で、この街で暮らすことになったのだろうか。今、自分がやろうとしていることは宗田のためだろうか。あるいは、室生に対する復讐心からだろうか。バスガイドの声が聞こえた。ふり返ると、団体が伊達政宗《だてまさむね》公の銅像の前に集まって、ガイドの説明をうけていた。亜希子は自分一人だけが取り残されたような寂しさを覚えた。

亜希子は、国分町のクラブに出かけた。

そのクラブは、飲食店がたくさん入っているビルの七階にあった。エレベーターで七階に行き、クラブ『ジュリー』の扉を押した。

中で、掃除をしている若い女が、

「応募の方？」

ときいた。あわてて、亜希子は、

「いいえ、違うのです。ちょっとおうかがいしたいことがありまして……。久子さんは、いらっしゃいます？」

「まだです。もう少ししたらきますから、そこでお待ちになって」

女は言った。

三十分くらい経って女が顔を出した。二十七、八の赤いセーターを着た女だった。

「久子さんですか？」

亜希子は立ち上がってきいた。久子はけげんそうに亜希子を見つめたまま、しばらく声が出なかった。やはり、美津子に似ているので、驚いたようだった。

「あなた、誰？」

やっと、久子が口を開いた。亜希子が用件を言うと、

「美津子のこと？」

その女は露骨に顔を歪《ゆが》めた。きれいな顔のわりには肌は荒れているようだった。

「あんな薄情な女、友達でもなんでもないわ」

久子は長い髪をふって言った。

「どうしてですか？」

「東京に行って、落ち着いたら連絡すると言ったのに、ぜんぜん音沙汰なし」

肩をすくめて言った。

「美津子さん、東京に行くと言っていたのですか？」

「そうよ。やっとチャンスがまわってきたって言っていたわ」

「まったく連絡がないのですね？」

「そう。親友だと思っていたのにね」

久子はバッグから煙草を抜き出して口にくわえた。

「チャンスってなんでしょう？」

「さあ、彼女は野心家だったからねえ」

煙草に火を点けてから女が唇をとんがらせて言った。

「美津子さんは関東大震災のことに興味を持っていらしたでしょうか？」

「関東大震災？」

女は首をふった。それから、不審そうに亜希子を見つめ、

「あなた、なぜそんなに彼女のことをききたがるの？」

女が甲高い声を出した。

「ひょっとして、美津子さんはあなたに連絡できない状態になっているんじゃないかと思うのです」

亜希子は思い切って言った。女は驚いたように、煙草を灰皿にもみ消した。

「どういうことなの？」

女は真剣な眼差しになった。

「美津子に何かあったというの？」

「わかりません。でも、変だと思いませんか。美津子さんはあなたと仲がよかったんでしょう？　それなのにいままで連絡がないというのも不思議じゃありませんか？」

女は眉をよせて考え始めた。

「美津子さんの実家の住所、おわかりでしょうか？」

「いえ、知らないわ。岩手だそうだけど……」

亜希子はがっかりしたが、次の質問に移った。

「室生浩一郎という人、ご存じですか？」

「室生？　聞いたことないわねえ……」

久子が考える仕種をした。

「東京にある女子大の助教授なのですが……」

「大学の先生？」

久子は小首をかしげた。亜希子は彼女の薄い唇をじっと見つめた。

「そういえば、彼女、いつだったか、大学の先生に会うと言っていたわ。会って聞きたいことがあるって……」

美津子は自ら室生に会いに行ったのだ。それまで、彼女は室生を知らなかったのだろう。何のために、美津子は室生に会いに行ったのだろうか。それより、どうして美津子は室生のことを知ったのだろうか。

「その後、その先生と美津子さんが親しく交際していたということはなかったのでしょうか?」

「そんなことないわよ。だって、彼女には当時、つき合っていた男性がいたのよ。美津子は二人の男を操るような女じゃないわ」

つき合っていた男というのは宗田のことに違いない。しかし、久子の返事は意外であった。美津子は二人の男と交際するような女ではないという。そうだとすると、美津子はどういう目的で室生と会っていたのだろうか。

「二十七、八歳ぐらいだったかしら。おとなしそうななかなかいい人だったのよ。美津子もほれていたようよ。そうそう、その人ね、美津子が東京へ行ってから半年ほどして、ここに来たことがあったわね」

久子が言った。

「その人、何しに来たのですか?」

「美津子の居場所を聞きにきたのよ」

「恋人がいたのにどうして美津子さんは東京に行ったんでしょう?」

久子は首をふった。美津子は室生の後を追って東京に行ったのではないのか。

「そろそろ、支度《したく》しなくちゃいけないんだけど……」

久子が迷惑そうな顔をした。もう聞くこともないようだと、亜希子は思った。

「あの、美津子さんの写真ないでしょうか？」

最後に亜希子は言った。

「美津子の写真？　あるけどアパートに行かないとないわ」

と、言ってから、

「あ、そうそう、このお店の開店記念の時、お客さんにとってもらったのがアルバムにあったわ」

と言って、彼女は立ち上がり、控え室に入っていった。

しばらくして、彼女は分厚いアルバムを持ってきた。アルバムを何ページか開いてから、

「これが美津子よ」

と、言って指差した。

店の中で写したものである。五人のホステスがソファーに座っていた。後は一人ひとりの写真があった。自分と何となく似ている気がした。

「あの、この写真、お借りできないでしょうか？」

亜希子は、美津子が一人で写っている写真を見せた。

仙台から帰って一週間後のことだった。銀行に川西刑事から電話があった。

「先日、仙台に行きました。青葉電子の村島さんにお会いしましてね。あなたが仙台に来たときいて驚きました」

「刑事さんも仙台に……」

「ええ。そのことでちょっとお話がしたいんですが……」

川西と連れの若い刑事が超高層ビルのロビーに現れたのは、昼休みであった。亜希子は地下商店街の喫茶店で、川西と向かい合った。

「驚きましたよ。あなたが、我々の先まわりをしているので……」

皮肉をきかせて、川西が言った。亜希子はあわてて、

「そんなつもりじゃありませんわ」

「あなたは渥美美津子と室生浩一郎氏のことをだいぶお調べだったようですねえ」

亜希子はすぐに返答ができなかった。

「いえ、ただ気になったものですから……」

やっと、亜希子は小さな声で答えた。さすが警察だと思った。渥美美津子の存在も、室生のことも調べていた。それにしても、どうしてわかったのだろう。

(まさか！)亜希子は息をのんだ。亜希子の行動から、室生や美津子のことを知ったのに違いない。あ然としている亜希子の耳に川西の声が届いた。

「じつは渥美美津子には捜索願いが出ているんです」

「やっぱり……」

　亜希子は目を見開いて言った。

「渥美美津子の実家は岩手県の大滝村《おおたきむら》というところなんですがね。その実家から昭和五十八年二月に捜索願いが出てます」

　捜索願いという言葉の暗い響きが亜希子の胸をついた。

「昭和五十七年九月五日に、アパートを引き払い、東京に行くといったまま消息不明になっているのです。実家の両親や、友人関係にあたっても蒸発する理由が浮かばないんですな。三年間も消息を断つということは考えられない状況なので、犯罪に巻き込まれた可能性が高いのです」

　川西は亜希子を見つめてから、

「あなたはなぜ、室生さんに疑惑を持たれたのですか？」

「疑惑だなんて……」

「あなたは仙台のMデパート主催のカルチャーセンターの名簿をコピーしましたね。室生浩一郎の講座です」

　警察がそこまで知っていることに驚きを感じた。それ以上に室生を呼び捨てにしたことが亜希子にはショックだった。

「警察は室生さんを疑っているのですか？」

亜希子は心の動揺を隠してきいた。川西は戸惑ったような顔つきをしたが、すぐ決心したように、

「被害者の東京での行動がだいたいわかってきたんですよ」

と、話を切り出した。

「宗田さんは東京で、室生浩一郎について調べているんです」

亜希子は激しいショックを受けた。

「事件当日も宗田さんは室生と会っているんですよ」

「ほんとうですか？」

「室生はお茶《ちゃ》の水《みず》にある『駿河《するが》ホテル』に原稿書きのために宿泊していたのですが、そのホテルに宗田さんが訪ねていったんです」

亜希子は川西の声が耳に入らなかった。

「宗田さんは室生と別れてから本庄に向かったのですよ」

「………」

亜希子は言葉が出なかった。

「室生はカルチャーセンターの講師として週に一度仙台に行っていましたねえ。そこで、美津子と知り合った。しかし、六月に室生の講座が終わり、室生は仙台に行く用がなくな

った。そこで、彼女は室生を追って東京に出てきたのです。当時、美津子には恋人がいた。これが被害者の宗田さんですよ。美津子は恋人を捨て、室生のもとに走った。東京で、室生は美津子としばらく生活していたのではないでしょうか。美津子は恋人が追ってくることを懸念して誰にも東京での居場所を教えなかったのです。いや、これは室生がそうしろと命じたのでしょうな。なにしろ、室生は新進気鋭の女子大の助教授ですからね。妙な醜聞《しゅうぶん》を恐れた……」

川西は話を続けた。

「最近まで、美津子は東京周辺のどこかで室生の愛人として生活していたんじゃないですかねえ。ところが、室生には国会議員辰野洋行の娘との結婚話が持ち上がった。それで、美津子がじゃまになったのです。ひょっとして、美津子が妊娠したのかもしれませんねえ」

違う、と亜希子は心の中で叫んだ。室生は自分を愛してくれていたのだ。あの当時、自分以外の女性とつき合っていたことは断じてない。亜希子は自分だけが愛されていたと信じている。

「室生はじゃまになった美津子を殺し、どこかに死体を隠したとも考えられます。宗田さんは何らかのきっかけで室生のことがわかったんでしょう。それで、室生に近づくために、東京に出てきたのです。そして調べた結果、すでに美津子が殺されているかもしれない、と考えたのですよ」

「信じられませんわ」

亜希子は喉《のど》につまった声をやっとの思いで出した。

「おそらく美津子さんは本庄市を中心とした土地に住んでいたのではないでしょうか」

「本庄市？」

「宗田さんは美津子さんのことを調べるために本庄を訪れたのかもしれません。本庄市に行くことにより美津子殺しが発覚するのを恐れ、室生は宗田さんを始末したのでしょう」

「………」

「まあ、現在のところ推測の域を出ませんが……。渥美美津子にしても、ほんとうはまったく別な事情から蒸発をしたのかもしれない。どこかで、生きている可能性もあるわけです。仮に事件に巻き込まれて殺されていたとしても、肝心の死体がないんですから、室生の犯行を立証できない。美津子への犯行が立証できなければ、宗田康司さん殺害事件も立証できないんですからね」

川西はいまいましそうに言った。

「葉山さん、あなたが、もっとも生前の宗田さんと親しく話をされてるんですよ。何かあったはずです。宗田さんの話の内容や様子に、何かヒントがあるはずです。あなたが仙台のカルチャーセンターに行ったのも、それを感じたからでしょう。思い出してください。

室生が宗田さんを殺害したのは、渥美美津子失踪に関して何らかの証拠を宗田さんが見つけたからだと思うのです。それを、宗田さんとの話の中から見つけてください」

川西にいっきにまくしたてられ、亜希子は耳をふさぎたくなった。あんまりだわ、と亜希子は叫びたかった。

亜希子は確かに室生に秘密を見た。それを探ろうとした。しかし、それはけっして警察に訴えるためではなかった。室生の秘密を探ろうとしたのは、まだ室生を忘れられないからだ。

亜希子は自分の心に巣くっている室生への思いを改めて知った。

やさしく亜希子を愛撫《あいぶ》し、愛する喜びを教えてくれたのが室生なのだ。その室生が犯人である証拠をどうして見つけることができようか。まして、室生が殺したという相手が、亜希子に結婚を申しこんだ男なのだ。亜希子の人生の中で重大な位置を占めた二人なのだ。その一方が殺され、もう一方を殺人者にする証拠を探せなどとは、あまりにも酷過《ひど》ぎる。亜希子はそう叫びたかった。

「葉山さん、何か思いだしたらお知らせください」

そう言って、川西は帰って行った。

その夜、亜希子は、銀行の支店で開かれたクリスマスパーティーに出席したが、昼間の刑事の話が耳にこびりついていて、いっこうに気分がすぐれなかった。

第四章　容疑者

1

『長峰墓地裏殺人事件』は一ヵ月近く経《た》ち、ここにきてようやく容疑者らしき人物が浮かび、捜査本部に緊張した雰囲気が流れた。

「被害者宗田康司は、東京にきて室生浩一郎のことを調べていたことがわかりました。その陰に行方不明になっている元クラブホステス渥美美津子がいます」

仙台の出張から帰った川西は、捜査会議の席で報告した。

「渥美美津子は昭和五十七年九月五日に仙台のアパートを引き払い、東京に行くといったまま消息不明となりました。室生はその年の四月から六月まで仙台のMデパート主催のカルチャーセンターで週一度、講師をしておりました。その関係で、室生と美津子が知り合ったと思われます。その頃、被害者はアメリカに出張中でしたが、翌年に帰国し、美津子の行方不明を知ったのです。その美津子の失踪《しっそう》に、室生が絡《から》んでいると考え、そのことを調べるために被害者はたびたび東京に出かけていたと考えることができます」

川西は発言しながら、推測に過ぎないことを十分に気づいていた。まず、仙台で、室生と美津子が知り合ったという証拠がない。次に、室生と美津子の関わり合いを宗田がどうして知ったのか、そのこともわからないのだ。宗田が帰国して美津子の失踪を知ったのは昭和五十八年である。宗田が東京に出てきたのはそれから二年後である。宗田を東京にやる引金となったものは何か。

わからないことはたくさんある。しかし、室生という存在は大きく捜査陣の前に現れてきたのだ。

「事件当日、即《すなわ》ち、十一月二十五日、被害者は成城にある辰野服飾学院理事長の辰野綾屋敷を訊ねた後、室生を訪ねています。室生は前日から『駿河ホテル』に原稿書きのために宿泊しており、宗田は同ホテルのロビーで室生と会っています。時間は午後一時半から二時頃まででした。このことは室生の方から捜査本部に訴えてきたことであり、まだ確認はとってませんが間違いないでしょう。室生と別れたあと、被害者は上野から本庄に向かったのであります」

川西は咳払いしてから続けた。

「なぜ、被害者が室生を訪ねたのか。この件に関して室生は、本庄市の『関東大震災朝鮮人犠牲者慰霊碑』を見にいきたいので場所を教えて欲しい、と頼まれたと申し述べています。しかし、これは室生の言い分にすぎません。おそらく本庄市に渥美美津子がかつて住んでいたことがあり、そのことを調べに被害者は本庄に出かけたのだと思います」

川西は一息ついて、

「室生はその日ずっとホテルにいたことになっていますが、被害者の後を追って本庄まで行き、被害者を長峰墓地まで誘い殺害したとも考えられます。このように、室生浩一郎は重要な立場にいるということになります」

と、言ってしめ括った。

続いて、室生浩一郎の経歴が発表された。本庄署のベテラン刑事が眼鏡を押さえながら立ち上がった。

「室生浩一郎は昭和二十五年六月二十二日、千葉県成田《なりた》市で生まれております。浩一郎が十歳の時、両親が離婚し、浩一郎は母親に引き取られ、成田市の母親の実家で暮らしていました。別れた父親のほうは十年ほど前に病死しているそうです」

川西は、ベテラン刑事の声をきいていた。

「浩一郎は昭和四十四年に、成田第一高等学校を首席で卒業し、その年、私立の名門K大に入学。東洋史を専攻。五十三年に城南女子大の助教授となっております」

ベテラン刑事はそこで息をついて、一同を見まわしてから続けた。

「――浩一郎は今年の三月、国会議員辰野洋行氏の次女恵子さんと婚約。来年の五月に挙式予定です。近い将来、義父洋行氏の政界引退後に跡を継ぐという噂が出ております。彼は現在、世田谷区三軒茶屋のマンションに住んでおります。女性関係については、かなりもてたようですが、乱れたようなところはありません」

ベテラン刑事の報告が終わった後、今後の捜査方針を議論した。その結果、室生に直接当たることが決まった。これまでの経緯から室生浩一郎への接触は川西が担当することになった。

木枯らしが吹きつける晴れ渡った日、川西は若い梅沢と二人で、お茶の水にある城南女子大に出かけた。物的証拠はないが、状況証拠は灰色である。

室生はスリーピースのスーツをピシッと着こなしていた。長身なので似合った。常に女子学生の目を意識しているのか、服装にも気をつかっているようだった。しかし、川西の眼から見ると、どこか冷たそうな印象がした。

室生は人の姿の疎《まば》らになった学生食堂に二人を案内した。隅のテーブルについたとはいえ、学生の姿がちらほらする場所であった。

あえて、このような場所で警察の人間と話し合うということは、自分は潔白だという先制攻撃のような気がした。

「どうも、学校まで押しかけて恐縮です」

川西は腰を低く出た。

「いや、捜査の協力でしたらいくらでもいたしますよ」

室生は鷹揚《おうよう》に答えた。そして、

「宗田さんは関東大震災の朝鮮人虐殺のことに非常に興味を持たれていた方ですからね。人ごととは思えませんよ」

と、つけ加えた。

「それでは単刀直入におうかがいしますが、先生は十一月二十五日、ホテルにずっといらしたとのことですが……」

「ええ、原稿を書いていました。荒川河川敷に埋められた朝鮮人の遺骨はすでに軍によって掘り返されているという内容の論文ですよ」

「そのことを証明する人はいらっしゃるでしょうか?」

川西はきいた。顔は柔和《にゅうわ》だったが、その目は獲物を前にした鷹《たか》のようだった。

「アリバイですか。私に何か妙な嫌疑でもあるのですか。もしあるんだったら、早く晴らしたいですな」

落ち着いた声で室生は答えた。こめかみから頬《ほお》にかけて真一文字に切り落としたような顔立ちであった。その風貌《ふうぼう》には自信がみなぎっている。

「ちょっと待ってくださいよ」

と言って、室生は胸の内ポケットから手帳を出して、ページをめくった。その仕種《しぐさ》がいかにもわざとらしく、川西の目に映った。

きました」

「そうそう、あの日は午後の三時頃に『駿河ホテル』に、婚約者の辰野恵子が突然やって
「婚約者の方ですか……」

　川西は相手の眼を見つめて言った。

「ええ、いきなりドアーをノックするので誰かと思って出てみると彼女でした。それから彼女といっしょに部屋にいました。原稿を書いている時、電話がかかってくることがありますので、彼女に電話番をしてもらったのです」

「…………」

「それから、夜は花島小学校の横田先生とホテルのレストランでいっしょに食事をしました。彼にきいてもらえばわかります」

「どうして、横田先生が？」

「原稿の内容についてご意見をうかがいたかったのです」

「横田先生は何時ごろホテルに？」

「確か、七時の約束でしたが、原稿書きが遅れ、ホテルのロビーで一時間近く待たせてしまいました。その間、彼女に相手をしてもらったのですが、横田先生に悪いことをしたと思ってます」

　室生は楽しそうに言った。川西は頭の中で考えた。横田を一時間近く待たせたというか

ら、室生が横田の前に顔を出したのは八時ごろであろう。死亡推定時刻は二十五日午後四時から八時の間である。本庄市で殺人を犯し、八時までに戻ってくることは可能である。

その時、女子学生が二人、室生に挨拶《あいさつ》して脇を通った。室生は軽く手をあげて応じた。余裕を感じさせた。

川西は梅沢と顔を見合わせ、目配せをした。これは、これから核心の質問をするから室生の表情を見逃すな、という合図であった。

「室生さん」

と、川西は改まった声をだした。

「渥美美津子という女性をご存じですか?」

「渥美美津子……。いいえ、知りません」

室生は質問にすぐ答えた。その表情には格別の変化はなかった。

「渥美美津子というのは仙台市国分町にある『ジュリー』というクラブのホステスなんですが」

「私は仙台のクラブには行ったことありませんからねえ」

室生は口許に微笑をたたえながら言った。

「昭和五十七年四月から六月まで、先生は仙台のMデパート主催のカルチャーセンターの講座を受け持ちましたね。その時、そのホステスが先生に会いに行ったはずなんですが

「……」

「覚えていませんね」

室生は平然と言った。

「講座に出席された人がそのホステスを知っていましてね。確かに渥美美津子がカルチャーセンターのロビーで先生と話しているのを見たと言っているんですがねえ」

川西は相手の表情を観察しながら続けた。

「さあ、そんなことありましたかな……」

室生はしばらく考える素ぶりをしていたが、

「そう言えばそんな女性がいたようですねえ」

と、笑みを浮かべながら答えた。川西は室生の笑みを見るとなんとなく圧倒された。

「その日の講義を終え、私が教室から出た時、声をかけられたのですよ。なんでも、東京に出て銀座で働きたいが、できたら店を紹介してほしいと言うことでした。私が東京の大学の助教授なので、銀座に詳しいと思ったんじゃないでしょうかね」

室生は笑ってから、

「私は冗談じゃない、と言ってやりましたよ。私のようなものが銀座なんかに呑みに行けるはずないですからね。彼女もすぐに納得して引き上げていきました。そうですか。あの人が渥美美津子と言うのですか」

室生は、そこで口調を改めて、

「刑事さん、煙草を吸ってもいいですか？」

室生は立ち上がって、灰皿を持ってきた。

「その女性とはそれきりですからねえ。でも、その女性がどうかしたのですか？」

室生は煙草に火を点《つ》けてから、逆にきいた。

「昭和五十七年九月五日に東京へ行くといったまま消息不明になっているのです」

川西は相手の目を見つめたまま答えた。室生は目を細めて煙りを吐《は》いてから言った。

「彼女は蒸発しているんですか。だいぶ、東京に憧《あこが》れていたようでしたからね、彼女は。きっと、どこかで働いているんじゃないですか」

川西は唇をかんだ。室生の余裕が腹だたしかった。

「でも、どうしてその女性のことを調べているのです？」

室生は灰皿に灰を落としながらきいた。

「殺された宗田康司さんの恋人が渥美美津子なのですよ。宗田さんは渥美美津子を探しに東京に出てきたんです。あなたが美津子の行方を知っていると思っていたようですよ」

「宗田さんはそんな誤解をされていたのですか」

室生はおかしそうに笑った。が、すぐ笑いを引っ込め、

「これは不謹慎でした。当人にとっちゃ大変なことですからね」

と言ってから、

「ひょっとして、宗田さんは美津子という女の情夫にでも殺されたんじゃないでしょうか。そう考えれば、納得ができるじゃありませんか」

室生と別れ、学校の門を出たところで、

「ふざけやがって、あの野郎！」

若い梅沢が後ろをふり向いて言った。

「しかし、あの自信はどこからくるんでしょう？」

梅沢が言った。

「渥美美津子が絶対に発見されないという自信だよ。美津子の死体が発見されなければ、宗田殺しも追及できないからな」

川西は唇をかんで言った。川西は、美津子はすでに殺されていると思っている。失踪から三年、実家にも連絡がないのは、死んでいるからだ。奴が犯人だ、間違いない、と川西は思った。しかし、心証だけだった。まだまだ、捜査の手から遠い存在であった。

城南女子大の門を出てから、『駿河ホテル』に向かった。歩いて、二十分くらいの距離であった。

フロントで警察手帳を出して宿泊者名簿を見せてもらい、宿泊を確認してからフロントに訊ねた。すると、室生の言う通り十一月二十五日の三時過ぎに辰野恵子がホテルにやってきて、フロントで室生の室番号をきいてそのまま部屋に行ったことがわかった。さらに、地下にあるレストランで、八時頃、室生が婚約者と五十過ぎの男性といっしょに食事をしていることを、マスターが覚えていた。

川西と梅沢は墨田区本所にある花島小学校に向かった。すでに、冬休みに入り、学校内は閑散としていた。

川西と梅沢は職員室の隅の応接ソファーで、横田教諭と向かいあった。横田とは、以前、被害者の身元が割れた直後、事情聴取で会ったことがあった。

「確かにホテルに行きました。あの日、二時過ぎだったでしょうか、室生さんから電話があって、原稿のことで意見をききたいと言ってきたんですよ」

川西の問いに、横田は答えた。

「時間も室生さんの方から指定されたのですか?」

「そうです。七時に『駿河ホテル』のロビーで会いたいと室生さんが言われたのです。ちょうど七時にホテルのロビーに入りましたよ」

「フロントから部屋に電話されたのですね?」

「そうです。辰野恵子さんが電話口に出たので、ホテルに着いたことを知らせました。しばらく経って、恵子さんだけがロビーに下りてきたのです」

「室生さんはどうしたのでしょう?」

「原稿が仕上がらないので、もうしばらく待ってくださいと恵子さんは言いましてね。それで、恵子さんとロビーの隅の喫茶室で待つことにしたのです」

「で、室生さんが現れたのは？」

「八時ごろでした。疲れたような表情で原稿を持ってやってきました」

「その間、ずっと恵子さんはあなたといっしょだったのですか？」

「初めはいっしょでした。ときたまフロントの電話を借りて、部屋に電話していましたよ。二回目に電話をかけて戻ってきた時、もうすぐ終わりそうですから、ちょっと部屋に行ってきます、と言って恵子さんは部屋にいったん戻りました」

「それは何時ごろですか？」

「さあ、七時四十五分ごろではないでしょうか……。ところで、何か室生さんに疑いでもあるのですか？」

横田は心配そうな表情できいた。

「いえ、ただ参考のためにお伺いしているだけですから」

川西は答えてから、

「ところで、室生さんの用件はそんな急を要するものだったのですか？」

と、質問を続けた。

「荒川河川敷に埋められているはずの朝鮮人の遺骨はすでに発掘されているという室生さ

んの説に対して意見を求められたのです」

「どうしても先生の意見を聞かなければならない内容だったのでしょうか？」

「いいえ、そんなことはないでしょう。ただ、室生さんは私といっしょに活動をしてきたので、初めに原稿を見せるのが礼儀だと思ったんじゃないでしょうかねえ」

本庄に戻る電車のなかで、川西は時刻表を調べた。

三時過ぎの列車を見ると、十五時三十三分発の普通列車高崎行きが本庄駅に十七時六分に到着する。十五時四十九分発の普通列車の到着時間は十七時二十七分である。この前後に特急があるが、いずれも本庄駅には停まらない。したがって、室生は三時過ぎに『駿河ホテル』をこっそり抜けだし、上野からいずれかの列車に乗ったのだ。いや、その列車には宗田も乗っていたはずだ。

仮に、十五時三十三分発の普通列車に乗った場合、本庄には十七時六分に到着する。宗田の後を尾行しながら室生も本庄駅の改札を出る。バス停のあたりで、室生は宗田に声をかけた。宗田は驚いただろうが、それでも室生についていった。このへんの事情はまだわからない。おそらく、渥美美津子の失踪の事情を説明するとでも言って、誘ったのだろう。

駅前から、長峰墓地まで歩いて二十分前後だから現場到着は十七時半ごろである。そこで殺害と死体の隠匿《いんとく》に三十分を要し、再び本庄駅に戻る。

上りの列車をみると、長野発の特急が本庄駅に停車する。本庄十八時十五分発だ。これに乗れば上野着が十九時十五分着。ホテルのレストランに八時に現れることができる。

川西は時刻表から顔をあげ、梅沢に説明した。

「犯行は十分に可能ですね」

梅沢が興奮して言った。が、すぐ首をかしげ、

「しかし、なぜ室生は横田教諭を七時に呼んだのでしょう。初めから八時にすればよかったんじゃないですか？」

「いや、八時だとホテルに呼びつける時間として遅いと考えたんじゃないかな」

川西は言った。

「おそらく宗田は美津子を探しに本庄に行ったのだろう。本庄市を中心とした場所に美津子の痕跡を見つければ万全だ」

2

川西が署に戻ると、署長がいきなり言った。

「川西くん、事件の目撃者がみつかった」

「目撃者？」

「そうだ。今、田中《たなか》くんたちが事情を聞いている。やはり、あのラブホテルの部屋の窓から犯行を見ていた人間がいたんだ。もちろん、犯人の顔は見ていないが、これで犯行時刻をはっきりさせることができた」

署長は興奮して言った。

川西は捜査本部になっている会議室に入った。窓際の机で、田中警部補が恰幅《かっぷく》のいい中年男から事情をきいていた。

男は近藤良一《こんどうりょういち》といって、化学薬品会社の工場長で、パートの主婦とときたま浮気をしているらしい。事件の日も、その主婦とホテル『白鳥』で二時間ほど過ごした。その窓から二人の男が雑木林の中に入っていったのを目撃していたのだ。しばらくして、男が一人だけ出てきた。近藤は不思議に思ったという。

後で、ホテルの裏手から死体が発見されたとニュースで知った時、近藤は自分が目撃した光景を思い出した。しかし、自分たちのことがバレてしまうので警察には言わなかったと、体を小さくして答えたのである。

田中警部補はホテル『白鳥』の客を地道に調べ、ついに目撃者を探し出したのであった。

川西は田中警部補に目配せしてから、横に腰をおろした。

「じゃあ、もう一度、確認すると、あなたはその主婦のパート時間が終わった三時過ぎに車でホテル『白鳥』に行き、二時間を過ごして、再び工場に戻ったということですね？」

「その通りです」

田中警部補と近藤のやりとりが川西の耳にとび込んだ。

川西は一瞬聞き違えたのかと思って、脇から口をはさんだ。

「目撃した時間は何時なんですか？」

田中警部補も怪訝《けげん》な表情で、

「四時五十分ごろだそうです」

「四時五十分？」

川西は大きな声をあげた。近藤がびっくりしたように肩をすくめた。

「間違いないんですか？　ほんとうは五時五十分じゃないんですか？」

川西の声に圧倒されたように、近藤は脅《おび》えながら、

「間違いありませんよ。パートの時間は三時までで、それからホテルに行ったんですから。それに、五時半ごろには工場に戻っていましたから」

と、答えた。川西は絶句した。室生の犯行なら五時半過ぎでなければならないのだ。

「もう一度、よく考えてくださいよ。いつも三時過ぎにホテルに入っていたが、その日に限っては一時間ずれていたことはないんですか？」

川西は藁《わら》にもすがる思いできいた。

「ホテルに行ったのは、あの日が初めてです」

近藤は怒ったように答えた。

近藤の言うことは、相手の主婦によっても裏づけられた。さらに、ホテルの記録でも、近藤は五時にはホテルから帰っていることが証明された。

(室生浩一郎は無関係だったのか……)

川西はショックでしばらく口がきけなかった。室生が十五時三十三分発の列車に乗ったと考えると、十六時五十分ごろは、熊谷《くまがや》を過ぎたあたりだ。本庄に着くのは五時過ぎである。

その日の捜査会議で、川西はこれまでの経緯を説明した。せっかく室生に絞りこまれた捜査が目撃者を発見したことにより振り出しに戻ってしまったのだ。

帰りがけ、梅沢が川西に声をかけた。

「少し、やっていきませんか?」

梅沢が酒を呑む真似をして言った。川西は少し考えていたが、

「よし、久しぶりに焼鳥でいっぱいいくか。こんな時は呑まなきゃいられないからな」

と、しいて元気を出して言った。

二人は駅前の焼鳥屋に入った。カウンターだけの狭い店だった。

「もう今年もあとわずかだね……」

川西がビールを口にふくんでから言った。

「ぼくは、やはり室生はクロだと思いますね」

酒を冷やで呑みながら、梅沢が言った。ざわついているので話し声を他人に聞かれる心配はなかった。かなり呑んだのか、梅沢の目のふちが赤く染まっている。川西はだいぶ呑んだがあまり酔いを感じなかった。

「だって、ホテルに横田教諭を呼んだりして作為が目につきますよ。それに、横田教諭に電話をかけたのは二時過ぎ、つまり宗田が引き上げた後ですよ。婚約者が突然、訪ねてきたというのもおかしいですよ」

「しかし、犯行時間が五時前だとしたら、室生には犯行は無理だ」

川西もビールからコップ酒に変えていた。

「車は使ってませんからねえ」

梅沢が言った。

「ぼくは車は使ってないと思う。交通渋滞など考えると、車は計算がたたない」

「川西さん、室生は新幹線を使ったんじゃないですかねえ」

「新幹線？」

「上越新幹線で高崎まで出て、高崎から特急で本庄まで戻るんですよ。そしたら、犯行に間にあうんじゃないですか」

梅沢は酔っているので、思いつきをどんどん口に出しているのだ。川西は急に、

「おやじさん、時刻表ないかな」

と、カウンターの中に呼びかけた。

頭の薄い主人は奥から大型の時刻表を持ってきてくれた。表紙は破れていた。

川西は眼鏡をかけてから時刻表を開いた。

「あれ、川西さん、眼鏡なんかかけるんですか?」

「薄暗い所だと、眼鏡をかけないと見づらいのさ」

そう言いながら、川西は時刻表を広げた。

上越新幹線の十五時十分発新潟行きが高崎に十六時に到着する。高崎から上り上野行き特急が十六時十分。そして本庄着が十六時二十八分。

「なんとか可能性がありそうじゃないですか」

梅沢が言った。しかし、川西は首を横にふった。

「問題は被害者の方だよ。被害者は室生とは別行動で本庄にやってきたはずだ」

そう言って、川西は時刻表をもう一度開いて、

「犯行時刻から逆算すると、おそらく、十四時四十九分発の高崎行き普通列車に乗ったのだろう。本庄には十六時二十三分に着く。この後の列車だと到着が十六時五十分だから犯行時間とあわない。したがって、二十三分に着いたと考えられる」

川西は梅沢の顔を見つめた。

「室生の到着が二十八分。被害者の到着が二十三分。被害者の方が五分早く到着することになる」

「そうですね」

「被害者は美津子の居場所に心当たりがあってやってきたのだ。被害者はタクシーに乗ろうとしたのじゃないだろうか。だとすれば室生は被害者に追いつけないことになる。バスを待っていたとも考えられるが、被害者は余所《よそ》の人間だ。目的地にはタクシーを使うつもりだったのではないかな」

「つまり、室生は被害者と同じ列車か、それより先に到着しておく必要があるというわけですね」

「そうだ。それに、上野発十五時十分の新幹線に乗るとしたら、三時にお茶の水にいたのでは間に合わんだろう」

川西は苦そうに冷や酒を口にふくんだ。

もし、室生が犯人なら被害者と同じ列車に乗り込んだはずだ。そのためには少なくとも二時半にはホテルを出ていなければならない。婚約者の辰野恵子が三時にホテルのフロントで部屋番号を聞き、直接部屋に行ったということである。恵子が室生の部屋をノックし、中から室生が扉を開けた。だから、三時には室生が部屋にいたということになっている。その時、川西は目をむいた。必ずしも部屋の中に室生がいる必要はない。ドアーを少し開いておけば、恵子は室内に入れるではないか。

しかし、すぐこの考えを川西は否定した。ドアーを少し開けておくということは極めて危険なことではないか。もし、誰かが通りかかり、室内を覗《のぞ》いたり、あるいはドアーを閉めたりしたら、恵子は入室できなくなるのだ。

やはり、恵子は鍵を持っていなければならない。

「そうか、わかった!」

川西が叫んだ。梅沢が驚いて顔を向けた。

「室生は鍵を持ってホテルをぬけだし、上野に向かう途中で恵子と落ち合い部屋の鍵を渡したのだ。恵子はあたかも室内から扉を開けてもらったふりを装い、部屋に入ったのだ。間違いない。これだと室生は十四時四十九分発に乗り込める」

「川西さん」

梅沢が呼んだ。手に時刻表を広げていた。

「室生は五時ごろには犯行を終えているわけですよねえ」

と、川西の顔を見た。

「五時半に上野行きの特急があります。これに乗ることができます。上野には六時三十四分に着きます。すると、ホテルには七時過ぎには戻れますよね。それなのに、なぜ、レストランに現れたのが八時ごろなんでしょう？　だって、横田教諭を七時にホテルに呼びつけているんですよ」

川西はアッと声をあげた。確かに、梅沢の言う通りであった。室生のアリバイ工作時間を考えると、後ろの一時間が不要なのだ。アリバイ工作ならなるたけ人前に顔を出す時間を早くすべきではないか。それなのに、なぜ横田を一時間も待たせたのだろうか。それとも、室生は七時までにホテルに帰ってきたが、一時間部屋の中で、何かをする必要があったのだろうか。横田を待たせてまでも……。

3

新しい年が明けた。亜希子は正月を実家で過ごした。

二日は、両親と兄夫婦たちは浅草の観音様に初詣でに出かけたが、亜希子は祖父と二人で隅田川七福神めぐりをした。三囲《みめぐり》神社から弘福寺《こうふくじ》、長命寺《ちょうめいじ》とずっとまわるのである。

亜希子は三囲神社で長い時間、手を合わせた。

亜希子の中に、室生に対する疑念がふくらんでいた。こうして社殿の前で手を合わせていても、心は室生のことにとんでいる。室生は政治家になるために国会議員、辰野洋行の娘恵子を選んだ。今、室生は危険な階段を昇っていっているのではないか。

室生に失恋した後、亜希子は毎晩のようにふとんの中で泣いた。涙は長い時間、涸《か》れることがなかった。その傷心を癒してくれたのが宗田であった。亜希子は宗田と出会い、やっと室生との過去を思い出というベールで包むことができるようになったのである。しかし、その喜びもつかの間だった。何の思い出さえも残さず、宗田は永遠に亜希子の前から消えてしまったのだ。その犯人が室生だと疑っている。亜希子は胸をかきむしりたいほど息苦しかった。

亜希子の願い事は、次の弘福寺にても同様だった。室生は潔白であって欲しい。亜希子はそのことを念じた。祖父は事情を知らないはずだが、亜希子の心のうちを察したように、いっしょになって長い間、拝んでいた。

亜希子は長命寺から白鬚《しらひげ》神社に向かって歩きながら、室生の顔や仕種、そして声を思い出した。室生のことを頭から追い払うと、今度は宗田のことが思い出される。しかし、宗田のことを思い出していると、川西刑事の声がそれを破るのだった。

〔宗田さんは、美津子失踪の証拠を見つけたのだと思います。それを、宗田さんとの話の内容や態度から見つけてください〕

亜希子は胸が裂けそうな気がした。宗田は何かを隠していたことは事実だ。それにしても、宗田はどうして美津子の消息がわかったのだろうか。最後に会った時、宗田が言っていた。

〔あることが解決したら、あなたに結婚を申し込むつもりです〕

あることとは美津子を殺した犯人を告発することではなかったか。それによって、美津子への気持ちに区切りをつけようとしたのに違いない。

もし、美津子が殺されたとしたら、それはいつだろうか。

「まさか！」

亜希子は思わず足を止めた。その声に、並んで歩いていた祖父が驚いて亜希子を見た。

亜希子は自分の想像に膝頭《ひざがしら》が震えた。

なぜ、宗田は『関東大震災時の朝鮮人虐殺』の件にあれほど熱心だったのか。

もともと、宗田はこの件とは無関係に過ごしてきた人間なのだ。室生に近づくためという理由ならば、遺骨の発掘にあれほどこだわる必要はない。

亜希子は、そこに宗田のある目的を見つけたのだ。亜希子はある推理をした。それは恐ろしい想像であった。

それから亜希子は一週間以上も、その想像を確かめることを、引き延ばしていた。それを確かめることは室生への疑惑を決定的にするものに思えたからだ。しかし、確かめもせず一人で悩み苦しむより、真実を知って苦しむ方がいいと、亜希子は決心した。

一月半ば過ぎ、亜希子は塩木が勤める印刷屋に電話を入れた。亜希子は努めて明るい声を出した。

「この前の『日本人を考える会』で、朝鮮人虐殺の記録映画をやったわね。あれをもう一度、見たいの。あのビデオ、何とか借りられないかしら」

「ぼく、持っているけど……」

「あら、どうして？」

「記録映画としてなかなかよくできていたんで、頼んでダビングさせてもらったのさ」

塩木があっさり言った。

「助かったわ。お願い。そのビデオを貸してくださらない？　できたら今夜、いただきたいの」

「仕事は六時までだから、いったんアパートに帰って持って出てくるとなると、新宿に八時ごろになるな」

「かまわないわ」

亜希子は電話を切った後、なんともまどろっこしい時間を過ごさなければならなかった。窓口の端末を操作している間も、ときどき気持ちが仕事から離れてしまった。

やっと、就業時間が終わったが、まだ時間はあった。亜希子は本屋に寄ったり、ブティックを覗いたりして、時間をつぶした。

塩木と待ち合わせた新宿駅東口の喫茶店に行くと、塩木はすでに来ていた。テーブルの上に紙袋に入ったビデオが置いてあった。

コーヒーを注文してから、亜希子はビデオに手をのばし、ありがとうと言った。袋の中を見た。『関東大震災朝鮮人虐殺記録映画・隠された歴史』というタイトルがマジックで書いてあった。

亜希子はすぐにとんで帰ってビデオを見たかったが、三十分だけ塩木につき合った。その間、ほとんど彼女は神経が余所《よそ》にあった。ときたま、変な受け答えをして、塩木に不審がられた。しばらく経って、亜希子は腕時計を見てから、

「これ、どうもありがとう」

と、言って伝票をつかんで立ち上がった。塩木はまだもの足りなそうな顔つきだったが、亜希子はさっさとレジに向かった。

亜希子は浅草の次兄の家に向かった。亜希子はビデオを持っていないので、次兄の家で見ることにしたのだ。

義姉に電話を入れた時、次兄は出張で留守だと言った。亜希子はちょうどよかったと思った。次兄がいると、またお見合いの話を持ち出されそうだったからだ。

新宿から地下鉄丸ノ内《まるのうち》線に乗り、赤坂見附《あかさかみつけ》で銀座線に乗り換える。亜希子ははがゆい気持ちで電車の揺れに身をまかせていた。浅草の一つ手前の田原町《たわらまち》についたのは十時近かった。

亜希子は改札を抜けると、急ぎ足で兄のマンションに向かった。

義姉は亜希子が来たのが嬉しいらしく、何かと話しかけてきたが、亜希子は早くビデオが見たかった。子供たちはもうふとんに入っていた。

テレビの画面は義姉の好きなサスペンスドラマだったが、亜希子はかまわず、

「お義姉さん、テレビいいですか？」

と、台所にいる義姉に声をかけてから、ビデオをかけた。

まず、昭和五十七年当時の荒川の風景。四ツ木橋や木根川橋が画面に映っている。それから、河川敷に集まった人々。亜希子は身を乗り出し、画面を食い入るように見ていた。その時、義姉がお茶菓子を持ってきたが、亜希子の真剣な表情に声を出せなかった。

画面は、当時の殺されかかった朝鮮の人の回想話に変わった。亜希子は思わず、手を握りしめていた。

再び、荒川河川敷の集会の風景。土手の上の見物人。仮の祭壇に花を捧げる人々。年寄りも若い者もいる。男も女も……。じっと画面を見ていた。目が痛くなってくる。黒くて深い穴。残念そうな大勢の人々の顔。

義姉が気になって声をかけようとした時、亜希子は、あっと叫んだ。そして、あわてて立ち上がるとビデオを少し巻き戻した。再び、再生。今度は、亜希子はテレビの真前に座って目を凝《こ》らした。

再び、発掘後の深い穴の跡。そして、無念そうな人々の顔。その中に、ショートヘアー

でベージュのスーツの女が土手の上に立っていた。画面はその女をゆっくり映した。いや、発掘失敗の『慰霊する会』のメンバーの背後に、その女が映っているのだ。

（美津子さん……）

亜希子はつぶやいた。また、亜希子はビデオを戻し、もう一度、同じ場面を見た。そして、美津子の顔が映った時、一時停止のボタンを押した。

亜希子はハンドバッグから写真を取り出し、画面の顔と見比べた。間違いなかった。渥美美津子に間違いなかった。

「あら、亜希子さん、これ？」

脇から義姉が画面を指差して言った。が、すぐ、

「でも、髪型が違うわね」

「お義姉さん」

亜希子は義姉を見て、

「この写真と見比べてみてください」

と、言って写真を見せた。義姉は怪訝《けげん》そうに写真を受け取り、画面と見比べた。

「どう、同じ人に思えます？」

「ええ、同じだわ。でも、あなたに感じのよく似た方ね……」

亜希子は興奮していた。

「お義姉さん、ごめんなさい。私帰ります」

亜希子はハンドバッグをつかんで言った。

「あら、どうして。今夜は泊まっていくのじゃないの？」

がっかりしたように義姉は言った。

「ほんとうに、ごめんなさい」

亜希子は義姉に送られて玄関を出た。寒さが頬を刺した。

地下鉄田原町の駅に近づいたが、亜希子は考えごとをしたくて、地下鉄に乗らず、そのまま歩き続けた。厳冬の夜気は足もとから、手から、そして顔から、亜希子の心の奥にまで冷え冷えとした空気を送り込んだ。

宗田、美津子、室生の線が繋がった。そして、それは恐ろしい想像へと発展した。

宗田はあのビデオを見た後、人が変わったように興奮した。初めて出席した集会で、皆のいる前で、荒川河川敷の発掘を訴えた。なぜ、彼はあれほど真剣に荒川河川敷の発掘を主張したのか。

それは、あの中に美津子がいると考えたからだ。

（宗田さんは、荒川河川敷の発掘跡に、渥美美津子さんが埋められていると思っていた！）

亜希子は体が震えた。体がぞくぞくとした。寒さのせいばかりではない。

亜希子は赤信号も気づかず、横断歩道を渡った。車のテールランプが凍《こご》えそうな光を点《とも》らせて走り去って行った。

昭和五十七年九月初め、美津子は東京に行くと言って仙台を離れた。室生に誘われたのだ。だから、美津子は荒川河川敷の発掘現場に現れたのだ。

室生は美津子を何らかの理由により殺さねばならなかった。その理由はわからない。単純に考えれば、美津子に激しく結婚を迫られて殺したという見方ができる。しかし、亜希子は違うと思った。室生は野心的な男だ。初めから、美津子のような女と本気でつき合っていたとは思えない。美津子に結婚しようなどという甘い言葉をささやくことなどなかったと思う。それは、自分と交際している時もそうだった。彼の口から愛しているという言葉はきいても、結婚という言葉は絶対に言わなかった。それに、あの頃、室生は自分を真剣に愛してくれていた。亜希子にはわかる。室生は亜希子から辰野洋行の娘に乗り換えた冷たい男だが、あの頃、室生には亜希子しかいなかったはずだ。しかし、それは亜希子がそう信じたいだけなのかもしれなかった。

ともかく、動機はわからないが、室生が美津子殺害を計画したことは事実に違いない。

亜希子の推理はこうだった。

室生と美津子の交際は秘密だったろう。現に、美津子の友達も室生のことは知らない。だから、美津子の線から室生の犯行が割り出される可能性は低いが、まったくゼロではない。万が一ということがある。もっと確実に自分が疑われないで、彼女を殺害できないか。それは、美津子の死体が永遠に発見されなければいいのである。蒸発ならば、警察の捜査は始まらない。では、死体が永遠に発見されない場所があるだろうか。あるとすれば、どこか山の中だろう。しかし、山の中まで、彼女を誘うことは難しい。その途中、誰に見られるかわからないし、彼女自身が不審がるかもしれない。また、死体を隠す穴は相当深く掘らなければ発見されやすい。土砂崩れがあったり、あるいは野犬が掘り出したりするかもしれない。さらに東京を一日以上留守にしなければならない。こう考えると、山奥に死体を隠すということは難しい。やはり、東京の中で死体を隠すことが良策である。一番いいのは、どこかのビルのコンクリートの中に埋めてしまえばいいだろう。しかし、そのような適当な建物がおいそれと見つかるわけがないし、仮にあったとしても工事関係者に見つからないようにすることはかなり難しいだろう。どこかの埋め立て地に埋めたとして、そこであとから工事がはじまり死体が発見されないとも限らない。これまで、埋めた死体が発見されるのは、穴の深さが浅過ぎるからである。だから、工事や野犬によって掘り出されてしまうのだ。もっと、深い穴を掘る必要がある。しかし、深い穴を掘るには相当な時間と労働力がいる。とうてい一人の力では無理だ。

ここで、彼に閃《ひらめ》いたものがある。荒川河川敷の朝鮮人遺骨の発掘作業だ。もし、朝鮮人の遺骨が発見されなければ、かっこうの死体の隠し場所になる。室生はこう考えた時、美津子殺害を決意したのではないだろうか。

『関東大震災時に虐殺された朝鮮人の遺骨を発掘し慰霊する会準備会』の荒川河川敷の発掘作業は昭和五十七年九月二日から七日まで行なわれた。結局、遺骨は発見されなかった。が、そこに残ったのは深さ四メートル近い大きな穴である。

室生は九月七日の夜、美津子を殺害し、夜中に荒川河川敷に車で運び、穴の底をさらに掘り、死体を埋めたのだ。その上に土をかぶせておけばよい。

そして、翌日から掘った土を埋め直す作業がはじまり、美津子の死体はどんどん土の底に沈んでいった。

こうして、この世から渥美美津子は完全に消失したのだ。

問題はただ一つ。再発掘である。

その発掘の後、『慰霊する会』の会長は、

「今回の発掘作業で遺骨が発見できなかったのは、実際に埋められた箇所が現在コンクリート護岸の下になっている旧堤防に近い所にあるためと思われる」

と語っていた。

今回の発掘した場所は違っていたというのである。つまり、再発掘で、同じ場所が掘り返される可能性はないのである。ただ、こういう意見があった。

「現在の河川敷は当時より盛り土で約三メートルほど高くなっているので、もっと掘る必要があったのかもしれない」

この意見にしたがって再発掘されたら、美津子の死体は当然発見されてしまうことになる。

しかし、国が二度目の発掘に許可を与える可能性は少ない。これが、確実な証拠があればよいが、ないのである。もっと多くの証人を集め、確実な証拠を示さない限り、許可されないであろう。

だが、もしかしたら再発掘の許可が下りるかもしれない。そこで、室生は絶対に許可の下りない手段を思いついた。

それが、新しい研究の結果として発表されたものである。

「すでに、遺骨は当局によって掘り返され、荒川河川敷には埋まっていない」

という説である。室生はこの説を発表し始めたのだ。

4

川西と梅沢は、辰野恵子に会った。彼女は実家で花嫁修業中であった。

恵子の家も成城にあり、宗田が訪ねた辰野綾の家と目と鼻の先であった。応接室に通されてしばらく待っていると、あでやかな恵子が入ってきた。

川西は丁寧に挨拶した。相手は国会議員の娘である。

「もう一度、室生浩一郎さんの件を確認させていただきたいと思いまして……」

川西は切り出した。

「お茶の水にある『駿河ホテル』に室生さんを訪ねたのは三時ごろでしたねえ？」

「ええ、そうです。浩一郎さんの原稿書きのお手伝いがしたくて、勝手に押しかけました。ほんとうはお手伝いがしたいというより、傍《そば》にいたかったからですけど……」

恵子は白い歯を見せた。

「その日は、この家からお出かけになられたのですか？」

「そうです。確か、二時ごろ家を出ました」

宗田が室生を訪ねて引き上げたのは二時過ぎである。川西は鼻すじの通った恵子の顔を見つめ、

「実は、あなたを見かけた人がいるんですよ」

「あら、私を？　どこでです？」

恵子は落ち着き払った態度であった。

「上野駅なんですがねえ」

川西は恵子の顔を凝視した。鎌《かま》をかけたのである。しかし、彼女は表情ひとつ変えなかった。綺麗《きれい》な脚を組みかえて、

「何かの間違いじゃありません？　私は新宿から快速でお茶の水に行きました。上野なんか通っていません」

「横田先生は七時にホテルにやってこられたそうですねえ」

「そうです。彼の原稿がまだ仕上がってませんでした。それで、待ってもらったのです」

川西と梅沢は恵子の家を出た。

「あの女もたいした女ですねえ」

梅沢が恵子の家をふり向いて言った。川西も憮然《ぶぜん》とした表情だった。

仮に、室生が上野駅で恵子と落ち合い、部屋のキーを手渡したとしても、それを立証することはむずかしい。

しかし、室生のアリバイ工作としたら、なぜ一時間も余計に時間を費やしたのだろうか。

成城から新宿に出て、山手線《やまのて》に乗り換えた。上野に向かう国電の吊り革にぶらさがりながら、川西はその事を考えていた。

なぜ、室生は犯行後、横田の前に現れる時間が遅れたのか。遅れればそれだけ室生にとって危険だったのではないか。なにしろ、横田を七時にホテルに呼びつけているのだ。

電車の速度がゆっくりになって、電車が停まった。

「おや、故障でしょうか」

梅沢が言った。電車はすぐに動き出した。信号停止だったらしい。

「おい、君！」

突然、川西が叫んだ。梅沢がびっくりした顔つきでふり向いた。

「何かアクシデントがあったのだ。あの日、室生はすぐに帰れない事情があったに違いない」

上野駅に到着すると、川西は車掌室に飛んでいった。

「十一月二十五日、高崎線のダイヤが乱れ、一時間近く列車が遅れたことはありませんでしたか？」

川西は助役にきいた。しかし、記録を調べた結果、正常運転だったと助役が答えた。

川西は虚《むな》しく本庄に引き上げた。しかし、列車は正常に動いていたとしても、他にアクシデントがあったのではないか。

念のために、本庄駅の駅長にも確認した。列車は正常ダイヤで運行していても、本庄駅で何かがあって、室生が列車に乗れなかったことも考えられる。

しかし、駅長は否定した。何事もなかったのだ。

川西は諦《あきら》めず、さらに市の図書館に行って、新聞の縮刷版を調べた。何でもいい、何か本庄市内であった。それに巻き込まれ、室生はすぐに戻れなかったのだ。

考えられることは、交通事故である。しかし、梅沢と二人で丹念に調べたが、それらしきものは何もなかった。ただ、本庄五丁目で火事発生の記事が出ていただけだった。

その夜も、川西は遅い帰宅をした。マルチーズが飛び出してきた。

風呂から出ると、食事の用意ができていた。

ビールが喉《のど》に苦かった。川西の頭の中は事件のことでいっぱいだった。

「今どき珍しい人がいるのねえ」

妻が夕刊を見ながら言った。川西はもくもくとビールを呑んでいた。

「どうして、名乗りでないのかしらねえ」

「なんだい?」

川西は気のりのしない返事をした。神経は事件の方に向いている。

「目の不自由なおばあさんを燃えている家の中から通りがかりの男性が助けたらしいの。でも、その男性、名前も告げず、去っていってしまったので、ぜひお礼がしたいって新聞に投書したのよ」

「………」

「おばあさんの話だと、声の感じから三十代の男性らしいわ」

妻の声が川西の神経に当たった。

「その火事、いつのことだ?」

ふいに川西の口調が変わったので、妻は怪訝そうな顔を新聞に落としてから、

「去年の十一月二十五日ですって……」

「ちょっと、見せてくれ」

川西は妻から新聞をひったくるように受け取った。

〔善意の人を探して！〕

――昨年十一月二十五日午後五時過ぎ、市内本庄五の五、農器具製造、石本信吉《いしもとしんきち》さん（五二）方から出火、木造二階建て住宅約百平方メートルを全焼した火災で、信吉さんの母親みねさん（七二）が通りがかりの男性に助けられていたことがわかった。みねさんは目が不自由で、二階の自分の部屋にいて逃げ遅れたが、声の感じから三十過ぎと思われる男性が飛び込んできてみねさんを背負って逃げたという。みねさんは軽い火傷《やけど》と精神的ショックから入院中であったが、先週、病院を無事退院した。ぜひ命の恩人の男性にお礼がしたいので探して欲しいと新聞社に投書が来たものである。

「室生だ！」と川西は叫んだ。この善意の男は室生に違いない。時間も一致する。それに、室生は返り血をあびたはずだ。この火災現場は元小山川《もとこやまがわ》の近くである。返り血を川で洗いおとした後、この火事に出くわしたのだ。

ったのである。

5

亜希子は、室生浩一郎への面会を求めた。大学に電話を入れ、ぜひお会いしたい、と言ったのである。

「きょうで一年になるわ」

用件をきかれて、亜希子はそう答えた。

「一年? 一年ってどういうこと?」

なつかしい声が耳に響いた。感傷をふり切るように、亜希子は思い切って、

「お別れしてからちょうど一年経ったのです」

室生の返事がなかった。予期せぬ話をきいて、室生はあわてているような気がした。

「室生さん、お願いです。会ってください」

亜希子はもう一度、言った。

「わかった。どこへ行けばいいのかな?」

室生はきいた。

亜希子は上野駅の正面玄関で午後の二時に待ち合わせた。亜希子は二時前に待ち合わせ場所に着いた。旅行客で混雑する駅構内に、亜希子のいる場所だけぽっかり空洞が出来て

いた。

二月初旬だった。冷たい風は体を縮こまらせた。時計を見た。二時を過ぎた。亜希子は不安になった。来ないのではないか。そう思って、ホールの中央を見た時、移動する団体客の間から長身の姿が見えた。室生だった。黒革のコートに右手をつっこみ、左手でバッグを抱えていた。亜希子はゆっくり体を移動させた。

「突然の誘い出しなので驚いたよ」

室生は白い歯を見せながら言葉をかけた。亜希子はまぶしそうな目つきで見ていた。

亜希子は軽く頭を下げたが、すぐに声が出なかった。胸が熱くなった。あわてて、顔を背《そむ》けた。

「元気そうじゃないか」

室生が言った。

「これから、私につき合ってください」

亜希子は感傷を捨てて言うと、体を翻《ひるがえ》し、タクシー乗場に向かった。室生は不審そうな声できいた。

「君、どこへ行くんだね?」

しかし、亜希子はまっすぐタクシー乗場に進んでいった。

乗場に人は並んでいたが、続けてタクシーがやってくるので、すぐ車に乗り込むことができた。

先に、室生を乗せた。亜希子は、運転手に、

「八広の木根川橋にやってください」

と言ってから、室生に目をやった。室生は眉を寄せて、

「木根川橋？」

と声を出してから、続けて何か言いたそうだったが運転手の耳をはばかったのだろう、口をつぐんで姿勢を戻した。

タクシーが発車してから、亜希子は、

「三年半前の発掘現場で、先生とお話がしたいのです」

と、小声で言った。室生のことを、他人行儀に先生と呼んだ。室生は何も言わなかった。

タクシーは駒形橋《こまがたばし》、本所吾妻橋を通って押上に向かった。押上の交差点を左折し、京成押上駅の前を通って、押上通りに入った。

その間、室生はぐっと口をつぐんだままだった。

八広六丁目の交差点を直進し、荒川土手の坂道を登り、木根川橋に着いた。

亜希子と室生は冷たい風の吹きぬける荒川の土手の上に立った。

荒川の川面《かわも》も、水辺に生える葦《あし》も、河川敷に広がる野球のグラウンドの土も、すべて凍《い》

てついた大気のなかでじっとしているようだった。

「なつかしい場所だわ。私にとっては思い出の場所です。あの頃はとても楽しかった……」

亜希子は遠くを見る目つきでつぶやくように言った。室生は眉を寄せ、そっと亜希子の横顔から目をそらした。

どんよりした空から冷たいものが舞ってきた。雪だった。

亜希子はゆっくり発掘現場の方に向かって土手の上を歩き始めた。少し遅れて、室生がついてくる。

「五月に結婚式を挙げられるそうですね」

亜希子は立ち止まってから、室生をふり向いて言った。

「君にはすまないことをしたと思っている」

室生は目を伏せて言った。

「いいえ、先生の将来を考えたら当然です」

寂しそうな亜希子の言葉に室生は辛《つら》そうに顔を歪めた。そっと目を川の方に向けると、胸のポケットから煙草を抜き出して口にくわえた。それから、風をさけるようにコートの襟《えり》をたて、ライターを鳴らした。

大きく、煙りを吐いてから、

「君のことは忘れたことはなかった」

「私、この三月で銀行を辞めることにしたんです」

亜希子が言うと、室生は驚いたように、

「どうして？」

と、きいた。亜希子はそんな室生を見つめ、

「もう退職願いは出しました」

と、言った。室生は何か言いたそうに唇を動かしたが、亜希子は、

「グラウンドに下りてみませんか？」

と言って、さっさと階段を下りだした。室生は戸惑ったような顔つきで、煙草の吸殻を捨てると、亜希子の後について石段を下りた。

首にタオルを巻いた男がジョギングをしていた。寒さで固くなった土は踏みつけるたびに微《かす》かに音をたてた。

「この辺りでしたね。発掘した場所は……」

歩みを止め、亜希子は足もとを見ながら言った。小雪が舞っている。

「そうだったねえ。あれから三年半近く経つのかな」

室生もなつかしそうに言った。

亜希子はじっと室生の顔を見つめていたが、思い切ったように口に出した。

「渥美美津子さんとはどのような関係でしたの？」

「渥美美津子？」

　室生はびっくりしたように目をむいて、

「どうして君は渥美美津子を知っているのだ？」

「美津子さんは宗田さんの恋人でした」

　亜希子は室生の顔を真正面から見つめ、

「どのような関係でしたの？」

　と、もう一度きいた。

「別に関係なんかないさ。ただ、仙台のカルチャーセンターで立ち話をしただけだ」

「嘘です。美津子さんはこの場所に来たのじゃありませんか？」

　亜希子にとって辛い質問であった。室生は意外な面持《おもも》ちで亜希子を見返した。

「なぜ、そんなことをきくのだ？」

「渥美美津子さんは仙台市内にあるクラブ『ジュリー』のホステスでした。彼女は昭和五十七年九月五日に、東京に行くと言ったまま行方不明になったのです。その彼女は九月七日の日、この場所に来たのです」

「どうしてそんなことがわかるのだ？」

「証拠があります」

「証拠?」

室生は表情ひとつ変えなかった。その落ち着き払った様子に、亜希子はイラダチを覚えた。

「ビデオです。ビデオに渥美美津子さんが映っていたんです」

「ビデオ?」

「『隠された歴史』という記録映画のビデオです。その映像に、見物人の中にいる彼女の姿が映っていたのです」

室生の顔色が変わったような気がした。

「穴の底に水がにじんでいましたから、発掘の最終日です。つまり、九月七日に渥美美津子さんはこの場所にいたのです」

「………」

「今にしてみれば、思い出すことがあります。発掘作業の最後の日、肩を落とした私の祖父に、あなたは話しかけてくれましたね。その時、あなたは土手の上の方を見ておられました。あれは、渥美美津子さんの方を見ていたのじゃありませんか?」

「ちょっと待ってくれ!」

室生は亜希子の声を遮《さえぎ》るように口をはさんだ。

「ぼくには君の言っていることがよくわからない」

　亜希子は、深呼吸をしてから、

「七日の夜、あなたは彼女をどこかで殺し、夜中にこの下に埋めたのです」

　突然、室生が笑い出した。

「何を言い出すのかと思ったら、そんなことを考えていたの、君という人は。どこからそんな想像が生まれたのさ」

　しかし、亜希子は悲しげな目を室生に向けて言った。

「私たちの立っている土の下に美津子さんはいるのです」

　亜希子の顔に小雪が解けて冷たい滴《しずく》となって頰を伝わった。まるで泣いているようであった。

「ばかなことを言うんじゃない」

　室生は笑みを引っ込め、冷たい声を出した。

「宗田さんは、あなたが渥美美津子さんを殺して埋めたと信じていたのです。でも、訴えるだけの証拠はありません。だから、朝鮮人の遺骨の発掘をさせて、渥美美津子さんの死体を発見させようとしたのです」

　亜希子の声は風に負けないように大きくなった。

「あなたは宗田さんが彼女の恋人だったと知って、殺したのです。違いますか?」

　室生は小雪の舞う河川敷で足を踏ん張っていた。

「すべて君の想像じゃないかな。なぜ、宗田くんはぼくと美津子という女性が関係あると疑ったのだろう。彼女が失踪したのは三年前だ。宗田くんが東京に出てきたのは去年じゃないか。二年以上の空白をどう説明するのだ?」

室生は相変わらず、落ち着き払っていた。

「それに、宗田くんは本庄市で殺されているのだ。ぼくが彼を殺したとしたら、どうやって彼を本庄まで連れていったというのだ?」

亜希子は唇をかんだ。室生の言う通りだった。証拠はないのだ。まず、渥美美津子との関係を立証することができない。仮にできたとしても、この場所に埋めたという証拠はまったくないのだ。それこそ想像である。

「ぼくには渥美美津子を殺さなければならない理由なんてない」

室生が亜希子のそばに近づいてきて言った。

「あの頃、ぼくは君に夢中だった。君しか目に入らなかったんだ。君以外の女に関心はなかった。君だってわかっていたはずだ」

室生は亜希子の肩に手をかけた。イヤッと、亜希子は室生の手をふり払った。しかし、今度は手に力をこめて、室生は亜希子の腕をつかんだ。

「これだけは信じるんだ。ぼくには君しかいなかった……」

そう言うと、いきなり室生が亜希子の体を引き寄せた。驚いて、亜希子は突き放そうとしたが、室生の強い力には抗《こう》しきれなかった。

室生はやっと唇を離した。亜希子の肩は大きく揺れていた。

「あなたには恵子さんが……」

「ぼくは世に出たいんだ。だから恵子と結婚するのだ」

室生は亜希子の髪をなでながら、

「さあ、帰ろう。こんなところにいたんじゃ風邪をひく」

そう言うと、亜希子の背中を押した。しかし、亜希子は動こうとしなかった。脅えたような目で室生をにらんでいた。室生は諦めたように、一人でさっさと石段の方に向かっていった。その後ろ姿を、亜希子は見つめた。ふいに涙があふれてきた。まだ室生を忘れきれない自分を見つけ、亜希子は胸がかきむしられるようだった。

室生が石段の途中でふり返った。

それをきっかけに、亜希子はゆっくり歩き出した。

アパートに帰ると、『日本人を考える会』の案内状が届いていた。

在日外国人の指紋押捺《おうなつ》拒否問題を考える、という内容で、二月中旬に開催とあった。亜希子はそのハガキを机の上に置いてから、そのまま畳の上に座りこんでしまった。

三面鏡に、青白い顔が映っている。顔がやつれたような気がする。亜希子は唇に指を当てた。まだ、室生の唇の感触が残っている。

室生と美津子とは恋愛関係になかった……。美津子には宗田という恋人がいたのだ。美津子も宗田以外の男に気を許すような女性ではないと、クラブホステスの友人が言っていたではないか。

(美津子さん……。あなたは、なぜ東京に来たの)

亜希子は鏡に映っている顔に問いかけた。

室生が美津子を殺して荒川河川敷に埋めたという考えは、亜希子の心から消えなかった。室生は何かを隠している。

亜希子は室生が危険な階段を昇っているような不安を持っていた。室生の持っている暗い陰、亜希子の知らない室生の隠された部分を知りたいと思った。美津子と室生の間には、もっと別な事情があったのだ。その事情とは何だろうか。わざわざ、美津子が東京まで出かけてくる理由とはなんだろうか。

鏡の中の顔が何かをささやいたような気がした。美津子が何かを訴えているような錯覚がした。

(そうだわ。なぜ、美津子さんはカルチャーセンターに室生さんを訪ねたのかしら)

美津子は自らカルチャーセンターに室生を訪ねているのだ。美津子と室生とはその時が初めてだったのだ。彼女は室生の何かに興味を持って会いにでかけたのだ。それは何か。

亜希子は美津子の実家に行ってみようと思った。彼女の両親に聞けば何かヒントがつかめるかもしれない。

美津子の故郷は岩手県の大滝村だと、川西刑事が言っていた。

その時、亜希子はあっと叫んだ。

（岩手県……）

亜希子は顔がカッと熱くなるのがわかった。すぐにバッグから手帳を出すと、受話器をとった。花島小学校の横田教諭の自宅の電話番号をまわした。

横田が出るまで、亜希子は逸《はや》る気持ちを押さえた。

やっと、電話口に横田の声が聞こえた。亜希子はすぐに用件に入った。

「先生、殺された宗田さんのノートをご覧になりましたでしょ。ええ、朝鮮人と間違われて殺された日本人のことをまとめたノートです。その中に、岩手出身の強盗殺人犯が東京で殺されたというエピソードがあったと思うのですが？」

「ええ、覚えてますよ。面白い話だったですからねえ」

横田は悠長に答えた。

「その強盗殺人犯の出身地を覚えていらっしゃるでしょうか？」

一瞬、横田の返事に間があいたのは、質問の真意がわからず戸惑ったからのようだ。しかし、横田はそのことにふれず、

「岩手県大滝村でしたよ。当時は滝川村といいました」

と答えた。

亜希子は電話を切った後、心臓が早鐘をうった。

(大滝村……)

朝鮮人と間違われて殺された強盗殺人犯は大滝村の出身だったのだ。美津子もまた、その村出身である。

美津子と室生の接点が見つかったのだ。

おそらく、美津子はカルチャーセンターの室生浩一郎の講座の案内を見たに違いない。

Mデパートに、ポスターが貼ってあったのだろう。

そのポスターには、室生の簡単な紹介が載っていた。その中には、室生が関東大震災時の朝鮮人虐殺事件について研究していると書いてあったのではないか。

この紹介文を見て、美津子は室生に会いにいったのだ。

それがどんな目的だったのかわからない。しかし、室生が殺人まで犯さねばならないような内容だったのだ。

亜希子は大滝村に行ってみようと思った。

第五章　大滝村《おおたきむら》へ

1

亜希子は上野駅地下の新幹線ホームに急いだ。

ホームには乗客の長い列ができていた。亜希子は東北新幹線に乗り込んだ。九時四十分発の『やまびこ21号』はほぼ満席であった。

静かに『やまびこ』が動き出すと、『花《はな》』のメロディーに乗ってアナウンスが始まった。仙台到着予定時刻は十一時三分。盛岡到着は十二時二十一分である。東北新幹線は二度目だった。先日、仙台に行ったのが初めてだった。

座席に身を任せているうち、いつのまにかまどろんだ。宗田の夢を見た。あの純朴そうな笑顔が次第に遠ざかっていって目がさめた。窓の外を見ると、凍《い》てついた水田地帯が広がり、奥羽《おうう》山脈が連なっていた。

盛岡に定刻通り到着した。東北新幹線の終着駅である。

改札のまわりにはかなりの人がいた。出迎えなのだろう、改札から吐《は》き出される人々に熱い視線を送っている。亜希子は吐き出される一団に混じって改札を抜けた。

駅前はそれほど大きく感じられなかった。盛岡駅は近代的な建物であった。

盛岡は、北から南に流れる北上川、岩手・秋田県境から東に流れる雫石川、北上山地から西に流れる中津川の合流点に位置している。ようするに、北の都盛岡は川と橋の街である。中津川に下ノ橋《しものはし》、中ノ橋、上ノ橋《かみのはし》、富士見橋《ふじみばし》……。北上川に明治橋、開運橋《かいうんばし》、旭橋《あさひばし》、夕顔瀬橋……。また、かなたに岩手山が望める。

盛岡は石川啄木《いしかわたくぼく》や宮沢賢治《みやざわけんじ》が青春時代を過ごした街でもあった。市内のいたるところに二人の足跡を見ることができる。

盛岡駅前に石川啄木の歌碑がある。

〔ふるさとの山に向ひて　言ふことなし　ふるさとの山はありがたきかな〕

明治四十三（一九一〇）年に出版した処女歌集『一握《いちあく》の砂』の中の望郷の歌である。啄木はその前年、一年足らずの北海道での新聞記者生活をやめ、最後の文学活動にかけるため上京したのである。かつて、啄木は盛岡中学を退学し、上京して与謝野鉄幹《よさのてっかん》・晶子《あきこ》夫妻の指導を受けたが、病気になり無念の帰郷をしていた。

亜希子は啄木に魅せられて渋民《しぶたみ》にある啄木記念館に行った時のことを思い出した。渋民は東北本線で盛岡から三つ目である。啄木は盛岡市に隣接する玉山村《たまやまむら》渋民（旧渋民村）で幼少年期を過ごした。啄木が二歳から十歳までを過ごした宝徳寺《ほうとくじ》。また、啄木が小学生時代を過ごし、その後、帰郷し、代用教員として教鞭《きようべん》をとった渋民尋常《じんじよう》小学校旧校舎。その代用教員時代に啄木一家が間借りしていた斎藤《さいとう》家の母屋。さらに、北上川畔の鶴飼橋《つるがいばし》を見下ろす小高い丘に建つ啄木の歌碑。

〔やはらかに柳あをめる　北上の岸辺目に見ゆ　泣けとごとくに〕

亜希子は啄木ゆかりの地をその足で踏み、啄木に思いを馳《は》せたのだった。歌碑のある渋民公園から雄大な岩手山を眺め、啄木が望郷の念を抱いて、ふるさとの山はありがたきかな、と詠んだ気持ちがひしひしと感じられたものだった。

〔かにかくに渋民村は恋しかり　おもひでの山　おもひでの川〕

望郷の詩人啄木は明治四十五年四月十三日、故郷を遠く離れた東京で、父、妻、娘、そして友人の若山牧水《わかやまぼくすい》にみとられ、あまりに短い生涯を終えた。二十七歳であった。

今年は、啄木生誕百年にあたる。

亜希子がこれから向かう大滝村は渋民のある玉山村と隣接しているのだ。

観光案内所で、大滝村への交通を尋ねると、駅前からバスが出ているという。亜希子は礼を言って、案内所を出ると、駅前のバス停に向かった。

バスは駅前から大通りを北に向かい大正時代の面影を残す開運橋の手前で左折した。バスは北上川に沿って走った。夕顔瀬橋に停車。亜希子はその名前の美しさに心が安らいだ。

やがてバスは盛岡市内を離れ、雪景色の田園風景に変わった。

大滝村は岩手山の東麓《とうろく》に位置する農山村で、玉山村と滝沢《たきざわ》村に接している。昭和二十七年に滝川村と大村《おおむら》が合併してできた村である。

亜希子は大滝村役場前でバスを降りた。晴れ渡った空、岩手山の頂上に白い雲が流れていた。人の姿は見かけなかった。広々とした風景であった。時間が止まったように静かな銀世界が広がっていた。

亜希子は役場に入っていった。近代的な建物だった。近くの窓口の女性に、警察から聞いた渥美美津子の住所を言うと、ここからすぐ近くであった。

亜希子は静かな村の道を歩いた。舗装された道である。

一本柳の四ツ角で右に曲がりしばらく行くと、目印の大衆食堂があった。その脇をさらに行くと、農家が見えた。

渥美美津子の実家はかなり大きな農家であった。亜希子が訪ねると、三十過ぎの女が出てきた。意外に都会的な感じの女性であった。美津子の兄嫁だと名乗った。

おそらく盛岡市内から嫁いできた人なのだろう。大滝村の南部は盛岡市の郊外住宅地として、住宅化がすすんでいるらしい。

兄嫁は、座敷に亜希子を招じてから、美津子の母親を呼んできた。六十前後の肥った婦人である。

母親は、亜希子の顔をまじまじと見つめたが、格別な反応は見せなかった。やはり、親から見れば、似ているとはいっても、違いははっきりわかるのだろう。

「いまだに、何の連絡もありませんからねえ」

美津子について、母親は顔を伏せて答えた。

「美津子さんは、関東大震災のことに興味をお持ちだったのでしょうか?」

亜希子はきいた。母親はあやしむように亜希子を見て、

「関東大震災ですか?」

と聞き返した。

「いえ、あの娘《こ》はそんなことに興味などしめさなかったです」

母親は否定した。

「そうですか……」

亜希子はため息をついてから、

「関東大震災の時に、この村の人が東京で殺されたという話を伺いましたが……」

「ええ、それが何か。お寺に三人の慰霊碑が建ってますが、美津子はそんなこと知らないはずですよ」

「慰霊碑があるのですか?」

亜希子はきき返した。

「はい。請願寺《せいがんじ》というお寺さんにあります」

要するに、美津子は特別にそのことと関係があるというわけでなく、この村の出来事だから、そのことを知っていたということだろう。

念のために、室生という名前を出してみたが、母親は首をふった。

亜希子は渥美の家を出た。冷たい風が水田を伝わって吹き抜けた。亜希子は村の様子を見ながら歩いていると、ふと足をとめた。目に入ったものがあった。

苔生《こけむ》した石碑である。石碑の前に板で簡単な祭壇がしつらえてあり、その上に花や果物がそなえられていた。それらは風雨にさらされていた。近づいてよく見ると、餓死供養塔と読めた。安政二年七月十六日と建立月日が刻まれている。石碑の上に雪がたまっていた。

〔岩手の歴史は凶作との闘いであった――〕

と、説明文にあった。

亜希子は厳しい自然と闘った村民の歴史を見た。

飢饉《ききん》と貧困から、男は出稼ぎに、若い女は遊廓《ゆうかく》に身を売らねばならない時代があったのだろう。このような風土の中に、大正十二年当時、強盗殺人を働いた三人の若者が育ったのだ。

亜希子はセピア色の風景の中に青年が故郷を後にする姿を浮かべた。やがて、関東大震災に巻き込まれ、朝鮮人と間違われて殺される運命とも知らずに……。

亜希子は感慨深そうに村をつき抜ける道や辺りの山並に目をはわした。

村役場の手前に、木造の大きな建物が見えた。小学校であった。グラウンドでは、寒風の中、子供たちが野球やボール遊びをしていた。

再び、亜希子は村役場に入り、さきほどの女性に訊ねた。

「関東大震災の際に殺された青年について知りたいのですが、そのことについて記録した資料などありませんでしょうか？」

「関東大震災？」

若い職員は怪訝《けげん》な顔をした。どうやら、三人組のことは知らないらしい。

「二階に教育管理課がございますから、そこで聞いてみてくださいな」

亜希子は二階に上がった。教育管理課と書かれた場所で訊ねると、

「公民館に行ってみましたか？」

首をかしげながら、眼鏡の若い男性職員が言った。亜希子が、いいえと言うと、

「じゃあ、公民館の中の図書室に資料がありますから行ってみてください。公民館はすぐ近くですから」

やはり、若い人たちは知らないようだった。無理もない。六十年以上前のことだ。風化しているのも当然であった。

亜希子は役場を出ると、ちょうどその裏手に二階建ての小綺麗な建物を見つけた。特に、亜希子は地方に行くとたいてい資料館をのぞく。その土地のことがよくわかるからだ。郷土出身の知名人の名前を見つけ、その土地との関わりあいを知ることは興味深いことだった。

公民館の玄関を入ると、一階が事務室と図書室。二階が集会所になっていた。入り口の壁に、村の行事のポスターが貼ってあった。

事務所の窓口に係の人間はいなかった。亜希子はそっとロビーに入った。ロビーの中央の壁に、老婦人の写真が飾ってある。亜希子はその写真に近づいた。下に説明文があった。何げなく名前を見て、あらっと声を上げた。

辰野綾、とあった。確か、宗田康司は辰野綾を訪ねたと、刑事が言っていた。亜希子の心臓がはげしく騒いだ。

辰野綾は八十ぐらいだが、辰野服飾学院の理事長であり、長男の文彦が学院長、国会議員の辰野洋行は次男であった。その洋行の次女が室生の婚約者である。

(辰野綾はこの村の出身だった……)

これがどのような意味を持つのか、亜希子にはまだわからない。しかし、この村と室生は、辰野綾を通して繋《つな》がるのだ。

亜希子は窓口に行って、大声で呼んだ。しばらくして、奥から痩《や》せた男が出てきた。その職員に辰野綾について訊ねた。

「辰野先生は東京で立派になられて、それで故郷の村にいろいろ寄贈なさったりしました。この公民館や図書室など、先生のお陰で立派なもンができました」

その中年の職員の口ぶりでも、いかに辰野綾がこの村にとって大きな存在であるかが察せられた。東京に出て、一応の成功をした綾は故郷を忘れず、大滝村に数々の善行を施しているのだ。

亜希子が職員に、辰野綾について知りたいというと、綾に関することは『郷土の人々』という本の中にあると教えられた。

亜希子は図書室に入った。

郷土資料関係の棚に行き、本を探した。『郷土の人々』という本はすぐに見つかった。亜希子はその本を取り出し、閲覧机に座り表紙を開いた。この村から出た有識者の筆頭に辰野綾が大きな写真入りで載っていた。

辰野綾（たつの・あや）

女史は明治三十八年五月二十日大滝村（当時滝川村）に生まれる。五人兄弟の長女である。父白木《しら》忠造《きちゆうぞう》は滝川村尋常小学校の教員を勤めた厳格な人柄であった。母トミは隣村の出身。綾女史は幼少より才色兼備であった。大正十年に盛岡私立盛岡女学校を卒業し、大村尋常小学校の代用教員として働いていたが、父忠造が病に倒れ、一家の生活費をまかなうには代用教員の給与では心細く、東京に出た。それが、女史の運命を大きく変えたのである。すなわち、勤めた先が、当時、独立して電気商を起こした辰野茂久氏の会社であった。若き実業家茂久氏と翌年に結婚。以来、会社は飛躍的に成長し、女史は近所の婦女子に洋裁や和裁などを教え始めた。戦後、茂久氏は事業から退き、女史は服装学校を設立し、広く婦女子に洋裁、和裁からマナーまで教育し、やがて、辰野服飾学院として発展していった。服飾学院とその後の女史の活躍はめざましいが、女史は常に生まれ故郷を愛し続けた。大滝村の小学校に校舎の改築資金を寄付して以来、大滝村に数々の寄贈をされてきた。また、文化面においても、女史の功績は大きく、それをたたえ、昭和三十九年に大滝村名誉村民の第一号になっている。

亜希子はこの文章を読んで、何かが刺激を受けたような気がした。ただ、女史の略歴を綴《つづ》っただけである。この短い文章の中で、亜希子が気になったのは何か。もう一度、読み返した。しかし、わからない。大滝村に数々の寄贈をしていることだろうか。いや、そんなことではない。

これほど気になるということは、亜希子が今抱えている問題に結びつくはずだった。そう思った瞬間、亜希子はあっと声をあげた。

明治三十八年五月二十日大滝村に生まれる。これだった。明治三十八年生まれならば、大正十二年当時は十八歳くらいだ。自警団に殺された青年たちと、ほぼ同年代である。綾は彼らを知っていたのではないだろうか。

亜希子は職員に、自警団に殺された人々のことについて訊ねた。すると、職員は、陳列棚の傍《そば》に踏み台を置き、その上に乗って最上部の棚を探し始めた。

その間、亜希子は少し離れた場所で待った。胸がどきどきした。

職員の手がとまった。黄ばんだ小冊子を引き抜いた。亜希子は急いで近づいた。

「これです。この中に、書いてありますよ」

と、職員は亜希子に小冊子を渡した。『辰野綾と大滝村』という表題であった。

亜希子は再び机の前に腰をおろし、ほこりをかぶったような小冊子のページを開いた。内容は、辰野綾の経歴から、女史がこれまで、大滝村に寄贈した品や、その他の数々の貢献について年代順に記してある。

昭和三十二年九月一日、関東大震災時に自警団に殺された三人の若者を慰霊するための石碑の建立。

この小冊子は、その様子をまとめたもののようである。

辰野綾はその慰霊碑の建立に先だち、次のような言葉を添えている。

「――さて、このたび私が三人の慰霊碑の建立を思いたったのは、突然ではありません。確かに、この三人の若者の行為は許されざるべきものに違いありません。しかし、遠い東京で朝鮮人と間違われてこの村出身の三人の若者が殺されたということも事実です。三人は強盗殺人犯です。この三人に殺された人々の無念を思うとやりきれなくなります。しかし、この村の人間が朝鮮人と間違われ、遠い異郷で無残な殺され方をしたことに胸を打たれたのでございます。そこで、この三人の霊をなぐさめ、さらに、この三人に殺された人々の霊を慰めるために、慰霊碑の建立を思いたったのでございます」

亜希子は強盗殺人犯という言葉を見つめて息をつめた。

それ以上に、次の文章が目をひいた。『自警団に殺された強盗殺人犯』というタイトルであった。岩手県警発行の『県警いわて』という同人雑誌に載った文章を引き写したものらしい。発行年は昭和四年であった。

亜希子はその文章を書いた警察官の名前を見て首をかしげた。城野貞男とある。

亜希子は、「城野……」とつぶやいた。どこかで聞いたことのある名前だ。城野……。

あっと、亜希子は叫んだ。去年の三月、隅田公園で発見された白骨死体の主に違いない。あの時、孫娘の城野由貴に言葉をかけたことがある。

こんなところで城野の名前を見ようとは思わなかった。

『自警団に殺された強盗殺人犯』

以下の話は、私の捜査日記を基にしている。

大正十二年に盛岡市内と東京市神田で二つの強盗殺人事件が発生した。私は盛岡署員として、盛岡市呉服町で発生した時計店強盗殺人事件の捜査にくわわった。その年の七月二十六日、盛岡市呉服町の『浅倉時計店』に強盗が押し入り、一家を惨殺して、現金を奪うという事件が起きたのである。犯人は三人組で、犯行後、杉土手を通り北上川の河原で夜を明かし、明治橋を通って仙北町に出て、そこから、東北本線の鉄橋を渡り、盛岡駅まで行ったものと思われる。——略——。警察必死の捜査で、犯人は大滝村出身の村山喜三郎と平田育夫、出島昇吉の三人と判明した。その後、三人組は福島県の飯坂温泉をへて東京に潜入した。その東京で第二の強盗殺人事件が起きたのである。

八月三十日未明、東京市神田区淡路町所在の質屋『古沢質店』に三人組の強盗が侵入し、主人の古沢吾一（当時五十五歳）、妻とく（当時五十歳）、さらに娘夫婦と十歳の子を惨殺、そして、現金三千円及び、指輪等の貴金属を奪い逃走した。

翌三十一日、警視庁は神田署に捜査本部を設置し、捜査を開始した。

この捜査に関わったのが、白根警部であった。したがって、以下の事件の模様は私が東京へ行った際、神田署員から聞いて知ったことによる。

現場は市電神田停留場から百メートル路地を入った格子造りの質屋で、外にガラスケースを出して、質流れ品を陳列している。紺の暖簾《のれん》を入ると、二間四方の土間で、正面に木枠の柵《さく》で仕切られた帳場があった。

犯人の侵入および逃走経路は勝手口であった。裏木戸を壊し、勝手口の扉をドライバーでこじ開けて侵入したものであった。

被害者のうち主人の吾一は奥の六畳間の寝室で、後頭部、側頭部を鈍器で殴られ絶命、妻とくは胸部と腹部を鋭利な刃物で刺されていた。さらに、娘夫婦は二階で、全身を刺され絶命していた。ともかく現場は悲惨であった。鬼畜にも劣る犯人だった。親戚の家に出かけて難を逃れた、吾一の八十近い母親は、

「きっと、天罰が下る。たとえ、生き永らえようと、子孫代々呪ってやる！」

と、孫の遺体を抱き締めながら狂ったように叫んだ。そしてその夜、犯人を恨みながら庭の桜の木で頸《くび》を吊って自殺したのであった。

犯人は犯行前に『古沢質店』を下見した可能性が高い。その線で、目撃者を探したところ、事件の数日前から不審な三人連れを見たという証言が得られた。その三人連れは、質屋の前で中の様子をうかがっていたという。その三人連れは初めて見る顔だったと近所の主婦は証言した。さらにこの三人連れを見かけた目撃者はほかにもいた。そば屋の出前持ちの娘である。この娘は、質屋の裏口の前を行ったりきたりしていたと話した。

これら目撃者の証言から似顔絵が作られた。一人の男は年齢二十三、四歳。六尺（約一八一センチ）近い大男、色黒で長い顔だった。もう一人の男は二十一、二歳で中肉中背の男であった。あと一人は小ぶとりの男。目撃者に見せたところ、二人とも大きくうなずいた。かなりよくできた似顔絵であった。

白根警部はこの犯人を盛岡で起きた『浅倉時計店強盗殺人事件』の犯人と同一グループとみて、盛岡署に協力を要請したのだった。

その似顔絵をもとに、警視庁は犯人の逃走経路を探った。そして、似顔絵の人物らしい男が本所の旅館『伊勢屋』に投宿中との情報を得た。九月一日早朝、捜査員は『伊勢屋』に踏み込んだ。しかし、三人組は出発した後であった。すぐさま捜査員は、付近一帯に緊急配備を施した。

省線の駅、市電、バス等の停留場など完全に包囲した。犯人は袋の鼠《ねずみ》同然であった。犯人逮捕は時間の問題であった。

しかし、逮捕直前で、天変地異が起こったのである。

大正十二年九月一日午前十一時五十八分、大地震が関東地方を襲った。関東大震災である。

マグニチュード7・9。ちょうど昼食時で各家庭では火を使用中だった。地震と同時に火災が発生。おりからの大風に煽《あお》られ、東京の下町は火の海と化した。被害の大きかった地域は本所、深川一帯であった。

惨状は目を覆うばかりだった。被災者約三、四十万名、死者および行方不明者は十万余名……。

犯人追跡どころではなくなった。それは単に、大地震の後始末のためではなかった。震災の恐怖におののく東京市民の間におそるべきデマが流布《るふ》された。混乱に乗じて朝鮮人が暴動を起こすというものだった。

その噂がどこから出て、どうやって流れたのかはわからない。

朝鮮人暴動の悪質なデマに惑わされた民衆は、官憲に煽られ、各地で自警団を組織し、数千名の朝鮮人を虐殺したのであった。

しかし、悲劇は日本人にも起きた。日本人が朝鮮人と間違われて虐殺されるという事件が各所で発生した。特に東北の人間はその東北訛《なまり》から朝鮮人と間違われたのである。かくいう私も、あやうく自警団に殺されかかった一人である。

私が白根警部の連絡により東京に向かったのは九月一日。その車中、東京の大地震を知ったのである。混乱の東京にやっと着いたのは九月三日。私は白根警部を探し、本所から向島に向かう時、自警団に包囲されたのである。幸い、相生署の警察官に助けられたが、危うい状態であった。

しかし、白根警部は震災でもっとも被害の大きかった本所被服廠跡《ひふくしょうあと》で殉職していた。

それにしても、強盗殺人犯人の三人組はいかがしたことであろう。犯人は関東大震災で被害にあったのだろうか。もし、もしそうだとすれば天罰が下ったことになる。しかし、もし、彼らが無事であれば大金を抱え、その後、華やかな暮らしをしているに違いない。犯人が無事に震災の惨禍を逃れ、のうのうとした生活を送っていると思うとなんともやり切れない思いであった。警視庁の威信をかけた捜索にも関わらず犯人の行方はわからなかった。

ところが、翌十三年、ある児童の証言から意外な事実がわかった。

その少年は栃尾茂樹《とちおしげき》といった。その少年はある重大なことを目撃していたのだ。その内容は次のようなものである。

大正十二年、当時少年は十二歳だった。浅草の呉服問屋に丁稚奉公《でっちぼうこう》をしていた。九月二日、東京は廃墟だった。目の前は瓦礫《がれき》の海が広がっていた。倒壊した家屋の下から人の体が覗《のぞ》いていた。少年は恐ろしさに声もでなかった。

そこで少年はある光景を見たのであった。

四人の自警団の青年が、三人の男を木刀で殴《なぐ》っていたのである。その時の三人の男の恐怖にひきつった顔を少年は忘れることができないと述べている。

「おい、これは日本人ではないか?」

一人の男の声が聞こえた。殴られた男たちは息が絶えたようだった。

「何、そんなはずはない」

その直後、ある声が聞こえた。

「やはり、日本人のようだ」

その場に瘦《や》せた男だけが残り、他の男はどこかへ行った。残った男は死んだ三人の男の持ち物を調べていたが、そのうち、あたりをきょろきょろしてから、倒れた男の洋服や荷物をまさぐりだしたのである。少年はその男が手にしたものを見て、目を丸くした。それは、金だったからである。男は金を自分のものにしてどこかへ行ってしまった。

しばらくして、他の男は大八車を引っ張ってきた。殺した男を大八車に乗せて、どこかへ連れて行った。恐らく自警団の青年たちは荒川河川敷に運んだのに違いない。少年は店に帰るのを忘れ、大八車の後をつけ、荒川に向かった。

私はこの話を聞いて胸が早鐘を打った。というのは、自警団にあやうく殺されかかった経験から、この少年が目撃した被害者は、質屋強盗殺人の犯人だったと確信したのである。

私はこの少年に会い、その時の状況を確認した。その時、少年は殺された男の持ち物を拾って持っていた。キセルだった。そこで村山喜三郎の家族に照会し、村山の持ち物であることが判明したのである。

あの老婆《ろうば》の呪詛《じゅそ》の通り、犯人は直《ただ》ちに天罰を受けたことになる。しかし、犯人を朝鮮人と間違えて撲殺した自警団の男たちはどうなるのだ。強盗の上前をはね、現金を奪った男には天罰が下ることはないのだろうか。

二つの強盗殺人事件はこのような無残な形で終結をみたのであった。


昭和四年三月三日。


亜希子は小冊子を読み終わっても、まだ心臓がどきどきしていた。自警団に殺された大滝村出身の三人の若者を追っていたのが城野刑事だった。真青な顔つきの亜希子を、公民館の職員が心配そうに見守っていた。

亜希子は公民館を飛び出すと、もう一度、村役場に行った。何度も顔を出す亜希子を、職員が不思議そうな顔で見た。亜希子は三人について訊ねた。

三人とも大正十三年七月に死亡となっていた。

当時の職員はもう生存していないので、このあたりの事情はわからなかった。しかし、三人は大正十二年九月に東京寺島で自警団に誤って殺されたのだ。このことがはっきり確認されたのが十三年七月ということだろう。

そこで、出島昇吉、村山喜三郎、平田育夫の三人の家族について調べた。

亜希子は村の中を歩きまわった。

出島昇吉の生家は山間《やまあい》の窪《くぼ》みのような場所にあった。現在は製材所になっていた。近くの農家の老人に当時のことを聞いてみたが、ほとんど記憶になかった。これは、その後も何人かの古老にきいたが、同じだった。話したがらないのかもしれない。自分たちの村から強盗殺人者が出たということは、彼らにとっては迷惑なことだったのだろう。

出島と村山の家族のうち、村山の家はなかった。村山の兄弟は姉と妹だけで、それぞれ秋田県と青森県に嫁いでいた。一方、出島の家では昇吉の兄の子供夫婦が残っていた。子供夫婦はそんな人のことは忘れたと突き放すように言った。平田の家族もつい十年くらい前までは村にいたそうである。

大滝村民は、三人の家族を犯罪者としてみなかったそうである。これは、役場の近くの雑貨屋の古老に聞いたことであった。

その古老は、請願寺へ行ってごらんなさい、と言った。

亜希子は水田を大きくまわり、雑貨屋の脇の道を入って、請願寺に向かった。

石段を上がると、古い本堂があった。庫裏《くり》の前で庭掃除をしている主婦に、住職への取り次ぎを頼んだ。

住職は本堂にいるというので、本堂に回った。ちょうど、本堂から出てきた住職らしい男と出会った。

亜希子は頭をさげてから話を切り出した。

「実は、大正十二年に発生した強盗殺人事件の犯人とされた三人の男のことで、おうかがいしたいのですが……」

住職は坊主頭を揺らせて少し驚いたような顔をして、

「私が生まれる前のことですな」

と、女のようなやさしい声を出した。

「父がいるとわかるんでしょうが、一昨年亡くなりましてね。九十二歳でしたよ」

「そのことで何か聞いていないでしょうか？」

「さあ、なにもありませんね」

「お墓はあるのでしょうか？」

「遺骨はありませんが、三人のお墓はあります。遺族の方が人目を忍ぶようにして参っていたようです。やはり家族と一緒のお墓だとはばかられるのでしょうね」

「家族に対して、村八分のようなことがあったのでしょうね」

亜希子は犯人の遺族の痛みを感じた。

「そうですね。最初はあったようですが、辰野綾様のおかげでなくなったようですね」

「辰野綾？」

「ええ、女史は犯人の家族は関係ない、と村民に訴えたそうです。お墓も彼女が建てたのですよ」

「お墓も辰野綾さんが建てたのですか……」

亜希子はつぶやくように言ってから、

「お墓はいつ建てられたのですか？」

「昭和四年九月一日となっています。朝鮮人と間違われて殺されてから六年経《た》ってからですね」

「なぜ、辰野綾さんがお墓を建てたのか、その理由はご存じでしょうか？」

「なんでも、辰野綾女史はその殺された三人の内の一人と恋人同士だったようです。私はそうきいております」

なるほど、と思った。綾は単に三人の知り合いというだけではなく、そのうちの一人の恋人だったのか。

「三人のうち、誰だかご存じありませんか？」

「そこまではきいておりません」

亜希子は、三人の墓を住職に案内してもらった。

雪道を踏み、樹木の間を抜けると墓地に出た。三人の墓は墓地から少し離れた所にあった。雪の岩手山が望める。

もっと貧弱なものと思ったが、立派な墓であった。その横に大きな石碑があった。

「これは、なんですの？」

亜希子は大きな石碑を見て言った。

「ああ、それは三人の慰霊碑です」

「これが慰霊碑……。ずいぶん立派なものですね」

亜希子は供養塔に刻まれた年号を見た。昭和三十二年九月一日となっていた。

「三十二年に、この慰霊碑を建てられたのですね」

亜希子は公民館で読んだ小冊子を思い出した。

亜希子は寺の石段を下った。昭和三十二年に慰霊碑を建てた。それは、綾が恋人の霊を慰めるために建立したのだろう。

2

亜希子が盛岡駅に戻ったのは夕方であった。

大滝村で意外な事実がわかった。しかし、このことが渥美美津子の失踪《しっそう》、それに宗田康司殺しと関係があるのかわからなかった。亜希子が気になったことは、強盗殺人犯を追っていた刑事が城野貞男だったことである。城野は昭和三十九年に東京に出かけたまま行方をくらまし、去年、二十年ぶりに白骨死体で発見されたのだ。それも、殺害されていたのである。

亜希子は城野由貴に会ってみたいと思った。確か、彼女は県庁に勤めていると言っていた。県庁の電話番号を調べ、駅構内の公衆電話から電話した。

交換でしばらく待たされたが、

「はい。城野でございますけど……」

と、若い女の声がきこえた。亜希子は名乗ったが、すぐには相手に通じなかった。無理もない。たった一度しか会っていないのだ。それも、わずか十分足らずであった。しかし、隅田公園の白骨の発見者の身内と言うと、彼女はすぐに思い出した。

「実は今、盛岡に来ているのです」

「まあ、こちらに？」

と由貴は驚いたように言った。

「あなたにお願いがあるの」

「はい、何でしょう？」

「あなたのおじいさまのことが知りたいの」

「祖父のことですか？」

由貴は怪訝そうにきき返した。

「大正十二年に起きた強盗殺人事件について、おじいさまが残された捜査日記がおありと、本で読んだのですが、それをぜひ拝見したいの」

「何かあったのでしょうか？」

由貴が声を押さえてきいた。

「お会いした時に詳しいお話をいたしますわ」

「わかりました。今夜どちらにお泊まりですか。日記を探してホテルまでお届けいたします」

亜希子は開運橋を渡り、大通りにあるホテルに泊まった。しばらく行くと、岩手公園がある。

八時過ぎに由貴がホテルのロビーにやってきた。淡いグリーンのセーターにジャケット、ブルーのスカート姿で、東京で会った時と印象が違った。服装のせいだけでなく、うっすらと化粧をし、髪型も長めでだいぶ大人びて見えた。

ロビーの奥の喫茶室に入った。外国人客もちらほら見えた。亜希子はコーヒーを、由貴はレモン・ティーを頼んだ。

「これが祖父の日記帳です」

さっそく、彼女は差し出した。

「ありがとう」

亜希子は古い日記帳を受け取った。上質な紙に毛筆で書かれてあった。

「亜希子さん、どうして祖父の日記に興味をお持ちになったのでしょうか？」

日記帳を開いた亜希子に、由貴が声をかけた。

「実は、大滝村出身の女性が行方不明になっている事件があったの。そのうえその恋人が東京で殺されたのよ」

と、亜希子は渥美美津子失踪事件と宗田康司殺害事件について話した。由貴は両手で体を包むようにして熱心に耳を傾けていた。

「そのことと、祖父の殺されたことと関係あるというのですね？」

由貴は脅《おび》えたように言った。

「ええ。まだはっきりはわからないんだけど、私はそういう気がするの」

ちょうどその時、ウエートレスがコーヒーとレモン・ティーを運んできた。由貴は砂糖の入れ物を亜希子の前に置いてから、自分のカップにレモンを入れた。

「ちょっと失礼して、読ませていただくわ」

亜希子は言って、日記帳を開いた。

大正十二年九月三日——東京は悲惨な光景。街中に家屋を失い、焼け出された人々があふれている。警視庁神田署白根警部の消息を尋ね、本所区において不逞《ふてい》の輩《やから》に取り囲まれた。問答無用の態度。必死に警察官であることを訴えるも、狂気と化した暴徒には通じず観念す。理不尽な行為に怒りは増すばかりなり。たまたま後を追い掛けてきた相生署員により救い出されるも、生命の危険を感じたり。相生署員の言《こと》により、朝鮮人襲撃に対する自警団の由《よし》。驚いて、朝鮮人襲撃の事実を問い返すも、署員は曖昧な返答を繰り返すばかりなり。朝鮮人襲撃をさらさら疑うことなし。その署員の追いかけてきたる理由、探し求めていた白根警部の遺品の発見の連絡の由。ここに、白根警部、殉職の事実を認める。

亜希子は日記から目を上げて言った。

「あなたのおじいさまも自警団に殺されそうになったのね」

「関東大震災の時、朝鮮人が攻めてくるというデマが飛んで、大勢の朝鮮の方が殺害されたそうですね」

由貴がきいた。

「ええ、官憲が流したというんです。それに庶民が踊らされたのね」

関東大震災直後の朝鮮人の虐殺は、官憲の流したデマに踊らされた民衆が自警団を結成し朝鮮人を虐殺したのである。しかし、この事実は隠された歴史となったのである。史実をゆがめたのは権力側であるが、この虐殺事件については民衆も口をつぐんできた。汚《けが》れた過去を民衆自身も隠してきたのだ。それが権力側の犯罪を隠蔽《いんぺい》することになっていることに気づかなかったのだ。

亜希子は、これまで墨田区、荒川区、足立区《あだち》などの下町地区に住む老人をしらみつぶしに訪ねた。関東大震災から約六十年。当時で十五歳以上の人といったら現在では七十五以上だ。そのなかで自警団に入っていた人を探すのが目的だった。当時流言飛語《りゅうげんひご》に踊らされ、在郷軍人や警察官に混じって朝鮮人を殺害し、荒川河川敷に埋めた当人たちは、忌《い》まわしい過去をなかなか話したがらなかった。

朝鮮人虐殺の狂気は朝鮮人と間違われた多くの日本人の虐殺をも生んだ。城野刑事もその体験者の一人だった。朝鮮人に間違われて危うく自警団の人間に殺されかかったのだ。しかし、その流言飛語がどこから出たのか、城野刑事は知らなかった。

亜希子も東北の人々が殺されたという話を資料で目にしたり聞いたりしたことがある。由貴の祖父もまた同じ目にあいかけたのである。その自警団の一員に、亜希子の祖父も加わっていたのだ。

亜希子はさらに日記の続きを読み進めた。

九月五日——市内の悲惨な状況、さらに深刻。川には死体があふれ、死臭が漂う。神田署において、盛岡市時計店強盗殺人事件、東京神田区質屋強盗殺人事件の犯人三人組の消息つかめぬまま、盛岡に帰る。この大地震により、罹災《りさい》した可能性あるも、とうてい信じられず、まだ東京市内潜伏中の可能性大きい。世田谷の白根家を訪問。

九月十二日――盛岡署にて新聞を見るに、東京市においては多量の遺体の処置に困惑し、被服廠跡を大火葬場とし、そこで重油火葬炉により焼いたという。犯人の消息未だ不明。

大正十三年一月十日――朝、署に出ると、課長に呼ばれ作文を見せられた。関東大震災の体験記である。警視庁神田署より送付されたものなり。そこに、意外な事実を発見。驚愕《きようがく》す。

当時各小学校では、児童に大震災の体験を作文に綴《つづ》らせた。震災記念堂にはそれらの作文集が陳列されている。亜希子も見たことがある。当時、雑誌社でも大震災の体験記を募集したのである。日記に書かれた体験記というのはその一つであろう。日記には、写し取ったものであろう体験記が載っていた。

亜希子は日記に書かれた作文を読み始めた。

私は浅草『上陣《うえじん》』という呉服問屋に丁稚奉公をしております。地震の起きた九月一日、私は番頭さんの用で寺島にある商家に反物を届けに出かけたのです。その帰り、ちょうど押上に差しかかった時、地面が大きく揺れ、目の前の家の屋根瓦が轟音《ごうおん》をあげて落ちて行きました。私は近くの欄干にしがみつき恐ろしさに目を閉じていました。いったんおさまったかに思えた地震が再び襲い今度はもっとはげしく揺れました。私は地面をごろごろ転げまわりました。目の前の建物が音をたてて崩れていくので、私は生きた心地がいたしませんでした。

揺れが収まってから、私は早くお店に帰らなければと電車通りを歩きましたが、通りは大八車にたくさん荷物を積み込んだ人たちであふれていました。大人の人は、津波が押し寄せてくる、と怒鳴る人もいて私は恐ろしさに体が震えました。人の波に押され、どこをどう行ったのかわかりません。そのうち暗くなり、心細くなって人が大勢いるところで休んでいると、空が真赤になっていました。火事だ、と誰かが叫びました。悲鳴があっちこっちで起こりました。私は逃げました。裸足の足には血が滲《にじ》んでいましたが痛いという感覚はありませんでした。もうどこをどう通ったのかわかりません。どこかの横町で明かりが見え人が大勢集まっていました。私は食事もしていないのでふらふらした体でその方に行くと、在郷軍人の男が、どこへ行く、ときくので、浅草ですと答えました。すると、男の人は、浅草だったら反対だと言いました。そして、浅草へは行けないぞ、と言いました。なぜですかときくと、橋が焼け落ちたらしいというのです。私ががっかりしていると、男の人は粥《かゆ》をくれました。在郷軍人や青年会や婦人会の人々が大きな鍋でお粥を作り、被災者に配給しているのでした。私はおなかをすかしていたので夢中で食べると、もう一杯くれました。その夜、私はそこで一晩眠りました。お店ではだんなさんや番頭さんが心配しているのではないかと思い、気がかりでしたが私はいつしか眠ってしまいました。

翌日目がさめたのは昼過ぎでした。ゆうべより人が増えているようでした。家を失った人々がどんどんやってくるのです。私は体中に痛みを覚えました。顔や手足から血が出ていました。でも、いつまでもここにこうしているわけにもいきません。それで、痛む体を起こしました。私はゆうべの男の人に礼を言おうとしましたが、すでに出かけた後で姿は見えませんでした。私は浅草に向かい歩き始めました。

道端に倒れている人がいるので助けてやろうと手を差しのばすと、すでに死んでいました。倒壊した家屋の下から人間の姿がのぞいていました。私は恐ろしさに声も出ませんでした。

しかし、もっと恐ろしい光景を目にしたのです。町内の角を曲がった時です。ゲートルを巻いて、槍《やり》を持った四人の男と三人組の男が喧嘩をしていたのです。後で知ったことですが、それは朝鮮人の暴動を鎮めるために組織された自警団の人たちでした。相手の三人組も若い男たちでした。私は用水桶の陰から、その様子を見ていました。自警団の班長らしい男が三人組に向かって、

「おまえら徒党を組んでどこへ行く」

と、怒鳴りました。三人組の方は何か答えたようですが、そのうち別な自警団員が、

「おまえたち、朝鮮人だな？」

と、言いました。三人組はあわてて否定したようでしたが、よく聞き取れません。三人組の男は顔を見合わせ、逃げようとしました。すぐ、別な自警団の男が行く手をふさぎ、

「問答無用だ。やっちまえ！」

いきなり自警団員の一人が竹槍で三人組の中の一番背の高い男の脇腹を突いたのです。いっせいに攻撃を加え始めました。木刀で叩き、竹槍を突き、血が飛び散りました。私は用水桶の陰から震えながらこの恐ろしい光景を眺めていました。激しい格闘の後、三人組の男が地面に倒れ、体をピクピクさせていました。それを取り囲んで、自警団の人間は小気味よさそうに笑っていました。

そのうち、自警団の一人が地面に落ちている物を拾いあげ、

「おい、これは日本人ではないか」

と、声を上げました。

「何、そんなはずはない」

しかし、自警団の男は気になったのか男たちの持ち物を調べ始めました。すると、

「やっぱり、日本人のようだな」

と、平然と言いました。

「おい、どこかから大八車を探してこい」

その中で、痩せた男が言うと、他の三人がどこかへ散っていきました。

残った男は倒れた男の荷物を調べていました。そのうち、男は金を見つけました。殺された男たちは大金を持っていたようでした。それから男はハイエナのように死体から金目のものを奪いとったのです。その時、制服姿の巡査が通りかかりました。すると、その男はすぐに巡査のもとに駆け寄り、

「朝鮮人を征伐《せいばつ》しました」

と言ったのです。私は唖然《あぜん》としました。巡査は三人組の死体を横目で見ただけでその場から離れて行きました。巡査が去った後、その男もどこかへ行ってしまいました。その後、先程の男たちがどこからか大八車を引っ張って戻ってきて、三人の男を乗せました。

「荒川河川敷に捨てるんだ」

誰かの声が聞こえました。私は恐ろしさで体がすくみあがりましたが、大八車が動き出すと、その後をつけて行きました。なぜそんなことをしたのか、自分でもわかりませんが、あまりに恐ろしい出来事にかえって度胸がすわったのかもしれません。

荒川放水路に着いた時、私はもっと恐ろしい光景を目にしました。大勢の朝鮮人たちが河川敷に引き立てられてきていたのです。数人の男に手足をとられ引きずられていまし

た。日本刀で切られ、ある者は竹槍で突かれ、それは残酷な光景でした。それ以上に驚愕したのは、朝鮮人が殺されるたびに見物客から湧きあがる歓声です。——

亜希子は思わず目をおおいたくなった。見物客から湧きあがる歓声という箇所がよけい彼女の胸をついた。

体験記の部分を読んで亜希子は不審に思ったことがある。亜希子はこれまで関東大震災のことを調べるために数々の資料を調べ、小学生の書いた作文から、一般人の体験記まで目を通した。しかし、この作文は初めて目にする。なぜ、この作文が発表されなかったのか、その理由は日記の次の部分に書かれてあった。

一月二十日——東京に出かける。東京の復興は目覚ましい。映画や演劇が人々の暗い気持ちを救った。神田署長はあの作文は内容が朝鮮人虐殺を扱っており、好ましいものではないという判断で発表は差し控えた。ただ、質屋強盗殺人の犯人について書かれてあるので、捜査の参考になると思い、盛岡署に送ったものである、と答えた。作文の作者、栃尾茂樹を浅草の呉服問屋に訪ねる。栃尾茂樹は頭脳明晰《めいせき》にして目許の涼しい少年なり。弱冠十二歳。夜遅くまで勉強す。栃尾茂樹に九月二日の様子を聞くに、やはり作文には書かなかった事実を知る。すなわち、自警団の男が捨てていった三人組の持ち物を拾い保存していた。キセルである。大滝村の犯人の家族に見せたところ、村山喜三郎の家族が喜三郎のものに間違いないと断言す。

以降、日記は続く。亜希子は夢中になって読み進めた。

城野刑事は事件が意外な形で終わったというよりも、日本人を殺害したということに怒りを覚えたようである。栃尾茂樹から自警団の男の人相を聞き出し似顔絵を作り、本所、向島一帯を似顔絵を持って歩きまわったのである。しかし、住民の態度は冷たかった。ほとんどの人間は自警団に加わり、あるいは自警団と一緒になって朝鮮人の虐殺に拍手喝采《はくしゅかっさい》をあびせたのである。城野は厳しい寒波の東京で、連日似顔絵を持って歩いた。

城野は下町を歩きながらそこの人間のバイタリティを垣間見た。細い路地の裏長屋にも明るい生活があった。気取りのない人間性は誰に対しても同等であった。そんな、善良な彼らは、朝鮮人虐殺の話となるとたんに表情を変えた。

城野は何度も彼らと接してきて理解してきた。彼らもまた狂気に走った自分たちの過ちを心の隅では認めているのだ。しかし、そのことを口に出してはならないという自制が働いているのだ。けっして押しつけられているのではない。自らの意志である。それは、自分たちの行為が誤ったものだと意識しているからだ。だから、その古傷から目をそらそうとしているのだ。

城野がやっと似顔絵の正体を知ることができたのは、二度目に上京した時だった。向島で洋品店をやっている青年が似顔絵を見て叫んだのである。

「これは木山恭次《きやまきようじ》じゃないか……」

その青年の話によると、木山恭次は本所に住む大工であった。青年団の団長であり、消防団にも入っていた。やせてあごヒゲの濃い男だった。

城野は木山の家を訪ねたのである。しかし、木山の家は潰滅《かいめつ》し一家全滅したということだった。城野は、家族を地震で失った木山がやけくそになり、あのような犯行に出たのではないか、と感想を書いている。

木山恭次は当時二十三歳で、両親と兄がいた。木山の兄は、地元のやくざのF組の幹部で、背中一面に竜の彫物があった。また、兄の影響で恭次も背中に獅子《しし》のいれずみをしていた。両親と兄は大正十二年九月一日に本所被服廠跡で焼死した。恭次は自警団に入っていたが、その後行方が知れない。

その後の日記の記述は木山を追い求める内容であった。たとえば、木山らしき男が大阪方面にいたと思えば、盛岡から大阪まで出かけ、また、北海道にも自費で渡っているのだ。それは、一警察官の職務を越えた人間としての怒りであった。

城野は、その後、木山を探し求めたが、ついに叶わなかったのだ。その無念さを、城野の達筆な文字からくみとることができた。

しかし、亜希子の目に日記の中の一部が焼きついていた。城野は向島にある洋品店の青年から木山恭次の名前を知ったと書いている。ひょっとしてこの青年とは、祖父の恭蔵ではないだろうか。向島で洋品店を開いているということであり、祖父も自警団員だったのだ。祖父がこの木山と顔見知りの可能性だって十分にある。

もし、そうだとするとずいぶん不思議な因縁だと、亜希子は思った。城野刑事が似顔絵の主について尋ねた祖父が、やがて、その城野刑事の遺骨を発見することになるからだ。

亜希子は日記の最後のページを閉じた。全身に倦怠感《けんたいかん》があった。

3

「おじいさまは昭和三十九年の十一月に東京に出かけたのでしたね？」

と、亜希子はきいた。

「はい。そうです。私が三歳の時でした」

由貴は長い睫《まつげ》をふせて言った。

「どうして東京などに出ていったのでしょう？　あなたは何もきいていないの？」

「父や母にきいても心当たりがないそうです」

昭和三十九年という年に何かあったのだろうか。その年は東京オリンピックが開催されている。亜希子は辰野綾が昭和三十九年に大滝村の名誉村民に選ばれたことを思い出した。しかし、城野元刑事の東京行きと結びつくとは思えない。

「でも、祖父の殺された理由は、強盗殺人犯を殺した自警団の人たちと無関係とは思えません」

由貴は顔を上げて言った。

「祖父は盛岡に帰ってからも、常にこの木山恭次の似顔絵を持っていたようです。祖父はこの事件を忘れていなかったのです」

「あなたは、木山恭次という男がおじいさまを殺したと考えているのね」

亜希子がきいた。

「祖父は何かのことで木山恭次の現在を知ったのだと思います。それで、木山に会いに行き殺され、隅田公園に埋められたのです」

「でも、どうして現在の木山の消息を知ったのかしら。当然、名前は変えているでしょうし……」

そこまで言って、亜希子は、

「おじいさまは東京オリンピックを見に行かなかったかしら？」

「東京オリンピックですか？」

「おじいさまが盛岡にいたまま、東京にいる木山を見つけることは難しいと思うの。だけど、東京に出る機会があって、偶然、木山と出会ったということは考えられるのじゃないかしら」

「たぶん……」

由貴は小さな声で答えた。

「ですが、祖父が東京オリンピックを見に行ったことはないと思います。そのような話はきいたことがありませんから」

「そう……。おじいさまの東京での行動はおわかりにならないんでしょう？」

「白根さんのお宅におじゃましたことはわかっているのです……」

「白根さんとおっしゃると、関東大震災で殉職された警部さんね」

「ええ、祖父は白根警部の仏壇に長いこと合掌していたそうです」

由貴は答えた。

「でも、白根さんの家を出てからどこへ行ったのかわからないのです」

亜希子は冷たくなったコーヒーに手をつけた。すでに十時をまわっていた。

「警察はおじいさまの事件を調べてくれないの？」

「ええ、とっくに時効になっている事件ですからどうしても熱心さにかけるようです。でも……」

そう言ってから、由貴は思い切ったように言った。

「一人の刑事さんが非番の時に、いろいろ調べてくださっているのです」

亜希子は隅田公園で由貴と一緒にいた若い男を思い出した。そのことを言うと、由貴は目を輝かせて、

「そうです。あの刑事さんです」

と言った。亜希子はその目を見て、

「ひょっとして、あなたはその刑事さんと……」

由貴の目は恋をしている女の目だ、と亜希子は思った。由貴は頰《ほお》を赤らめて言った。

「今年の秋に結婚するつもりです」

「そうなの。それはおめでとう」

亜希子は祝福した。

「時効になった祖父の事件をいろいろ調べてくれたのです」

由貴は津山刑事のことを語った。

「まるで、おじいさまがあなた方二人を引き合わせたようね」

亜希子は由貴のすっかり大人びた様子を見つめながら微笑《ほほえ》んだ。

由貴が引き上げた後、亜希子は部屋に戻った。

洗面所で顔を洗った。鏡に映る自分の顔が他人のように見えた。化粧を落とした顔には

疲れが見える。目尻に細かい皺《しわ》を見つけて、ふいに寂しい気持ちになった。

自分が何に向かって進んでいるのか、その意義がわからなくなったのだ。亜希子は宗田を殺した犯人を見つけたいと思った。しかし、亜希子は室生の秘密を暴き、室生を追いつめようとしているのだ。室生は亜希子がかつて愛した男性であった。いや、今でも心の中に棲《す》みついている。その男の犯行を暴くために、自分ははるか盛岡まで来たのだろうか。

殺された宗田は、恋人の敵《かたき》をとるつもりで室生に近づいたのだ。

この一連の事件の中のどこに自分の占める場所があるのだろう。

真実の追求、そんなものは関係ない。自分は平凡なＯＬなのだ。真実を知ることがこんなにも苦しいことなのかと、亜希子は胸を痛めた。

気がつくと、涙がこぼれていた。

その夜、なかなか寝つかれなかった。寂しい盛岡の夜であった。

翌日はいい天気であった。

亜希子はホテルを出ると、岩手公園に向かった。それから中津川を渡り、昔の呉服町のあたりを歩いた。

大正十二年に襲われた浅倉時計店のあった辺りは、大きなビルが建ち並び、当時の面影はなかった。

亜希子は馬場町を通り、中津川沿いに歩いて北上川との合流点に出た。さらに行くと、今度は雫石川と合流する。雫石川に新幹線と東北本線の鉄橋がかかっていた。左手に明治橋が見える。

亜希子は河原に下りた。凍ったように静かな水面《みなも》であった。

鉄橋に列車が通って行った。

あの鉄橋を犯人の三人組は渡っていったのに違いない、と亜希子は感慨を持って、列車が行ったばかりの鉄橋を見つめた。

浅倉時計店を襲った犯人は、明治橋をわたり、仙北町に出た。だが、そこに東北本線の仙北町駅があるにもかかわらず、鉄橋を渡り盛岡駅まで行った。これは、乗降客の多い盛岡駅の方が安全だと思ったからだろう。

犯人は盛岡駅から東北本線に乗り込んだ。途中、福島県の温泉に泊まったそうだが、最終的には東京に向かった。そこに不幸が待っているとも知らないで……。

鉄橋を渡っていく三人組の姿が目に浮かんだ。想像の中の人物が鉄橋の途中でふり返った。一人は宗田の顔で、もう一人は室生の顔であった。二人は亜希子に笑いかけていた。

亜希子はじっと鉄橋を見つめていた。

亜希子は盛岡駅に戻った。構内に入ると、みどりの窓口前に、大きな陶板《とうばん》の明治の盛岡市街図があった。亜希子はこの地図を見上げた。明治時代からかなり栄えた街の様子がうかがえた。

亜希子は午後、上野行きの新幹線に乗り込んだ。

上野に着いたのは四時過ぎだった。亜希子は上野駅の構内を出ると、不忍池《しのばずのいけ》の横を通り、湯島に向かった。

いったんアパートに帰ると、休む間もなく、すぐに向島署にでかけた。

玄関を入って、受付で津山刑事に面会を求めた。

「私、葉山亜希子と申します」

背の高い青年が出てきて、亜希子を空《あ》いている会議室に招じた。

「城野さんからお見えになるだろうときいていました」

「由貴さんから？」

意外な返事に、亜希子は驚いて純粋そうな刑事の顔を見た。

「城野貞男さんの件ですね」

津山が言った。

「もう、時効になっている事件ですからね。それでも、調べてみたんです。でも、二十年前のことで、思うようにいきませんでした」

津山は唇をかんで答えた。

「昭和三十九年十一月に盛岡を出られて、いったん世田谷にある白根さんのお宅に寄っているんです」

「そうですってね」

「奥様と息子さんにお会いして白根警部の仏壇にお線香をあげられています。長い間、手を合わせていたそうです。息子さんの話ですと、まるで何かを報告しているようだったというのです」

「仏壇に報告ですか……」

亜希子は首をかしげた。

城野元刑事は関東大震災で殉死した白根警部の家を訪ね、それから誰かを訪ねたのだ。そして、殺されたのである。

津山の話はそこまでだった。なにしろ、古い話であった。目撃者を探すことも難しいだろう。ましてや、津山刑事の単独捜査である。おのずと限界がある。

おそらく、津山刑事がここまで一生懸命、由貴の祖父の捜査をしたのは由貴に対する愛情からだろう。

亜希子は向島署の帰りに実家に寄った。祖父に木山恭次のことを訊ねてみた。

「木山……、木山……」

そう言いながら、祖父の顔色がだんだん悪くなってきた。

「関東大震災の時、自警団の仲間だったけど、その後、姿をくらましてしまった人よ」

祖父は目を細めていたが、

「木山は友達だった」

と、ぽつりと言った。やはり、城野元刑事の日記に出ていた向島にある洋品店の青年というのは祖父だったのだ。乱暴者だったが自分とは気があったと、祖父はなつかしそうに、木山について語った。しかし、行方をくらました理由については、祖父は何も述べなかった。

4

亜希子は辰野綾が東京で成功したことに思いをめぐらせた。綾の成功は、東京に出て辰野茂久と出逢ったことにある。後年、辰野服飾学院を設立し、大きく発展する綾であるが、その礎《いしずえ》となったのは辰野茂久である。

では、辰野茂久とはどんな人物なのだろうか。若い頃に会社を設立し、野望に燃えて事業に邁進《まいしん》した男は、戦後、あっさり事業から足を洗い、辰野美術館を作った。亜希子はこの茂久という男に興味を持った。

亜希子は上野図書館に行って、紳士録を調べた。

辰野服飾学院理事長、辰野綾の夫茂久の経歴について調べた。茂久は文京区千駄木にある辰野美術館の初代館長である。しかし、紳士録には茂久の名前はなかった。

次に新聞の縮刷版を過去に遡《さかのぼ》って調べた。一度、新聞に辰野美術館の紹介が載ったような気がしたからだ。しかし、無駄だった。やはり、辰野美術館に行ってみようと思った。美術館の説明書きなどに、茂久の過去が語られているかもしれない。

亜希子は上野図書館の門を出てから、国立博物館の塀に沿って、徳川《とくがわ》家墓地の方に向かった。上野中学校の脇を通る。塀沿いにタクシーやライトバンなどが駐車して、エンジンをかけたまま運転手が昼寝をしていた。

寛永寺《かんえいじ》霊園につき当たり、右手に折れる。国立博物館の裏手になる。重要文化財の徳川家綱霊廟《いえつなれいびょう》勅額門《ちょくがくもん》の前を通って、鶯谷《うぐいすだに》の駅に出た。

亜希子は鶯谷駅から西日暮里《にしにっぽり》まで行き、千代田《ちよだ》線に乗り換え、千駄木に向かった。

辰野美術館は黒塗りの落ち着いた建物であった。本郷《ほんごう》台地の閑静な住宅街の中にあった。玄関前は緑に囲まれていた。

ここには、茂久が収集した絵画や陶器などが陳列してあり、一階のサロンは個展などの会場としても開放されていた。ちょうど、ある画家の個展が開かれているようで、サロンの壁には、額が飾られ、数人の見物人がいた。

亜希子は受付に置いてあった辰野美術館の説明パンフレットをもらい、ロビーにあるソファーに腰を下ろし目をとおした。

パンフレットには、収蔵されている絵画などの説明が写真入りで載っている。また、最後のページに、現館長の紹介が顔写真入りであったが、茂久のことは、写真もなく簡単な紹介ですませてあった。

〔明治三十四年神田に生まれる。父茂三郎《しげさぶろう》と母とめ。貧しい家具職人の長男として生まれ、幼い頃から丁稚奉公をして商売の道を経験した。大正十二年九月一日の関東大震災で父と母そして弟妹が死亡。天涯孤独となった茂久は大正十三年に独立して電気商を開店。これが当たり、この資金をもとに、辰野服飾学院を起こすが、戦後、学校は綾夫人に任せ、長年の夢だった美術館を設立したのである。――〕

茂久は貧しい家具職人の息子だという。それ以上に亜希子が目を見張ったのは、辰野茂久の一家も関東大震災で全滅していることだ。この簡単な経歴から不思議に思うことは、茂久の独立の時期だ。関東大震災直後のことである。問題は独立資金である。茂久にそのような資金があったのだろうか。

亜希子は受付の窓口に行って、

「おそれいります。初代の館長さんについて、もう少し知りたいのですが、詳しく書かれた資料はないでしょうか。できたら写真入りだとありがたいんですけど……」

と、受付の中年の女性に頼んだ。

「そのパンフレットだけです。でも、どうしてそんなことが必要なのですか?」

逆に、受付の女性がきいた。亜希子は適当に答えてから、辰野美術館の玄関を出た。


亜希子は、思い切って世田谷区成城にある辰野綾の屋敷を訪ねた。

高級住宅地であり、大きな塀に囲まれた庭から緑があふれていた。新宿からわずか二十分くらいにこんな場所があるとは驚きであった。

辰野家は古い門構えの邸宅で庭の樹木の間から二階建ての洋館のような屋敷が見えた。

インターホンで名前を告げ、大滝村のことで辰野綾に会いたいと申し入れた。しばらくたって、門が開いた。どこからかテレビカメラで監視されているような感じで、玄関に続く長い敷石を伝《つた》った。

お手伝いらしい中年の女性が出迎えて、広い応接間に通された。

暖炉があり、クッションの豊かなソファー、壁には鹿の剝製《はくせい》が飾ってあった。

お手伝いが紅茶をテーブルに置いて去った。屋敷のなかに人がいるのだろうかと疑うほど静かだった。

しばらく待たされてから廊下で音がした。ゆっくりとした動きで、辰野綾が入ってきた。白髪の上品な婦人であった。八十の人とは思えない肌の艶だった。落ち着いた紫の着物に身を包んでいる。

「お待たせいたしました」

綾は若々しい声で言って、亜希子の真向かいに座った。

「大滝村のことでお話があると伺いましたが……」

綾が先に言った。

「はい。先日、大滝村に行き、そこの公民館で先生の数々の業績を知り感銘を受けたのです」

綾は笑いながら、

「それほどのことはいたしておりませんわ。それにしても、なぜ大滝村に？」

「ある事件のことを調べるためです」

「事件？」

綾が不審そうな表情を作った。十分に優雅な表情であった。

「はい。大滝村出身の女性が三年前から失踪しているのです」

「まあー」

綾は眉をひそめた。

「大滝村で、関東大震災の際に自警団に殺された三人の若者のことを知りました」

その瞬間、綾の眉がぴくりと動いたようだった。

「盛岡で時計店を襲い、神田の質屋で強盗殺人を働いたあげく関東大震災の際に自警団に朝鮮人と間違われて殺されてしまったそうですね？」

亜希子は綾の顔を見つめてきいた。

「私は、この事件が、三年前の女性失踪事件と何らかの関係があるように思えてならないのです」

綾は不思議そうな顔で亜希子を見た。

「だって、関東大震災といえば、六十年以上も前のことですよ。どんな関係があるというのかしら」

綾は笑ってから、すぐ表情をひきしめ、

「強盗殺人犯が出た村ということで、大滝村がどんなにいやな思いをしたのか知っていますか？」

当時を思い出したのか、薄い紅をはいた唇が痙攣《けいれん》したように動いている。

「あの当時、連日のように警察官がやってきて村中を探し回り、家族などにも酷《ひど》い仕打ちをしたものですわ。村の人々は脅えました。大滝村出身者というだけで、周囲の村や町の人々から冷たい目で見られたのですから。犯人の家族が自殺を図ったこともありましたのよ」

「そのうちの一人が先生の恋人だったと伺いましたが？」

「そうですわ。出島昇吉という男でした」

一呼吸置いてから、綾は答えた。

「でも、出島は人殺しのできるような男じゃありませんでしたわ。華奢《きゃしゃ》な体つきで、女のようにやさしい人でしたわ。きっと、他の二人に無理やり仲間にされたのに違いありませんし」

綾は弁解するように言った。そして、

「出島が他の二人の仲間とともに東京で殺されたと聞かされ、私はショックでしたわ。村の人々は拍手喝采したのですよ。でも、犯人の家族には関係ないことでしょ。たとえ恐ろしい罪を犯した人間だろうが、あんな非業《ひごう》な死にかたをした三人があわれでなりませんでしたわ」

綾はいっきにまくしたてた。

「父が病気になり、家族の生活費を稼ぐ必要があり、東京に出た私ですが、幸い今の主人と巡り合い、商売も当たり、なんとか貯えもできました。あの三人の供養をしてやりたい、それが出島の恋人だった私の務めだと思ったのですよ」

「それで、三人のためにお墓を建ててやり、慰霊碑まで建立されたのですね」

亜希子は綾の情熱に打たれた。いや、何か打ちのめされたような気がした。

大正十二年に起きた強盗殺人事件は大滝村を不幸に落とす出来事だった。大滝村から三人も残虐な強盗殺人犯が出たことで、いかに村民が世間に肩身の狭い思いをしてきたのか、亜希子はそこまで考えもしなかった。本来なら、大滝村の歴史から、その事実を消したいことだったのかもしれない。なのに、あえて綾は慰霊碑の建立に踏み切った。

それは、綾がいかに恋人の出島昇吉を愛していたかの証《あかし》に違いなかった。

「実はきょうおうかがいしたのは、ご主人の茂久氏についておききしたいと思ったのです」

亜希子は綾の顔を見つめて言った。

「主人のことをですの?」

意外な話に、綾は戸惑った表情だった。

「茂久氏は電気商を大正十三年に設立されたわけですね?」

「ええ、そうです」

「その当時のことを、茂久氏にお会いしてお話を伺いたいのです」

すると、綾は眉をひそめ、

「主人は入院中ですので会うことは無理です」

「お加減はいかがなのでしょうか?」

「もう年ですからね……」

茂久は明治三十四年生まれとなっている。すると現在八十四歳くらいであろう。

「私の祖父と同じくらいです」

「まだ、お元気でいらっしゃいますの？」

「はい。『虐殺された朝鮮人の遺骨を発掘し慰霊する会』というものをご存じでしょうか？」

「ええ、知っております」

「三年半前に、荒川河川敷で発掘作業がありました。遺骨は出て参りませんでしたが、遺骨が埋まっていると証言したうちの一人なのです」

「そうだったのですか。じゃあ、室生浩一郎とご一緒に？」

「そうです。御一緒させていただきました」

「確か、葉山亜希子さんとおっしゃいましたわね？」

綾はじっと亜希子の顔を見つめてから、

「そうですか。あなたが葉山亜希子さんなのね」

亜希子は驚いて、綾の顔を見た。その訝《いぶか》しげな表情を察して、

「室生から話を聞いたことがありますの。あなたのことを……」

「室生さんが私のことを話しておられたのですか？」

亜希子はきいた。

「あの、どのようにおっしゃっていたのでしょう？」

室生が綾に話したりするだろうか。そんなはずはない、と亜希子は思った。室生が自分と交際していた女のことを言うはずがない。恵子との結婚にあたり、綾が室生の女性関係を調べさせた。その中に亜希子の名前があったというのが真相ではないか。

「それより、あなたはなぜ、主人の昔のことに興味をお持ちになるの？」

綾がきいた。亜希子は思い切って言った。

「茂久氏が独立資金をどうやって作ったのか、興味があるのです」

「妙なことをおききになりますのね？」

その時、廊下からあわただしく駈《か》けてくる足音をきいた。

「病院からです。お電話です」

お手伝いが綾に言った。失礼と言って、綾は立ち上がり部屋を出ていった。

亜希子はひとり広い応接間に残された。病院からだというと、茂久氏の病状に何か急変があったのだろうか。

綾が戻ってきた。顔色が青かった。

「ごめんなさい。これから病院へ行かなければなりませんの」

辰野家の門を出ると、黒塗りの乗用車が門の前に停まっていた。綾を病院まで乗せて行くのだろう。綾の様子から、事態の重さを感じた。

辰野茂久の死去を知ったのはその二日後のことであった。くも膜下出血のため東京新宿区のT病院で死去したということであった。

5

その後、亜希子は台東《たいとう》区浅草四丁目に向かった。

観音様境内《けいだい》から花やしき通りをぬける。両側には質流れ品を売る店が並んでいる。店が切れると、場外馬券売場の大きなビルがあり、その向こう側が映画街である。馬券売場と反対側の右手の商店街がひさご通りである。このあたりに、浅草の象徴であった十二階建ての塔があった。凌雲閣《りょううんかく》、通称十二階である。関東大震災で倒壊したのである。ひさご通りを行くと、言問通りとぶつかった。ひさご通りはそこで終わるが、言問通りを渡ると、千束《せんぞく》通りの商店街がずっと続く。

亜希子は千束通りの三つ目の角を右手に曲がった。

パブやスナック、それに小料理屋などが並んでいた。しかし、昼間の呑み屋の玄関はひっそりとしていた。

料理屋などの看板に、創業大正十年と書かれていた。古い店も多かった。

亜希子はその割烹《かっぽう》料理屋に入った。仕込みをしているはち巻き姿の主人に、『上陣』という名前をきいてみた。

さあ、と赤ら顔の親父は首を振った。戦前から住んでいると言った。なかなか親切な男で、奥から老人を連れてきた。母親らしい。着物姿の粋《いき》な感じの八十ぐらいの老女だが、元は水商売をしていたと思わせるような雰囲気があった。

「『上陣』さんは、空襲で焼かれて、それからお店をたたんで、なんでも山梨の方に疎開していましたが、それきりでしたね。一度、息子さんが戻っていらっしゃいましたけど、さあ、どこへ行かれたのか……」

言葉もしっかりしていた。

「おばあさん、関東大震災当時のことなんですけどね」

「関東大震災ですって? それはまた古いお話で……」

「おばあさんは、その頃もここに住んでいらしたのでしょう?」

老女は目を細め、

「そうです。ちょうど二十歳くらいでした。ここに嫁に来てからあの地震でした」

「大変だったんでしょうね」

「そりゃもう、天地がひっくりかえる思いでした」

「その当時、『上陣』さんに小僧さんがいらしたのを覚えていませんか」

「ええ、小僧さんは何人かいらっしゃいましたね」

「その小僧さんの中で、栃尾茂樹という十二歳くらいの男の子がいたんですが、記憶にありませんか?」

「さあ、名前なんて知りませんね。私も、『上陣』さんには反物を買いにいったこともありますが、小僧さんの名前は知りません」

無理もないと思った。丁稚奉公の子供の名前など知るわけもないだろう。

「その小僧さんがどうかしたのですか」

逆に老女がきいた。

「関東大震災の直後はいろいろなデマが飛んで大変だったんでしょ」

亜希子は言った。

「朝鮮人が攻めてくるという噂もあったそうですね」

「そうです。町内では自警団が作られ、怪しい人間をつかまえては検問していました。私もあやうい目にあったんですよ」

「おばあさんも?」

「朝鮮人の女は体の中に毒を隠し持って、井戸に流しまわっているという噂がありましてね。私が外を歩いていると、突然自警団に囲まれて、身体検査されたのです。男たちが勝手に着物の下に手を入れたり、それはもう恐ろしかったもんです」

老女は言った。そういった話はまだまだたくさん残っている。

「自警団が日本人を殺す事件もありましたね。朝鮮人と間違えて殺されたのでしょうが、ひどい話もありましたよ」

と、老女は話し相手ができてうれしいのか、よく喋《しゃべ》った。

「自警団がなんでも強盗を殺し、強盗の金を奪ったという話です」

そう言った後、老女は突然目を見開き、

「そう言えば、『上陣』の小僧さんが目撃して、近所の人に話していました」

「そ、その小僧さんです。栃尾茂樹というのは」

「さあ、名前は知りませんが、子供のことですから、けっこうあっちこっちで喋っていたんじゃないでしょうか」

初めて、栃尾茂樹という人間にふれた思いだった。

「その小僧さんは、そのうち警察に呼ばれ事情をきかれたようですよ」

亜希子はそれから、浅草署に出かけたが記録はもちろん残っていなかった。

呉服問屋『上陣』について訊ねたが、何もわからなかった。

ただ、諦《あきら》めて帰りかける亜希子に、応対した中年の警部補が、

「この先に、寂念寺《じゃくねんじ》というお寺がありますから、そこの住職にきいてみたらいかがですか。今年八十二歳でまだ元気です」

と、教えてくれた。

寂念寺は民家の間にこぢんまりと位置を占めていた。

「『上陣』は戦後に人手に渡ってしまいました。当主の上野嘉一《うえのかいち》という人はなかなかの遊び人で、吉原に入り浸《びた》っていましてね。跡継ぎの長男も親の血をひいて、かなり女遊びをしてました。かなりの大店《おおだな》だったのですが、あっというまに借財を背負ってしまったんです。夜逃げ同然で、一家四人で山梨に引っ越しました。嘉一さんの実家が山梨だったのですな」

まだ現役だという住職は丁寧に話してくれた。

帰りがけ、『上陣』のあった場所を尋ねると、住職はわざわざ通りまで出てきて、教えてくれた。

その時、住職が思い出したように、

「『上陣』の使用人が、神田佐久間町《さくまちょう》に同じ『上陣』という名前の呉服屋を開いたという話をききましたよ」

と、言った。

「それはいつ頃のことでしょうか？」

「そうですな。確か、昭和十年頃でしたかな。名前は覚えておりませんがねえ」

亜希子は礼を言って、『上陣』のあった場所に向かった。

おそらく『上陣』があったであろうと思われる場所はビルになっていた。一階がスナックで二階から上はマンションのようだった。

栃尾茂樹という子供は、その後、どのような人生を歩んだのだろうか。当時、十二歳というからまだ七十四、五だ。ぜひ、会って話がききたいと亜希子は思った。

第六章　黒の慰霊碑

1

『長峰墓地裏殺人事件』の新たな進展は、石本みねという老婦人の登場であった。

川西は何度かみねの自宅を訪ね、話をきいた。みねの覚えている男の特徴や体つきは室生のものに似ていた。

ただ、問題があった。それは、殺人を犯した人間が、その直後、人助けをするだろうかということだった。しかし、みねを助けた男が室生だという気がしてならなかった。

もし室生だとすれば、彼はホテルで待機している恵子に、このことを告げる必要があった。なにしろ、七時に横田がやってくることになっているからだ。だから、室生は恵子に連絡しているはずだ。

そこで、『駿河ホテル』のフロントに確認したところ、あの日、六時四十分ごろ、室生あてに電話が入った事実がわかった。交換は室生の部屋につなぎ、電話口の恵子に、「室生さまあてに外線です」と伝えている。

川西はこの電話は室生自身がかけたものと考えた。

横田は約束通り七時に現れたが、恵子はロビーの喫茶室に横田を誘い、まだ原稿が仕上がらないと口実を言って待たせた。恵子はフロントに、かかってきた電話は喫茶室にまわすようにと告げている。その間、部屋には誰もいなかったのだ。

恵子は七時四十五分になって部屋に戻った。室生が引き返してくる時間になったからだ。恵子が部屋にいなければ室生は部屋に入れない。

川西は本庄五丁目に住む石本みねの家を訪れた。ちょうど元小山川の裏手である。

みねは手足に少し火傷《やけど》の跡があるもののほぼ治癒していた。

「おばあさんを助けてくれた人がわかったんですよ」

川西は言った。

「ほんとうですか。ありがとうございます。おばあちゃん、よかったわね。これでお礼ができます」

傍《かたわ》らで、孫の嫁が言った。みねも深く頭を下げた。

「でもねえ、その人、人違いだと言っているんですよ。おそらく遠慮していると思うのです。おばあさんはその人に会えばわかるって言ってたけど……」

「はい。目は不自由でも、声はわかります。それに、その人の背中におぶさったのですから、この手が覚えています」

みねは火災の恐怖がようやく癒《い》えたようだった。

「そう、それはよかった。それで、その人は東京にいるんですよ。だから、おばあさんに東京にいっしょに行ってもらい、その人かどうか確かめてもらいたいんですよ」

川西は小柄な石本みねに言った。

川西は室生と約束をとりつけ、石本みねを連れて東京に向かった。嫁が付き添い面倒を見ていた。

川西は石本みねのために、特急の座席指定を確保した。川西は上野に着くまでの間、殺人の後で人助けができるのだろうか、とそのことが再び気になった。そう思うと、みねを助けたのが室生であるという自信がなくなってきた。しかし、上野駅のホームに足をついた時、やはり室生に違いないと思った。

上野からタクシーでお茶の水にある城南女子大に向かった。

室生の研究室に通された。部屋には室生以外に誰もいなかった。壁一面は書物で埋まっていた。

室生は川西の背後にいる老婦人と連れの女性を見て、一瞬眉をひそめた。

「室生さん、この方を覚えていませんか？」

川西がみねの手をとって、室生の前に出した。室生は凝視していたが、

「さあ、私にはいっこうに……」

と、首をふった。みねが耳をそばだてていた。川西はみねの顔色が明るくなったことに気づいた。手応えを感じたのだ。

「おばあさん、どうですか？　おばあさんを助けてくれたのはこの人じゃないかね？」

川西がみねに目をやってきいた。

「私は知りません。この方には会ったこともありません」

室生はむきになって口をはさんだ。

「室生さん、よく思い出してください。このおばあさんは、去年の十一月二十五日の五時過ぎ、本庄市の自宅が火事に遭《あ》い逃げ遅れ、危ういところを通りがかりの男性に助けられたのです。その男性は炎の中からこのおばあさんを背負って助け出したのですよ。おばあさんは、その人にぜひお礼が言いたいと言って、こうして訪ねてきたのです」

川西は室生の表情を見つめて言った。

「知りません。第一、私はその日、本庄には行ってませんからね。私であるはずないでしょう」

「室生さん、不躾《ぶしつけ》ですいませんが体の向きを変えてくださいませんか？」

「体の向きを？」

「お願いします。ちょっと窓に向かってくれますか」

室生は渋々、窓に顔を向けた。

「しゃがんでください」

室生は長い足を折った。

「さあ、おばあさん、こっちへきて。この人の背中をさわってみてください」

みねはゆっくり嫁に手をとられて、室生の傍《そば》に寄った。そして、そっと手を伸ばし、室生の背中を軽くなでた。

室生はじっとしていた。みねは室生の正面にまわると、室生の顔に手をあて、それから室生の手をとった。

その光景を川西は緊張して見守った。川西はみねの顔色が上気するのがわかった。間違いない。みねを助けたのは室生なのだ。

やがて、みねは嫁に向かって手を差し伸べた。嫁に手をとられ、室生から離れた。

「おばあさん、どうだね？　助けてくれた人はこの人なんだね？」

川西がきいた。すると、みねはゆっくり首を横にふった。

「この人じゃありません」

「なんだって！　ほんとうですか。もう一度よく調べてみてください」

川西はあわてて言った。

「ほんとうも何も、その人ならこの手が覚えています」

みねは頑《かたく》なに言った。

本庄に帰る列車の中で、みねは不機嫌そうに口を閉ざしていた。川西はみねが嘘をついたと思った。恩人の身の危険を敏感に察して、みねは嘘をついたのだ。

「おばあさん、あの男は人を殺した疑いがあるんです。もし、あの男が犯人なら早く刑に服させた方があの人のためだ。そうでしょ」

川西は説得するように言った。しかし、みねは目を閉じたまま頑なな姿勢を崩そうとしなかった。

川西は石本みねの否定にあって苦慮した。みねを助けた男は室生に間違いないと思っている。しかし、捜査本部の中は否定的意見が多かった。室生は殺人犯である。殺人を犯すほどの男が、なぜ危険な真似までして火事場に飛び込み、みねを救ったのだろうか。それが、反対意見であった。

川西にしても、そのことだけを考えると、室生の行為に疑問を持つ。しかし、川西は室生に間違いないと思っている。確信に近いものであった。それより、それが室生でなければ室生のアリバイを崩すことが難しくなる。なにしろ、辰野恵子が室生に協力している。恵子の虚偽を打ち破るだけの証拠がないのだ。

その夜、帰宅すると妻が川西に言った。昼間話し相手がいないので、川西が帰宅すると待っていたようにいろいろなエピソードを喋《しゃべ》ってくる。

「きょう、買物に行く途中、公園の脇を通ったらおばあさんが足をくじいて動けないでいるの。石につまずいて足頸《あしくび》を傷めたらしいのよ。火事でおばあさんを助けた人に影響されたわけじゃないんだけど、おぶって病院まで連れていってやったのよ。おかげでバーゲンに間にあわなかったわ」

「でも、いいことしてやったじゃないか」

ほうっと言う顔つきで、川西は着替えながら言った。

「そうね。そのおばあさんが死んだ母に似ていたせいもあるんでしょうけど……」

川西は手をとめた。

「おかあさんに?」

「ええ、親孝行な娘じゃなかったから、余計に弱いのよね」

川西は妻の言葉がなんとなく頭に残った。

2

退職の日まで、もうすぐであった。亜希子の退職を他の部の人間も知るようになると、皆に、「おめでとう」とのっけから言われた。結婚退職と思っているのだ。いくら亜希子が否定しても、若い女性が会社を辞めるということはすぐに結婚と結びつくらしい。特に男性行員に多かった。

相手は心から祝福して言ってくれているのだろうが、亜希子は辛《つら》かった。亜希子自身、室生との結婚のために銀行を辞めることを夢見なかったわけではないのだ。おめでとう、と言われるたびに、亜希子の胸が痛んだ。

陽気も春らしくなり、街角にも春の香りが漂ってきた。しかし、亜希子はなんとなく体がだるかった。冬の間は寒さに心が引き締まっていたが、暖かくなるにしたがって、かえって落ち込んできた。

亜希子は浅草から言問橋を渡って、実家に向かった。歩行者専用の桜橋《さくらばし》が見える。橋には孫を連れた老人や、犬を散歩させている人々がのどかな光景を描き出していた。

亜希子は橋の上から隅田川を覗《のぞ》いた。船がゆっくり下っていく。

亜希子は今、自分が何をしているのかわからなくなってきた。何のために苦労しているのか。やはり、こう考えるのも少し疲れぎみなのかもしれない。

亜希子は祖父に会いたくなった。隅田公園を抜けて、向島に向かった。公園は城野貞男の白骨が発見された場所であった。

実家の玄関を入ると、母が出てきて、

「あら、どうしたの?」

と、怪訝《けげん》そうにきいた。それは、突然訪れた娘に驚いているというより、亜希子が疲れた顔をしていたからだ。

「ううん、近くまで来たから。おじいちゃんは？」

「お医者さまよ。それより、最近、あなたは何をやっているの。銀行を休んでどこか出歩いているようだけど……」

玄関に立ったままの亜希子を見つめて、母がきいた。

「具合、悪いの？」

亜希子は祖父の容体をきいた。

「ちょっと風邪ぎみなのよ」

母は笑みを浮かべて言った。

「どうしたの？　上がらないの？」

「おじいちゃん、星見《ほしみ》病院ね。私、行ってみるわ」

母が声をかけるのを背中にきいて、亜希子は急いで玄関を出ていった。

ガソリンスタンドの角を曲がって百メートルほど行ったところに、星見病院があった。

病院の玄関を入ると、ロビーの待合椅子《いす》に祖父と長兄の嫁の姿を見つけた。

亜希子が声をかけると、兄嫁は驚いたような声を出した。祖父は満面に笑みをいっぱいにして、

「亜希子か……」

と、うれしそうに言った。

「亜希子さん、どうしたの？」

兄嫁が脇から声をかけた。

「ちょっと、おじいちゃんの顔が見たくなったの」

亜希子は祖父といっしょに実家に帰り、夕飯をいっしょに食べてから実家を出た。

亜希子はひっそりしたアパートに帰りついた。銀行の退職日が近づいていた。何をするという気力もなかった。

テレビをつけたが、あまり面白くなくすぐ消した。音楽を聴こうとレコードをとり出した。選んでいる時、シベリウスのレコードが目に入った。室生が好きだったシベリウスの『ヴァイオリン協奏曲』である。室生と別れる時、彼から思い出にとプレゼントされたものであった。

ためらってから、亜希子はレコードをジャケットから抜き出した。

この曲を聴いていると、室生の陰影を含んだ横顔が思い出される。室生の持っている暗い部分、そして、その暗さを吹き飛ばすかのような激しさ。

室生はほんとうに宗田を殺害したのだろうか。

宗田はあの日、室生と会ってから一人で本庄市まで出かけた。なぜ、宗田は本庄に出かけたのだろうか。

黒い影が二つ、夕暮れの本庄の町中を歩いていく姿が、亜希子の目に浮かんだ。一人は宗田だ。もう一人の男の顔は墨で塗りつぶしたようであった。やがて長峰墓地の裏で一人の男が宗田に襲いかかる。

亜希子は思わず体を震わせ、両手で肩を抱いた。

宗田は朝鮮人虐殺事件に興味があったわけではなく、室生に近づくために研究者を装ったに過ぎない。逆にいえば、宗田には室生が美津子を殺した犯人だという確信がなかったのだ。しかし、東京で調べるうちに室生の決定的な何かをつかんだか、あるいは、つかもうとしていたから殺されたのだ。

その決定的なものとは何だろうか。それが本庄市に関係あるのだろうか。

宗田殺しを考えると、常に宗田の本庄行きの理由が壁となって亜希子の前に立ちふさがる。

警察は、宗田が本庄市に出かけたのは、渥美美津子が本庄市近辺に住んでいたことがあるため、とみているようだ。しかし、そんなことはない。なぜなら、美津子は仙台から東京に出てきた直後に殺害され、荒川河川敷に埋められていると、亜希子は考えているからだ。むろん、このことは誰にも言っていないし、警察も気づいていないだろう。

美津子失踪《しっそう》事件は、関東大震災直後の朝鮮人虐殺事件となんらかの関わりがあると考えられる。やはり、宗田が本庄市に行ったのは朝鮮人虐殺の件に絡んでいるのではないか。

亜希子は『大正の朝鮮人虐殺事件』という本を取り出し広げた。

その本によると、昭和三十八年に長峰墓地に建っている『関東大震災朝鮮人犠牲者慰霊碑』に刻まれている文章に心を動かされた市内の中学校の社会科研究部の数名の女生徒が、「こんな悲劇を二度と繰り返さないためにも、ぜひ事件の原因や経過などをくわしく調べてみたい」と思いたち、夏休みを利用して、かなり詳細なレポートをまとめあげたという。毎日、汗だくになって事件の目撃者を訪ねて、苦労してまとめあげたレポートは、同校発行のガリバン刷り雑誌『郷土《きょうど》』第二号に掲載されたが、完成と同時に発禁処分になったと書いてある。クラブ顧問の女教師は校長室に呼ばれて、町の有力者たちが被告として名を連ねているような裁判記録を、ろくに検討もせずに印刷させた軽率さをきつく責められた。

著者は、立派な慰霊碑が建てられたとはいえ、かの朝鮮人虐殺事件の真相を究明しようとする試みは、地元の人々にとって、やはり一種のタブーであった、と書いている。

昭和三十八年……。亜希子は考えた。城野の失踪は三十九年であった。この二つに何か関係でもあるのではないか。

亜希子が気がつくと、レコードはとっくに終わっていた。それと同時に再び、調べてみようという気力が湧きあがってきた。

翌日、亜希子は本庄署に出かけた。

本庄駅の改札を出ると、亜希子はバスの路線図の大きな地図の前に立った。バスはここから四方に延びている。坂東大橋《ばんどうおおはし》を渡って群馬県に入り伊勢崎《いせさき》に行くバス。あるいは、中学校前を通り、老人ホームまで行くバス。

この地図の中のどこかに宗田が訪れようとしていた場所があるはずだった。

亜希子は途中で花を買って長峰墓地に向かった。墓地裏には、もう殺人の痕跡《こんせき》はなかった。亜希子は花を捧げ手を合わせた。

テニスコートから明るい声が聞こえた。

亜希子は本庄署に向かった。

川西に面会を求めると、川西は疲れた表情で出てきた。丸顔の温厚そうな顔がきつくなっている。川西は亜希子を自分の机の傍らに案内した。近くの空《あ》いている椅子をひいてきて、亜希子にすすめた。

「その後、捜査の方はいかがでしょうか？」

亜希子は川西に訊ねた。若い警察官が亜希子に茶をいれてくれた。

「あまりかんばしくありませんねえ」

力のない声で、川西が言った。

「宗田さんがこの町にやってきた理由はおわかりになったのでしょうか？」

「いえ、わかりません。市内を中心に、群馬県まで広げて捜索したんですが、渥美美津子が住んでいたという形跡は発見できませんでした」

川西は答えた。

「そのことなんですが、昭和三十八年にこの市の中学校の女生徒が朝鮮人虐殺事件をレポートしたそうですね。その関係者の誰かに宗田さんが会いにきたとは考えられないでしょうか？」

亜希子は川西の顔を見て言った。

「それなら調べました」

「えっ、調べたのですか？」

亜希子は思わずきき返した。

「被害者は朝鮮人虐殺事件に関心を持っていたということでしたからねえ。その人間が慰霊碑の建っている長峰墓地の裏で殺されたのです。当然、地元の研究家にも訊ねましたよ」

「………」

「誰も、被害者と会う予定はありませんでした」

川西は断定した。亜希子はすぐに声が出なかった。

「ですから、被害者がこの土地にやってきたのはまったく別な理由に違いありません」

川西はそう言って悔しそうに唇をかんだ。

「渥美美津子がこの土地で生活していなかったとすると、その他にどのような目的があったのか見当がつきません」

川西はふと気づいたように、

「ちょっとお訊ねしますが、室生浩一郎はどんな男なんでしょうか？」

「どんなと申しますと？」

「実は、事件のあった日、こんなことがあったのです」

と、川西は本庄市内で発生した火事のことを話した。

「どうでしょう？　この男は室生の可能性があるでしょうか？」

川西がきいた。亜希子はハッと息をのんだが、川西に悟られないようすぐ声を出した。

「でも、そのおばあさんは違うとおっしゃったのではないのですか？」

「そうなんですがね。おばあさんの様子がおかしいのです。私には、室生をかばったように思えるんですがねえ」

「…………」

「あなたは室生のご両親のことをご存じですか？」

「ご両親？　いいえ」

亜希子が首をふると、そうですか、と言って川西はため息をついた。

亜希子は警察署を出ても、川西の言った言葉が耳に残った。

川西には黙っていたが、亜希子はその老婦人を助けた男は室生に違いないという気がした。

かつて、室生と伊豆にドライブした時、同じようなことがあった。雨の日であった。東伊豆の国道上でひき逃げ事故があった。老人が血まみれで倒れていたのだ。たまたま通りかかった室生は老人をかついで車に乗せ、病院まで連れていってやった。室生のスーツは雨でびしょ濡れになっていた。

その時、亜希子は室生の行動に感動したものだった。

〔年寄りを見ていると、おやじやおふくろを見ているようでね……〕

室生がぽつりと言った。亜希子はそのことを思い出していた。

亜希子は本庄駅から上野行き普通列車に乗った。座席で揺られながら、

〔室生のご両親のことをご存じですか？〕

という川西の声が頭から離れなかった。父親は十年前に死亡している。母親の実家は千葉県成田市である。現在、母親はどうしているのだろうか、と亜希子は思った。

列車は駅に停まるたびに乗客を増していった。しかし、亜希子の思考のさまたげにはならなかった。

室生が育った千葉県でも朝鮮人虐殺事件が発生している。室生は、そのような環境の中から、この問題に取り組むようになったのだろう。

今回の事件は、六十年以上前の関東大震災直後の虐殺事件となんらかの形で絡んでいる。六十年という歳月は大きい。関東大震災を体験した人々にとっても、今や遠い過去の出来事であろう。ましてや、若い者にとっては、関東大震災は歴史上の出来事でしかないのだ。

（歴史上の出来事……）

亜希子は自分の言葉にひっかかった。そうだ、関東大震災は歴史上の出来事なのだ。大滝村に行った時のことを思い出した。村役場で、若い職員に関東大震災直後に殺された三人の若者について訊ねたが、彼らは知らなかったではないか。あの時、たいして考えもしなかったが、知らないことが当然で知っている方が不思議なことなのではないか。

しかし、美津子は知っていた。なぜ、彼女は知っていたのだろうか。

3

亜希子は三月いっぱいで銀行を退職した。引き継ぎなどは早めにすませていたのでそれほどあわただしくなかった。が、同期の仲間の送別会、課の送別会など、最後の週は送別会がたて続けだった。

三月末日、銀行最後の日、さすがに亜希子は胸がいっぱいであった。上司や同僚など、一人ひとりに挨拶《あいさつ》にまわりながら、亜希子は涙があふれた。丸八年間勤めた銀行である。いろいろな思い出が染み込んでいた。

明日から、行く所がないと思うと、亜希子は寂しさに襲われた。室生と別れ、宗田を失い、亜希子はすべてを失ったような虚《むな》しさを覚えた。

しかし、亜希子はやらねばならないことがあった。室生の隠された暗い部分を知りたい。これが今の亜希子の心を占めていた。

亜希子は再び大滝村に出かけた。

朝六時に起きて、七時発の『やまびこ33号』に乗り込んだ。朝早いとはいえ、座席はほぼ埋まっていた。

盛岡には定時の十時二十一分に着いた。

日もめっきり長くなり、南国からは桜の便りが届いていたが、北国の春はまだ遠い。それでも、太陽の光はどこか明るさを増したように感じられた。

駅前からバスに乗り、小学校前で降りた。大滝村は冷たい空気の中にひっそりとしていた。

この前、来た時には閉まっていた大衆食堂から人が出てきた。きょうは店を開いているようだった。亜希子はその店の前を通って、美津子の実家に向かった。

大きな農家だが、建物は近代的な構えであった。亜希子が声をかけると、兄嫁が出てきた。

「先日は失礼しました」

亜希子は兄嫁に頭をさげた。兄嫁は白い歯を見せて、座敷に招じた。

奥座敷で、美津子の父と会った。父親は大柄な男であった。タンスの上に美津子の写真が飾ってあった。

「美津子さんは、辰野綾さんと面識がおありだったでしょうか？」

亜希子がきくと、父親は大きな目を向けて答えた。

「辰野綾？　いや、そりゃ、この村の出身だから憧れていたようだったが……」

「つかぬことをおうかがいしますが、美津子さんにはおじいさまはいらっしゃったのですか？」

「父、得治郎《とくじろう》はすでに亡くなりました。もう四年になります」

酒焼けしたように赤ら顔の父親は、座敷にあぐらをかいていた。

「おじいさまは何をなさっていた方でしょうか？」

父親は怪訝そうな表情で、

「そのことが、娘の蒸発とどのような関係にあるンですかな？」

ときいた。

「いいえ、わかりません。ただ、今はどんな些細《ささい》なことでも調べてみようと思ってます」

亜希子は答えた。答えながら、胸が痛んだ。この両親は未だに娘がどこかで生活していると信じているのだ。

父親はうなずきながら口を開いた。

「この村の駐在所にいました。巡査です」

「巡査？　じゃあ、関東大震災当時の強盗殺人犯について……」

「そうです。父はその当時、巡査になったばかりだと申してました。父は強盗殺人犯の出島昇吉という男の幼友達でした」

「幼友達？」

亜希子は思わず声を高めた。

「子供の頃、いつもいっしょに遊ンだそうでス。出島昇吉という人は心のやさしい男だったようです。あんな気の弱い男が人殺しなどできっこない、と言ってましたな」

出島昇吉の人間性については辰野綾も同じことを言っていた。

「そんな人がどうして強盗殺人の仲間に加わったのでしょう？」

亜希子は疑問をぶつけてみた。

「わたしも、そのことをきいてみたことがあります。すると、父は、辰野綾を愛していたからだと答えたンです」

「辰野綾を愛していた？　辰野綾さんのために強盗殺人の仲間に加わったという意味でし

ょうか？」

「そうです。出島昇吉さんは辰野綾さんのために強盗殺人の仲間に加わったンです」

「どうしてでしょう？　辰野綾さんの何が出島昇吉を強盗の仲間に走らせたのでしょうか？」

亜希子は身を乗り出した。しかし、父親はくびをふった。

「わかりません。そこまで父親は話してくれませンでした。この村にとっちゃ辰野綾さんは名士です。めったなことは言えなかったンでしょう」

辰野綾にはある秘密があったのだ。それは、出島昇吉を強盗に走らせるものだった。

「そのことは美津子さんもご存じだったのですか？」

「さあ、どうでしょうか。あるいは父は話したかも知れないなあ」

「どうして、おじいさまはそんな話を美津子さんに？」

「あの娘は、この村出身の辰野綾に憧《あこが》れていました。祖父は辰野綾を若い頃知っていたので、話をねだったンじゃないですかね」

美津子の祖父が、強盗殺人犯の一人である出島昇吉と幼友達だったということは、亜希子の推理の手助けになった。したがって、出島昇吉の恋人の綾とも当然、顔馴染みだったはずである。それに、巡査だったということがあることを予想させた。亜希子はそのことをきいてみた。

「盛岡署の城野という刑事さんをご存じですか？」

「城野……。ああ、父から話を聞いたことがあります。城野さんの遺骨が発見されたそうですね」

と、父親はしんみり言ってから、

「城野さんが行方不明になった時、親父はすっかり元気サなくしました。自分の責任だと悩んでおりました」

「自分の責任？　どういうことなんでしょう？」

「さあ、わかりませン。話してくれませンでしたから」

「美津子さんにはどうなんでしょう。そのことを話されたということは？」

「そうですな。あるいはあの娘《こ》は聞いていたのかもしれませン」

亜希子は何かがわかりかけたような気がした。

渥美美津子は辰野綾に憧れていた。祖父が辰野綾の子供の頃を知っているというので、いろいろ話をきいたのだろう。辰野綾の成功談は若い美津子を夢中にさせたことだろう。その話の中で、当然、綾の恋人だった出島昇吉の話題も出たに違いない。そして、城野元刑事の失踪に関する何か重大な話が祖父の口からもれたのではないだろうか。

美津子の祖父は昭和五十七年春に亡くなったという。

亜希子はバスで盛岡駅に戻り、歩いて中津川沿いにある城野の家に行った。平日だったので、由貴は勤めに行って留守であった。

亜希子は由貴の母親に話をきいた。

「おじいさまが東京に行かれる前のことなんですが、どなたか訪ねていらっしゃいませんでしたか？」

母親は白髪が目だち始めた頭をふって、

「さあ、どうだったんでしょう……」

と、首をかしげた。

「大滝村の渥美得治郎という人をご存じですか？」

「はい。義父《ちち》の知り合いでした」

「その方が、昭和三十九年ごろ訪ねていらっしゃいませんでしたか？」

しばらく考えていたが、母親は首をふった。二十年以上も前のことだ。記憶にはないだろう。

「渥美得治郎さんがこちらにいらっしゃったことはおありですか？」

「はい。一度か二度ほど見えられたことがあります」

その事実だけでも確認できればいいのかもしれない。ふと、亜希子は気づいて、

「昭和三十九年といいますと、東京オリンピックが開催されていますね」

と言ってみた。すると、母親はハッと気がついたように、

「そうです。東京オリンピックの後です。渥美さんがみえられたのは……」

「間違いありませんか?」

亜希子は言った。母親はうなずいた。

やはり、城野の東京行きは渥美得治郎の示唆《しさ》によるものだ。

「ちょっと、お待ちくださいな」

母親は立ち上がって、奥に引っ込んだ。時計を見た。六時をまわっていた。そろそろ由貴の帰宅する時間である。

しばらく経《た》って、母親が四つ折りの古ぼけた印刷物を持ってきた。

「義父の文箱《ふばこ》に入っていたものです。なんでも、渥美さんが義父を訪ねてきた時、持ってきたものらしいのです」

「拝見します」

亜希子はそれを受け取った。

『大滝村ニュース』と題字があった。村役場が発行している村民ニュースだ。日付を見ると、昭和三十九年九月七日となっている。

一面の見出しに、

〈辰野綾女史、名誉村民に〉

と大きく出ていた。そして、写真に大きく三人の男女が写っている。女性は辰野綾で、綾と握手しているのが大滝村の上松《うえまつ》村長である。そして、綾の横につつましやかに立っている老人が、綾の夫茂久であった。亜希子は胸が高鳴った。

渥美得治郎はこの『大滝村ニュース』を持って、城野を訪ねたのだ。

元盛岡署の刑事だった城野が東京に出かけたのは、この渥美得治郎が訪ねてきた直後だったという。つまり、城野は得治郎の来訪がきっかけで、わざわざ東京まで出かけるようになったのだ。

得治郎の話の内容が問題である。城野をわざわざ東京まで行かせ、そして、何者かに殺害されるほどの内容だったのだ。

その内容は何だったのか。そのヒントが、この『大滝村ニュース』だ。

ここで、気になるのは、この得治郎が大滝村の巡査だったという経歴である。大正十二年、彼は当時盛岡署の警察官だった城野貞男と会っているのだ。以来、二人に親交があったとしても、わざわざ城野が東京に出向くほどの用といえば、大正十二年の事件を想像しないわけにはいかない。

さらに、想像の羽を広げれば、大滝村公民館で開かれた辰野綾名誉村民を祝福する会で、渥美得治郎は何かを発見したのだ。

得治郎はそのことを誰にも言わなかった。ひとり胸にひめていた。しかし、とうとう、一ヵ月後に彼は盛岡市内に住む城野貞男を訪ねたのである。

城野は得治郎の話に心を動かされた。だから、東京に出かけたのだ。

そのまま、城野は行方不明になった。その真相を知っているのは、渥美得治郎だけである。彼は城野の行方不明を知って驚愕《きようがく》したことだろう。しかし、彼は城野のことについて口を閉ざした。

ところが、得治郎は真相を美津子だけには話したのではないか。

美津子は中学時代から郷土の英雄というべき辰野綾に憧れていた。辰野綾のような女性になりたいと思っていた。美津子は辰野綾が祖父の昔の知り合いということで、得治郎に綾の話をねだったのではないか。その時、得治郎は美津子に秘密をもらしたのだ。

しかし、美津子は得治郎の話をにわかに信じることができなかった。昭和五十七年三月に得治郎は老衰のために死んだ。したがって、美津子は話の信憑性《しんぴようせい》を確かめる術《すべ》が見つからなかった。

そんな時、美津子はカルチャーセンター講師の室生のことをポスターで見たのだ。そのポスターには、室生の簡単な紹介があった。つまり、関東大震災時における朝鮮人虐殺事件を研究していると書いてある文章を読み、室生に会いに行ったのだ。おそらく、美津子は室生に祖父から聞いたことをすべて話し、協力を得ようとしたのだろう。

美津子の話は室生を驚愕させたに違いない。室生は綾の秘密を知り、辰野綾に会ったのだろう。そこで、室生と綾の間である取引がかわされた。その結果、室生は美津子を殺害した……。

「ただいま……」

由貴の声が聞こえ、亜希子は我に返った。

「まあ、いらっしゃっていたのですか？」

亜希子は夕食を御馳走になって由貴の家を辞去した。

由貴は亜希子を盛岡駅まで見送ってくれた。入場券を買って、由貴は新幹線ホームまでついてきた。夜の新幹線ホームは何となくもの悲しい気分だった。由貴の名残惜しそうな表情が、亜希子をよけいに寂しくさせた。

「由貴さん、またお会いしましょう。東京にいらしたら連絡くださいね」

由貴に見送られて、亜希子は最終の『やまびこ』に乗り込んだ。

『やまびこ』が静かに発車すると、亜希子は再び、『大滝村ニュース』に思いが移った。城野をわざわざ東京まで行かせるほどの話とはなにか。亜希子はある想像を持った。恐ろしい想像であった。

4

大正十二年九月に大滝村出身の強盗殺人犯が東京で朝鮮人に間違われ殺された。出島昇吉、村山喜三郎、そして平田育夫の三名である。

彼らが強盗殺人に走ったのは貧困からである。しかし、どんな理由があろうが人を何人も殺したことは同情の余地もない。ところが、この強盗殺人犯の一人、出島昇吉は綾の恋人だった。綾は、異郷で自警団に殺された恋人のために、大滝村に慰霊碑を作った。綾は、恋人たちの罪を、自警団に殺されたということを前面に押し出して、村民の気持ちを和《やわ》らげようとしたのである。

このエピソードは綾がどんなに出島昇吉を愛していたかを表している。もし、綾の存在がなければ、出島昇吉ら三人の家族は村八分をとかれることなく、悲惨な生活を送っていたことだろう。

しかし、綾の行為には出島昇吉に対する贖罪《しよくざい》もあったのだ。出島は辰野綾のため強盗の仲間にくわわったという。

綾の人生は、死んだ恋人の名誉回復のためだけにあったような気がする。盛岡の女学校を出て代用教員になったが、父親の病気から、より多い収入を求めて上京。そこで知り合った青年実業家の辰野茂久と結婚した。その後、辰野服飾学院が大きくなっても、彼女は死んだ恋人のことは忘れなかったのだ。大滝村に数々の寄贈をし、そして恋人への贖罪をはかってきたのである。

しかし、その綾には何か秘密があるのだ。

亜希子は神田に向かった。強盗殺人犯が自警団に殺されたのを目撃した少年、栃尾茂樹の消息を調べるためである。浅草にある寂念寺の住職が、『上陣』にいた使用人が神田佐久間町で『上陣』という呉服屋を開いたと言っていたのだ。その店は、戦後まであったというが、せめてその店の主人の居所さえわかれば、栃尾茂樹の消息を知る手掛りがつかめるかもしれないと思った。

亜希子は佐久間町に行き、商売している何軒かの店にかってに飛び込み、『上陣』について訊ねた。なにしろ古いことである。こういうことになると、亜希子一人では重荷であった。迷惑そうな顔をされたり、適当にあしらわれたりした。

川西刑事にすべてを打ち明けて頼めば、簡単に栃尾茂樹の行方を探してくれるだろう。

しかし、それはできないことだった。

四軒目に入った電気店で、手応えがあった。

その店の主人は頭の薄い六十過ぎの男だったが、『上陣』を覚えていたのだ。

「あそこに、喫茶店があるでしょ。あの場所に『上陣』があったんですよ」

と、主人はわざわざ店の外まで出てきて言った。

「その『上陣』のご主人はなんという方でしょうか?」

亜希子は逸《はや》る気持ちを押さえてきいた。

「栃尾さんですよ」

「栃尾茂樹という人でしょうか？」

亜希子の心臓の動悸《どうき》がはげしくなった。

「ええ、そうですよ」

主人は目を細めた。栃尾のことを思い出しているようだった。

「一時は羽振りもよかったんですがねえ。戦争で財産を失って、それでも戦後しばらくは細々とやってましたが、うまくいかなかったようです。商売がだめになると酒と博打に手を出すようになって倒産ですよ。夜逃げ同然だったねえ。親子三人で引っ越していきましたよ。私の貸した金も戻ってこなかった……」

主人は息継ぎをし、

「それから十年くらいしたら、ふいに栃尾さんが訪ねてきましたよ。借金を返してくれたのです。こちらは貸した金は諦《あきら》めていたので、驚きました。また、景気がよくなったのかと思いましたよ」

「栃尾さんの引っ越し先、わかりませんか？」

「なにしろ、二十年以上も前のことだからね。ちょっとお待ちください」

主人はそう言いながら、家の奥に引っ込んだ。亜希子は、大きく深呼吸をして気持ちを落ち着かせた。

しばらくして、主人が戻ってきた。手にハガキを持っていた。

「ありましたよ。古い文箱《ふばこ》になんでもしまっておく性質《たち》でしてね。ちゃんととってあるんですよ。でも、現在もここにおられるか、わかりませんよ。これは、四十一年当時の住所ですからねえ」

主人は亜希子に紙片を渡して言った。

〔台東区橋場《はしば》三丁目、『天山荘《てんざんそう》』五号室〕

亜希子は神田から、橋場の『天山荘』というアパートに向かった。地下鉄で浅草まで出て、隅田公園沿いを歩いた。途中に、台東区と墨田区を結ぶ歩行者専用の桜橋方面への表示が出ている。

途中の居住地図で番地を見てから、さらに白鬚橋に向かって歩いた。

石浜《いしはま》図書館の前を過ぎる。電柱の表示は橋場二丁目に変わった。さらに、歩いていくと三丁目になった。亜希子は近くの酒屋でアパートを聞いた。

細い道を曲がった所に、『天山荘』という古いモルタルのアパートが見えた。前はお寺の塀であった。

一階は管理人の家で、二階に部屋がいくつか並んでいた。階段が外についていた。

亜希子は管理人室に入って、用件を言った。すると、肥った五十前後の男が、

「あなたはどちらさんです?」

と、きいた。

「私の祖父が栃尾さんと古い知り合いなんです」

亜希子がそう言うと、管理人はうなずいた後、

「栃尾さんは、亡くなりましたよ」

と、教えた。

「亡くなった？」

亜希子はドキッとした。まさか、殺されたのでは、と亜希子が言うと、管理人は笑い出した。

「病気でした。管理人は眼鏡をはずして、もう十年くらい前に亡くなったんです。病気でずっと寝込んでいました」

と言った。すでに亡くなっているとは思わなかった。十年くらい前というと、栃尾茂樹はまだ六十半ばだ。

「栃尾さんのご家族の方は？」

「このアパートに来た時から独りでしたよ」

管理人は答えた。

「栃尾さんは何をやられていたのですか？」

「いや、毎日ぶらぶらしていましたね。お金は持っていたようですから」

「栃尾さんはずっとお独りで？」

「ええ、そうです。独り暮らしでした。でも、たまに若い男性が訪ねていましたね。後からきいたら息子だと言ってました。栃尾さんの葬儀もその若い男性がすべて行なったんですよ」

「息子……？」

亜希子の背筋を冷たいものが走った。

「息子さんがいらっしゃったのですか。その息子さんの名前はわかりませんか？」

「さあ、何しろ十年前だからね……」

管理人は苦笑いをした。

亜希子はアパートに帰ると、押し入れにしまいこんだアルバムから室生の写真を一枚はがし、その夜、もう一度、『天山荘』に向かった。

「おじさん、たびたびすいません」

亜希子は管理人に室生の写真を見せた。

「栃尾さんの息子さんって、ひょっとしてこの人じゃありません？」

亜希子は胸がどきどきした。管理人は眼鏡をかけて、熱心に写真を見つめていた。

「十年前だし、その息子っていうのはあまり顔を見せないようにしてたからねえ」

と、管理人は首をひねったが、

「でも、似ている……」

と言った。亜希子は青ざめた表情で管理人の顔を見つめていた。

亜希子は迷ってから室生の母親の実家に行ってみようと思った。京成上野駅から京成スカイライナーに乗った。

千葉県成田市である。

栃尾茂樹の実家は貧しく、そのために早くから浅草『上陣』の丁稚奉公《でっちぼうこう》に出されていたのだ。

震災後、茂樹は『上陣』を飛び出し、それから十年ほどで、神田に店をかまえているのだ。その資金はどうしたのだろうか。

さらに、栃尾は戦後、商売が傾いていった。そして、倒産。しかし、アパートではぶらぶらしていたという。酒びたりの生活であったという。金はどうしたのだろうか。

亜希子は車窓に流れる千葉県の緑の濃い一帯の風景に目をやりながら、栃尾茂樹の資金源に思いをはせた。

成田に着いた。駅前からタクシーに乗った。室生の母親の実家は農家であった。しかし、母親の兄も亡くなり子供の代になっており、すでにその家には母親の居場所はなかったようだ。

亜希子が母親の行方を訪ねると、母親の兄の子という四十前のヒゲ面《づら》の男が、

「もうとっくの昔に老人ホームに入ってますよ」

「老人ホーム？　なぜ、老人ホームなんかに……」

亜希子は思わず大声を出した。室生はなぜ自分の母親を老人ホームなんかにいれておくのか。

「体も弱く、息子のじゃまにならんようにさっさと老人ホームに入ったんだろうよ。なんでも埼玉県にある精華《せいか》老人ホームはちゃんと面倒を見てくれるらしいからねえ」

「埼玉県？　まさか、本庄市にあるのでは？」

亜希子は本庄駅前からタクシーに乗った。精華老人ホームは利根川のほとりにあった。鉄筋四階建ての古い建物であった。

亜希子がロビーに入っていくと、知った顔にあった。相手も驚いていたようであった。

「刑事さん……」

亜希子は絶望的な声を出した。本庄署の川西が受付にいたのである。

亜希子はロビーで室生の母親と会った。母親はタカ子《こ》といい七十近い。しかし、元気そうであった。浩一郎の知り合いだというと、母親は丁寧に挨拶した。

「浩一郎が何か……」

母親は不安そうな顔つきで亜希子を見つめた。脇に、川西が立っていた。

5

川西は石本みねの家を何度も訪問し、みねを説得した。

「室生はね、人を二人も殺した疑いがかかっているんですよ。あの日、おばあさんを助けた時も、人を殺した後だったんです」

「そんな悪い人だったら、私を助けたりしないでしょ」

みねは横を向いて言った。

「そうだよ、おばあさん。あの男はほんとうは心のやさしい男なんだ。ただ、やむを得ぬ事情で人を殺してしまったんだ。でもね、あの男は良心の呵責《かしやく》に責め苛《さいな》まれているはずだ。このままじゃ、あの男のためにならない。早く罪を償わせてやるのが、あの男のためじゃないかね」

川西は必死に説得した。

「おばあちゃん、私も刑事さんのおっしゃる通りだと思うわ」

脇から、嫁が口添えした。

「おばあさんがあの男をかばいたい気持ちはよくわかる。恩人だからねえ。でも、恩人だからこそ、早く罪を償わせてやった方がいいと思わないかね?」

みねの頬《ほお》がぴくぴく動いた。

「あの時、助けてくれた人は血の匂いがしてました」

みねがやっと口を開いた。

「あの時の人だと思います」

「おばあさん、ありがとう」

川西は礼を言って、すぐに石本みねの家を飛び出した。

その日、捜査会議が開かれた。

川西がこれまでの捜査結果を報告した。

「被害者がなぜ本庄市にやってきたのか。市内にある精華老人ホームに室生浩一郎の母親が暮らしております。被害者はこの老人ホームに室生の母親を訪ねようとしたのであります。被害者はたびたび東京に来ており、その都度、室生のことを調べておりました。母親が精華老人ホームにいることも成田の母親の実家に行ってつきとめていたのです。では、なぜ被害者は母親を訪ねる必要があったのか。それは、浩一郎の父親のことを調べるためと思われます」

川西は一呼吸おいてから続けた。

「浩一郎の父親は栃尾茂樹、母親は室生タカ子。栃尾茂樹とタカ子は昭和十二年に結婚、茂樹が二十六歳の時でした。当時、栃尾茂樹は神田で呉服関係の商売を派手にしていました。浩一郎が生まれたのが昭和二十五年です。しかし、商売の方は日本が敗戦から立ち直りかけるのと反対に、徐々に傾いていきました。茂樹の道楽が原因でありました。昭和二十八年に神田の店から夜逃げ同然で引っ越していきました。

離婚したのは昭和三十五年で、浩一郎は母親が引き取って千葉の実家に戻りました。しかし、時々、浩一郎は茂樹に会いにいっていたようだと、母親は言っております。栃尾茂樹は昭和三十九年頃から、再び羽振りがよくなりました。昭和四十四年に、浩一郎はK大に入学しますが、入学費用から学費、それに東京のマンション購入まですべて栃尾茂樹がまかなっているのです」

川西は捜査員の顔をながめて、

「なぜ、栃尾茂樹がこのように羽振りがよくなったのか。そこに今回の事件解決の糸口があると思われます。おそらく、渥美美津子はこのことを知り、浩一郎に殺され、また、宗田康司もしかりです」

ふうと大きく息をついて、川西は続けた。

「室生の母親は、栃尾茂樹が死んだ直後から本庄市の精華老人ホームに入りました。これは、体の弱い母親が室生の足手まといにならないよう考えホームに入ったようです。室生はそんな母親をいつも気にかけていたようです。月に一、二度、母親に面会に行っています。被害者は事件当日、室生の母親に会うために本庄駅にやってきました。その同じ列車で室生も本庄駅に降り、被害者を長峰墓地裏まで誘って殺害したのです。そして、室生は元小山川の川面《かわも》で返り血を洗い流し、駅に戻ろうとした時、石本みねの家の火事に出くわしたのであります。室生は同じ本庄市の老人ホームにいる母親を思い出し、自分の危険を顧《かえり》みず、夢中で炎の中に飛び込んでいったのであります。殺人を犯すほどの人間が人助けをするということは不思議な気がしますが、室生には石本みねが自分の母親のように思えたのです。室生の母親は、息子の足手まといになるまいとして、自ら老人ホームに入り、息子の出世を夢みていました。室生はそんな母親に対し常に負目《おいめ》のようなものがあったのではないでしょうか。皮肉なことに、室生のそのやさしさが命とりになったのでありますす」

川西の説明が終わると、室生を逮捕すべきか、という議論になった。

まず、逮捕して勾留《こうりゅう》期限ぎりぎりまで取り調べを行なうべきだという意見が出た。

しかし、反対意見として、まだ逮捕するには証拠が弱いというものがあった。その意見の主張者は、ほかならぬ川西であった。川西は何度か室生と会っている。その時の印象からみて、なまじのことで自白するような男ではないと考えていた。一筋縄でいくような男ではないのだ。おそらく犯行時の室生の行動は、川西が推理した通りであろう。しかし、物的証拠が弱かった。それと、もう一つ、川西の考えるネックは殺人の動機である。

室生は東京の人間であり、宗田は仙台で暮らしていた人間である。二人に接点がない。

一時、室生が仙台に三ヵ月間、カルチャーセンターの講師として出張していたが、その期間、宗田は海外出張中であった。

室生と宗田を結びつけるものは渥美美津子である。美津子は行方不明だ。行方不明者がかならずしも犯罪に巻き込まれているとは限らない。美津子がどこかで生きている可能性もある。

ただ、彼女には自らの意志で失踪する理由がない。失踪して三年が経つ。おそらく犯罪に巻き込まれたとみるのが妥当であろう。

そして、美津子の失踪に関係していると思われるのが室生浩一郎である。

しかし、室生が美津子を殺したにしても、その動機が今一つ弱いのだ。女に結婚を迫られ、やむにやまれず殺してしまったという動機では公判の維持が難しいという気がした。

室生の容疑は二つの殺人事件である。第一の事件、つまり美津子失踪に室生が十分関わっていることが前提で、第二の殺人を立証できるのである。第一の事件が、第二の事件の動機となるからだ。やはり、渥美美津子の死体が出てないということが、今一つ、川西をためらわせていた。

捜査員の意見が分かれた。その中で、捜査一課長が発言した。

「室生は来月、辰野洋行氏の娘と結婚式をあげる。結婚後に逮捕するような事態になれば、洋行氏に迷惑が及ぶだろう。ぜったいに結婚式を挙げさせてはならない。この際、逮捕に踏み切るべきじゃないだろうか」

　その一言で、決まった。

「思い切って、室生を逮捕し、徹底的に取り調べる！」

　捜査一課長が強気の発言をした。こうなっては、川西も室生逮捕で動かざるを得なかった。

6

　亜希子は大滝村に出かけ、村長に会った。辰野綾の名誉村民贈呈式の模様、そして、東京オリンピック見学ツアーの様子を確認した。しかし、出島昇吉を強盗殺人犯の仲間に走らせたという辰野綾の秘密はつかめなかった。古老に何人か当たったが、誰も知らなかった。

　東京に帰った亜希子は再び、辰野綾に面会を求めた。しかし、電話に出たお手伝いは、

「辰野先生は、お出かけでございます」

「どちらに？」

「大滝村です」

「大滝村？」

行き違いとなったのだ。

「いつお帰りでしょうか？」

「大旦那さまの納骨で参られたので、あと、二、三日はかかると思いますが……」

「じゃあ、ご家族の皆さまもご一緒ですの？」

「はい。そうでございます」

亜希子は急いで、アパートに戻ると、着替えて、バッグを持って再び外に出た。途中、銀行により、お金を少しばかり下ろしてから上野駅に向かった。

東北新幹線に乗るのも五度目のことになった。今回ほど盛岡に着くまでの時間が長く感じられたことはなかった。窓の外に流れ去る風景は、緑が濃くなっていた。しかし、亜希子には風景を楽しむ心のゆとりはなかった。

盛岡に着いたのは四時過ぎであった。亜希子はすぐに駅前からバスに乗って大滝村に向かった。

青空が広がってきた。白い雲がゆっくり流れている。バスに揺られ、人家が少なくなり広々とした風景に変わった。大滝村に入ったのである。

夢中で辰野綾を追ってこの地までやってきたが、急に脅《おび》えのようなものが亜希子を襲った。自分は室生の秘密を探ろうとした。彼の隠された暗い部分を知りたかったのだ。それは、まだ室生を愛しているからであった。

亜希子はバスから降りた。ひんやりした風が土の匂いをともない亜希子の頰にあたった。亜希子は辰野綾の実家にすぐ向かうことにためらいを覚えた。亜希子は室生ばかりではなく、辰野綾まで追い込んでいっているのだ。そのことに気づいて、亜希子は胸が塞《ふさ》がれるような息苦しさを覚えた。

田園風景の中を、亜希子はまっすぐに歩いた。目の前に小高い丘が見える。その上に、請願寺という寺がある。亜希子はその石段を昇った。

鬱蒼《うっそう》とした樹木を抜けたところに墓地があり、その一画からぽつんと離れて墓石が三つ並んでいる。この村出身の強盗殺人犯の村山喜三郎、出島昇吉、平山育夫の墓である。もちろん骨はない。

その墓の横に、高さ四メートルぐらいの大きな石碑が立っている。東京で自警団に殺された強盗殺人犯と、その三人の若者に殺された犠牲者を祭った慰霊碑であった。

亜希子はその慰霊碑の前に立った。

慰霊碑の立つ丘から、かなたに岩手山が望め、北上川の流れを見ることができる。夕焼けが徐々に空を赤く染めていた。

亜希子は慰霊碑を感慨を持って見上げた。

そもそも事件の発端は、この村出身の三人の若者が強盗殺人を働いたことによる。大正十二年七月、三人の若者は盛岡市呉服町にある浅倉時計店を襲った。さらに、三人は東京に出て、八月三十日、神田にある古沢質店を襲い、一家五人を殺害し現金を奪って逃走したのである。この三人は警視庁に包囲され逮捕寸前までいったが、そこであの歴史的大惨事が起きた。関東大震災である。警察も犯人逮捕どころではなくなった。東京は大混乱に陥ったのである。この天変地異は犯人に味方したのである。犯人三人組はこの大惨事によって、警察の包囲からやすやすと逃れることができたのだ。

しかし、この歴史的大惨事にはもう一つの大きな悲劇が用意されていた。すなわち、朝鮮人が攻めてくるというデマに踊らされた一般市民の狂気であった。市民は自警団を結成し、朝鮮人だと疑うと誰彼《だれかれ》の区別なく虐殺していったのだ。特に、東北人はその訛《なまり》から朝鮮人と間違われ、自警団に襲われたのである。

強盗殺人犯の三人も例外ではなかった。自警団の一人が殺した三人から現金を奪い一人占めにして行方をくらました。この光景を目撃していたのが、当時、浅草にあった『上陣』の丁稚、栃尾茂樹であった。

こうして、盛岡と東京で発生した強盗殺人事件は終結を見たのであるが、その捜査に加わっていた盛岡署の城野刑事は、強盗殺人犯を殺害し現金を奪った男を追った。自警団員の一人、木山恭次という男が、あの事件以来行方をくらましていたのだ。

それから、城野刑事は常に木山恭次を追っていたのだ。

その城野刑事は昭和三十九年十一月に東京に行くと言って盛岡を出たまま帰らぬ人にな

った。城野刑事の白骨死体が発見されたのは、それから二十一年後のことであった。

その城野刑事の遺骨を発見したのが、亜希子の祖父恭蔵であった。かつて、城野刑事は祖父と会っている。木山恭次の探索で、下町を歩いている時であった。ここに何かの因縁を感じる。

夕闇がゆっくりおりてきて、岩手山の稜線《りようせん》をくっきり浮かび上がらせ始めた。消え入りそうな夕焼けが西の空を赤く染め、そのまわりを蒼《あお》い空がおおっていた。

岩手山の稜線と北上川の流れを背景に、大きな慰霊碑と小さな墓石がシルエットのように暮れなずむ中に浮かんでいた。そして、そこに亜希子の影がいつまでもたたずんでいた。

亜希子は室生のことを思うとやりきれなくなった。なぜ、それほどのリスクをおかしてまで、室生は危険な階段を昇っていかなければならなかったのか。

やがて夕焼けは消え、空は暗くなっていた。

亜希子の前にある大きな慰霊碑も薄闇に姿を隠そうとしていた。

それにしても、出島昇吉はなぜ強盗の仲間にくわわったのだろうか。辰野綾にはどんな秘密があったのか。

慰霊碑はその真相を知っている。この慰霊碑が、すべての真相をのみこんだままじっと長い風雪に堪《た》えてきたのだ。まさに、それは黒の慰霊碑と呼ぶにふさわしいと亜希子は思った。

7

大滝村から盛岡市内に戻り、亜希子は開運橋を渡った所にあるホテルにチェックインした。部屋に入ると、すぐに大滝村の辰野綾の実家に電話を入れた。

「はい。綾でございます」

電話口の向こうから、上品な声が聞こえた。

「私、盛岡に来ております。ぜひ、先生にお会いしたいと思いまして参りました。お願いいたします。お会いくださらないでしょうか？」

亜希子は電話口に向かって言った。綾は迷っているようだった。

亜希子は息をのんでから、言葉を足した。

「室生さんとご一緒でしたらなおさらありがたいのですが……」

その言葉が綾の迷いを消したようだった。

「わかりました。明日、こちらにいらしてください。室生も同席させましょう」

きっぱりと綾は言った。やはり、室生も恵子といっしょに大滝村に来ているのだ。

「あなた、一昨日もこちらにいらしたそうね。だったら、大滝村公民館にいらしてちょうだい。部屋を用意しておくわ」

綾は亜希子がいろいろ調べていたことを知っていたようだ。

その夜、ベッドに入ってもなかなか寝つかれなかった。綾との約束は十時であった。

翌朝は快晴であった。カーテンの隙間から眩《まばゆ》い朝陽が部屋に入っていた。

一階の食堂で朝食をとったが、やはり食欲がなかった。部屋に戻り、荷物をまとめてからホテルをチェックアウトした。

大滝村へ行くバスは、開運橋の近くに停留場があった。

バスが大滝村に近づくにしたがい、亜希子は胸が激しく波打ち始めた。

役場前で降り、鉄筋の瀟洒《しょうしゃ》な村役場の裏手にある公民館に向かった。役場の裏の駐車場には職員が通勤で使う車が並んでいた。

岩手山がくっきりと見えた。

公民館に入ると、壁にかかっている予定表に、応接室、辰野綾先生と書き入れてあった。亜希子は受付の窓口で名前を告げてから、二階に上がった。

第一応接室と書かれたドアーをノックすると、どうぞ、という声が中から聞こえた。亜希子は緊張から体が震えた。思い切ってドアーを開くと、小ぢんまりとした室内には室生浩一郎が独りでいた。亜希子は思わず息をのんだ。

室生はソファーに腰を下ろしたまま、目を見開いて亜希子を見つめた。そしていきなり

ソファーから立ち上がった。室生は亜希子を見つめたまま、

「ど、どうして君が……」

と、言った。予期しない出来事に遭遇した驚きが彼の目にあった。

「辰野先生とあなたに会うために来たのです」

亜希子は胸にこみあげてくるものをおさえて言った。

「なぜ……？　ゆうべ、辰野先生から、ここに来るように言われたんだ。先生は何も言わなかった……」

と言って、室生は怪訝そうに顔をしかめた。

その時、ドアーをノックする音がして、二人は入り口を見た。辰野綾が現れた。八十になっても元気な足取りであった。

「お待たせしましたわね」

綾は部屋に入ると、二人に座るように言った。

「この部屋には誰も来ませんから安心してお話ができます」

綾は腰を下ろしてから言った。

「葉山さん、きょうはあなたのお話をゆっくりお聞きするわね。夫の遺骨もお寺に埋葬しましたし……」

「出島昇吉さんですね」

亜希子は喉《のど》に詰まったような声を出した。その声に、室生が驚いて顔を向けた。唇が震えていた。しかし、綾は眉を心持ちひそめただけで、平然としていた。

「私の夫は辰野茂久ですのよ」

綾は言った。亜希子はすぐに、

「違います！　白木綾さんの恋人だった出島昇吉という人です」

と叫ぶように言った。

「出島昇吉はとっくに死んでいるのよ。東京で自警団に殺されたのですわ」

綾は孫を諭《さと》すように言った。脇で、室生が亜希子を睨《にら》みつけていた。その強い視線をはねつけるように、亜希子は膝《ひざ》の上で握りしめた手に力をこめて言った。

「それでは、なぜ大滝村に遺骨を埋葬したのですか。それは遺言だったからではないのですか？　ご主人は生まれ故郷に帰りたかったのではないですか？」

綾の唇が微《かす》かに動いたが、すぐ閉ざされた。亜希子は続けた。

「大正十二年七月二十六日、盛岡市呉服町の時計店に押し入った三人組は、八月三十日にも東京市神田の質屋に押し入りました。その三人組の一人が、当時先生の恋人の出島昇吉でした」

亜希子は確かめるように言って、綾を見つめた。しかし、綾は無言だった。

「三人組が警視庁に包囲されたとき、悪運の強いことに関東大震災が発生したのです。東京は大混乱に陥り、強盗殺人犯の逮捕どころではなくなりました。三人は寺島近辺に逃亡したのでしょう。そして、朝鮮人来襲のデマが飛びました。町内の各所には自警団が立ち、通行人を誰彼なく尋問し、朝鮮人と見れば容赦《ようしゃ》なく虐殺していました」

亜希子は綾と室生の表情をうかがってから続けた。

「このとき、三人組は自警団に囲まれ朝鮮人に間違われて殺された、ということになっていました。でも、これは逆だったのです」

「逆というのはどういうことなの？」

綾が口をはさんだ。亜希子は綾の顔を真直ぐに見て言った。

「自警団が三人組を殺したのではなく、三人組が自警団員を殺したのです」

突然、綾が笑い出した。ホッホッと途切れるような笑い声の後、

「葉山さん、何をおっしゃるの？　三人組が自警団に殺されたことは、警察でも認めているのよ。目撃者もいたことなのよ」

「いいえ、その目撃者は嘘をついたのです」

亜希子は断言した。

「嘘？　どういうことなの？」

「事件を目撃した少年に、嘘の目撃談を話させたのです」

再び、綾は笑った。が、今度はすぐ表情を厳しくして、

「自警団に殺されたことにして、自分たちを抹殺しようとしたというのね。でもね、自分たちを抹殺したければ、地震の被害にあったことにした方がよくなくて？　その方が安全じゃないかしら」

「自分たちを抹殺するためではありません。三人組の一人が、奪った金を一人占めするためにだったのです」

綾の顔色が変わった。

「それが出島昇吉です」

亜希子は言いきった。

「出島は他の二人を殺し、金を一人占めにしました。ただ、当時の自警団員が一人、行方不明になっています。木山恭次という人です。このことをどう説明つけるか、考えました。私の結論はこういうことです」

亜希子が見つめると、綾は息をのんだようだった。

「出島はたまたま一人でいた木山恭次を殺し、着ていた消防団員の衣服をはがして、さらに帽子をかぶって自警団員になりすましたのです。そして、その自警団員の恰好《かっこう》で、他の二人の仲間を竹槍《たけやり》で突いて殺害し、分け前の金を一人占めにしたのです。三人を殺害した後、近くの自警団員に朝鮮人を殺したと報告したのです」

亜希子は綾が何か言うのを待ったが、綾は何も言わなかった。

「それを、たまたま丁稚小僧が目撃していたのです。出島は殺そうと思いましたが、まだ小僧だから殺せなかったのでしょう。それと、出島はある考えを持ったのです。この小僧に偽りの目撃談を喋らそうと考えたのです。それで、出島は小僧に金をやり、命は助けるから、こういった目撃話をしろと威《おど》したのでしょう」

「君、いいかげんな作り話はよせ！」

突然、室生が怒鳴った。顔を紅潮させている。こんなに興奮した室生を見るのは初めてだった。

「どこに証拠があるのだ」

「その後に起きた事件が証拠です」

亜希子は言った。口の中がからからに渇いていた。室生の顔を見ることは辛かった。亜希子は二人を見比べて続けた。

「まず、辰野先生が大滝村になしてきた数々の寄贈や寄付です。先生の大滝村に対する肩入れは尋常ではないと思いました。でも、その背後に、出島昇吉がいることを考えれば説明がつきます」

綾は何も答えなかった。

「ようするに、辰野先生の大滝村に対する功績は、裏を返せば辰野茂久氏、つまり出島昇吉の思い入れだったと思うのです。出島昇吉にとって大滝村は大きな存在だったのではないでしょうか？　出島昇吉は常に望郷の念にかられていたのだと思います。心ならずも、故郷を捨てた人間の悲しい叫びだったような気がするのです」

亜希子は大きく深呼吸をした。

「それ以上に、死んだ仲間のことが忘れられなかったのだと思います。昭和三十二年に三人組の慰霊碑を建立しましたね。出島昇吉は自分が殺した二人の霊をなぐさめるために慰霊碑を建立したのです」

部屋の中は静かだった。まるで、館内には他に人がいないかのようだった。

「次に、元盛岡署員の城野貞男氏殺害事件です」

亜希子の声に、室生は身構えたようだった。

「この事件も、辰野茂久氏が出島昇吉であるとして初めて、理解できるのです」

綾は目を閉じていた。室生は恐い表情で亜希子を見ている。

「昭和三十九年九月、先生は名誉村民に選ばれ、御夫妻で大滝村にやってきましたね。役場での贈呈式の後、公民館で先生は挨拶をなさいました。たくさんの人が集まられたそうですね。その中に、渥美得治郎氏がいたのです。得治郎氏は大正十年から大滝村の駐在所に勤務していました。そして、出島昇吉とは幼馴染みだったのです。得治郎は昔の出島をよく知っていたのです」

綾は平静を装っていたが、心の動揺が顔色に表れているようだった。

「公民館で、渥美得治郎氏は辰野茂久氏を見て不審を持ったのです。大正十二年当時の出島昇吉の面影《おもかげ》を見つけたからです。でも、得治郎氏はすぐにはぴんとこなかったと思います。なにしろ、出島昇吉のお墓があり慰霊碑まで建っているのです。自警団に朝鮮人と間違われて殺されたことになっているのですから。ただ、不審だけは心に残ったのだと思います。その不審は時間の経過とともに大きくなっていったのではないでしょうか。それで、もう一度どうしても会いたくなって、東京オリンピックのツアーに参加したのです」

亜希子は言葉をとめて、二人の反応をうかがった。亜希子は十分な手応えを感じた。

「当時、大滝村では東京オリンピックを見物するために旅行団を作って東京に出かけたそうですね。その一行は東京に出たついでに、辰野先生のお屋敷に挨拶に寄ったのですね。その一行に渥美得治郎氏も加わったのです。もちろん、辰野茂久氏にもう一度、会うためです。その結果、出島昇吉だと確信したのです」

室生が何か言いたそうに唇を動かしかけた。亜希子はそれを押し留めるように言葉を継いだ。

「大滝村に帰った渥美得治郎氏は、迷った末に盛岡の城野元刑事に相談に行ったのです。城野元刑事にとって、それはあまりに意外な話でした。話を聞いた時は一笑《いっしょう》に付したものの、城野元刑事にわだかまりを与えたのです。それは、栃尾茂樹の目撃談に対する疑問に発展していったのだと思います。そして、城野元刑事はたまらず東京に出かけたのです」

亜希子は言葉を詰まらせてから、

「でも、東京に出た城野元刑事は殺害され、隅田公園の土の下に埋められました」

亜希子はゆっくり、室生の蒼ざめた顔に視線を移し、

「私の想像ですが、辰野茂久氏に頼まれた栃尾茂樹に殺されたのだと思います」

と、続けた。その瞬間、綾が口を出した。

「なぜ、茂久が城野さんを殺さなければならなかったというの？　仮に、あなたの想像通りだとしてもよ、昔の事件など蒸し返されても、茂久には痛くも痒《かゆ》くもないはずだわねえ。違いまして？」

「いいえ、大きな関係があります。もし、この事実が大滝村に知れたらどうなるでしょうか。先生を郷土の英雄と崇《あが》めている村の人々は、その裏切りに激怒することでしょう。いえ、長い間騙《だま》され続けた怒りは、辰野先生の実家の人々にも向けられてしまうかもしれません。それと、もう一つ大きなことがありました。辰野洋行氏の政界進出です。当時、ご次男の洋行氏は、選挙に出馬する予定でいらっしゃいました。もし、茂久氏の旧悪が世間に知れた場合、当然、影響を受けます。新聞もこぞって、騒ぎたてると思います」

亜希子は綾を見つめて言った。

「強盗殺人犯の三人組が東京で殺されたという報告を書き、事件を終焉《しゆうえん》させたのは城野

元刑事だったのです。その報告が間違っていたことに気づいた城野元刑事は、その責任感の強さからいって真相を必ず告白するでしょう。茂久氏にとっては、城野元刑事は抹殺しなければならない存在だったのです。その殺人を栃尾茂樹に依頼したのです。その頃、栃尾茂樹は台東区橋場で独り暮らしをしていました。茂久氏は、栃尾茂樹に金を与え、殺人の依頼をしたのです」

綾は虚勢をはったように端然とした姿勢を崩さなかった。しかし、若さを誇っていた綾の姿は八十歳の年齢を感じさせるほどに老《ふ》けてみえた。亜希子は視線を室生に移してから、

「いくら城野元刑事が七十過ぎとはいえ、栃尾茂樹が一人で殺人を犯した後、隅田公園に埋めるという作業をやったとは思えません」

と声を震わせながら言った。室生は瞬間、体をぴくっとさせた。

「死体を隅田公園まで運び、埋めるためには共犯者が必要です。それが、室生さん、あなたではないですか？　まだ中学生だったあなたが、死体の運搬を手伝ったのです」

室生は軽く口を開いたが、声にならなかった。

「栃尾茂樹はあなたのお父さまですね」

亜希子は悲しげな目を室生に向けた。亜希子は震えている室生を見つめ、胸が針で刺されるように痛んだ。

「犯行は成功し、以来二十年ぶりに白骨が掘り出されるまで、城野元刑事は行方不明者名簿に名前が載ったまま忘れられていたのです」

亜希子はいっきに喋り続けてきたので、喉が痛くなってきた。窓の外に目をやると、岩手山が晴れた空にそびえていた。遠くの道をおばあさんに手をひかれた小さな女の子が歩いていた。のどかな風景が窓の外に広がっている。しかし、亜希子の目には、どこか遠い夢の風景のようだった。

沈黙が続いた。亜希子は関係ないことを思い出していた。祖父に連れていってもらった遊園地のことだった。まだ、四、五歳くらいの頃である。祖父に手をとられ、いろいろな乗り物に乗った思い出がある。

どうして、こんなことを思い出しているのか不思議だった。あまりに緊張しきっていた神経がぷつりと途切れ、精神に空洞ができたのかもしれない。その空洞を埋めるために、幼い頃の思い出が入り込んできたのだ。

「亜希子さん、よくお調べになったのね」

突然、綾の声が静かな部屋に響いた。その声で、亜希子の神経はやっと現実に戻った。目の前で、綾がやつれた顔を向けていた。

「でも、わからないことが一つだけあります」

亜希子は再び口を開いた。

「出島昇吉は綾さんのために強盗の仲間にくわわったと伺いました。その理由です」

綾は、今の亜希子の声を聞いていなかったように言った。

「あなたの説明でいくつか誤りがあるので訂正させていただきますわ」

綾は落ち着いた口ぶりだった。

「出島昇吉はとてもやさしく気の小さい男でしたわ。村山喜三郎と平田育夫に誘われ強盗の仲間にくわわったのも、やむを得ない事情からですの。盛岡の時計店でも、東京の質屋でも、出島はけっして人を殺していません」

綾は声を高めて言った。

「それから、自警団員を殺した話ね。茂久の話によると、三人で町内を歩いているとき、突然、消防団の半纏《はんてん》を着た男と出会ったそうです。相手は自警団員のたむろしている場所に向かう途中だったようです。その男が竹槍を突きかざし、おまえら朝鮮人か、と詰め寄ったらしいのです。相手は一人でした。それで、村山喜三郎と平田育夫の二人が、その男に飛びかかっていって殺してしまったのです。その後で、このまま歩いていたらいつ自警団に尋問されるかわからないからと言って、リーダー格の村山喜三郎が出島昇吉に死体からはぎとった消防団の半纏を着せ、帽子をかぶせたのです。一人でも、自警団の恰好《かっこう》をしていれば、自警団に囲まれても逃げのびることができると考えたからです。出島が半纏を着たのは、殺した男と背恰好が似ているので、洋服を着替えるにはちょうどよかったからなのです。でも、ちょうどその時、ほかの自警団員が現れたのです。自警団員の目から見れば、自分たちの仲間が三人の朝鮮人と闘い、出島が一人を殺害したと映ったのでしょう。その時、出島は村山と平田の二人を指差して、朝鮮人だと叫んだのです。そして、村山と平田は、自警団員にあっという間に虐殺されたのです」

綾は深くため息をついた。

「出島は初めから奪った金を一人占めにするつもりはなかったのです。成り行きで、あのような結果になってしまったのです。その光景を用水桶の陰からずっと見ていたのが栃尾茂樹さんでした。出島は殺人なんてできませんから、その小僧さんに金をやって嘘の証言をさせたのです」

「出島昇吉が仮に、先生の言う通りに直接殺人を犯さなくても、結局一緒になって殺したことと同じじゃありませんか」

亜希子は反論するように口をはさんだ。

「そうかもしれません。でも、出島は罪の重さに苦しめられたのです。だから、事業が成功した後、大滝村に自分をふくめた三人の慰霊碑を作ったり、数々の寄贈を私を通じてやらせたのです」

「慰霊碑を作られたのは、他の二人を供養するというより、自分が死んだことをアピールするためだったのではないですか？」

　亜希子の問い詰めに、綾は一瞬顔を歪《ゆが》めたが、すぐに表情を戻して、

「出島は故郷に帰りたかったのです。自分の親にも会いたかったのです。でも、出島昇吉は死んだことになっています。おめおめ帰れるわけがありません。出島の心にはいつも大滝村が存在していたのです。それで、私を通じて生まれ故郷に善行を施してきたのです」

　亜希子は石川啄木の望郷の歌を思い出していた。啄木が故郷の渋民村を歌った歌の渋民村を大滝村に変えれば、まさに、出島の心境だったのではないだろうか。

〔かにかくに大滝村は恋しかり　おもひでの山　おもひでの川〕

　亜希子の想いを破って、綾の声が聞こえた。

「でも、とうとう帰る日が来ましたわ。私が大滝村の名誉村民に選ばれ、夫妻で村に来るようにという誘いが村長さんからあったのです。出島は心が動かされたようでした。あれから、四十年以上経っているし、出島は死んだことになっている。よもや、正体を見破られるはずはないだろうと思い、大滝村に出かけたのです。まさか、渥美得治郎さんの目にとまっていたとは思いませんでした」

　綾はため息をついてから、

「得治郎さんは、出島のクセを覚えていたのです。出島は掌《てのひら》で顔を軽く叩くクセがありました。昔、そのクセがおかしいと、得治郎さんが出島に直すように言ったことがあるそうです。そのクセを見て、得治郎さんはひょっとして出島ではないか、と考えたそうで

す。東京オリンピックのツアーで上京し、成城の家を訪ねた得治郎さんは、出島であることを確かめようとしたのです。もちろん、出島はとぼけて応対しましたが、得治郎さんには、確かめる手だてがあったのです。子供の頃、二人は遊び仲間でしたが、一度、得治郎さんが誤って出島の右手に大怪我をさせてしまったことがありました。その時の傷跡が右手の甲に残ってしまったそうです。得治郎さんがそれを見つけたということは、後で城野さんが訪ねてきて初めて知ったことですが……」

綾が目を伏せて言った。が、すぐ気持ちを取り戻して続けた。

「城野さんが私たちの家に現れた時、驚愕しました。その時も、私たちはとぼけました。帰りがけ、城野さんはペンダントを置いていったのです。これですわ」

と、綾は袂《たもと》から桜の花びらの形をしたペンダントを取り出して見せた。それは、ずいぶん古いものだった。

「これは私の愛用のペンダントでした。私が出島に記念にあげたものなのです。盛岡の時計店を襲い、逃亡途中、鉄橋の上から川に誤って落としてしまったものなの。そのペンダントを城野さんが拾ってずっと持っていたんです。出島はそのペンダントを握りしめながら、なつかしがりました。その姿を見て、城野さんは、『やっぱり、あなたは出島昇吉だ』と言ったのです。城野さんは、私の家を出ると、栃尾さんのアパートに出かけたのです。栃尾さんが、夜電話をかけてきて、『秘密を守るために、城野という元刑事を殺した』

と、言ってきたのです。その時、栃尾さんは、自分の息子が大学を出るまでの面倒をみてほしいと、言ったのです」

「ちょっと待ってください」

亜希子は言葉をはさんだ。

「城野さんは、どうして栃尾さんのアパートを知っていたのですか？」

「城野さんはずっと木山恭次という人を追っていました。栃尾さんは事件の目撃者でしょ。だから、城野さんは栃尾さんと手紙のやりとりをして消息をつかんでいたのね」

綾はやさしい目で答えた。そのやさしい目にあえて反発するように、亜希子は、

「茂久氏は自分の手を汚さないで、他人に殺人を行なわせているのです。渥美美津子さん殺しもそうですわ」

と、室生を見つめて言った。室生の顔色は蒼ざめていた。その様子を見て綾が、

「亜希子さん、それは違います」

「違う？　それはどういうことですか？」

亜希子はきいた。

「渥美美津子さん殺しは、私たちの知らなかったことです」

室生は眉間に深い縦皺《たてじわ》を作っていた。

「浩一郎さん。あなたが美津子さん、そして、宗田さんの二人を殺したの？」

綾が問い詰めるようにきいた。そして、亜希子に顔を戻すと、

「栃尾さんは殺人を犯し、私たちに恩を売ることで浩一郎さんの将来を託されたのです。私たちには浩一郎さんを守るという義務がありました。浩一郎さんは私の孫娘の恵子との結婚を願っていたのですよ。この人には政治家になりたいという野心がありましたからね。幸いにも恵子もこの人に夢中でしたの。だから二人の結婚を許したのです。でも……」

綾は目を吊り上げ、

「もし、浩一郎さんが殺人を犯しているなら、私は恵子との結婚は許さなかったでしょう」

綾は大きくため息をついてから、

「浩一郎さん、あなたが二人を殺したというのは本当なのですか？」

ときいた。亜希子は胸がひき千切られるような思いで室生を見た。

「嘘です！　ぼくはそんなことしていません」

室生は訴えた。

「ぼくにはアリバイがあります。宗田さんが殺された日、恵子さんといっしょでした」

「あの日、本庄市で火事がありました。その火事で逃げ遅れたおばあさんを助けた人がいるんです」

亜希子は言った。

「ぼくじゃない」

「いえ、室生さんです。あなたのお母さまは本庄市の老人ホームに入っています。あなた
は見捨てた母親に対して、常に負目を感じていました。だから、炎に包まれたおばあさん
を見た時、自分の母親のように思ったのです」

亜希子は室生を見た。室生は微かに唇を動かした。膝に置いた指先が小刻みに震えていた。

「浩一郎さん、恵子に殺人の片棒をかつがせたとしたら、私は許しませんことよ」

綾は言ってから、亜希子を見つめ、

「教えてちょうだい。あなたはなぜ、これほどまでして事件を調べましたの?」

と、きいた。亜希子はためらったあとで、思い切って言った。

「室生さんが好きだからです。浩一郎さんを愛していたからです」

綾は悲しげな表情を作ってから立ち上がった。そして、部屋の隅に歩いていってから室
生を呼んだ。室生は怪訝な顔つきで立ちあがり、綾の傍に行った。

亜希子はその光景をあやしみながら見ていた。綾が背中を向けて、室生に何ごとかささ
やいている。亜希子には聞こえなかった。室生の顔が蒼白《そうはく》になった。やっとふり向いた。

亜希子は一瞬たじろいだ。綾が恐ろしい形相だったからだ。

「ちょっと、失礼させていただくわ。いえ、けっして逃げ隠れしませんわ」

綾はそう言って、室生をちらっと見てから、部屋を出ていった。

室生と二人きりになって、亜希子はなんとなく息苦しくなった。室生は立ったまま亜希子を見下ろしていた。

長い時間、沈黙が続いた。

十二時を告げるチャイムが鳴った。それが合図となったように、室生がぽつりと言った。

「警察がやって来るそうだ」

「警察が？」

亜希子はいきなり立ち上がり、

「逃げて。浩一郎さん逃げて！」

亜希子は夢中で叫んでいた。自分でも意外な言葉であった。しかし、室生は悲しげな眼を亜希子に向け、力なく首を横にふった。

「だめだ。綾先生が警察に電話を入れたのだ。警察はぼくを逮捕する気らしい」

亜希子は軽い悲鳴をあげた。

「ぼくの親父は貧乏人の子供だった。だから、浅草の『上陣』に丁稚奉公に出されたのだ。朝早くから夜遅くまで働きづめだったらしい。神田で商売を始めたのは君の想像通りだ。戦後、商売がだめになり、酒浸りの生活になって、とうとう母は愛想をつかしてぼくを連れて実家に帰ってしまった。でも、ぼくはたまに親父のアパートに遊びにいったりした。ある時、親父に呼ばれてアパートに行ったら、親父が部屋の真中で茫然《ぼうぜん》としていたんだ。驚いて見ると、部屋の隅に男が倒れていた。ぼくは親父を手伝って死体を隅田公園に運んで埋めたのだ。ぼくはそれが誰だか聞こうとはしなかった。ただ、親父がぼくのために人殺しをしたことはわかった。その親父はぼくがK大の講師になった頃、アパートへ行ったら血を吐いてすでに死んでいた。親父の走り書きの遺書があった。俺のぶんまで生きろと書いてあった。ぼくはその時、決意した。利用できるものは何でも利用して世に出てやろうと思った。親父が殺した男が城野刑事だったと知ったのは美津子と会ってからだった」

室生の声は震えていた。

「美津子と会ったのは君の言う通りだ。仙台のデパートが主催のカルチャーセンターの教室に突然現れたのだ。彼女は『大滝村に関東大震災の時に朝鮮人と間違われて殺された若者の慰霊碑がたっている。その件で東京に出かけた城野という元刑事が行方不明になっている』という話をしたのだ。ぼくは驚いた。彼女がよく知っていたからだ。事情をきくと、祖父からきいたと言っていた。彼女の祖父は疑惑をずっと隠し持ってきたが、死ぬ前に彼女にもらしたのだ。彼女は『この話が事実かどうか調べたいのです。先生、協力してください』と頭をさげた。しかし、話の様子から、彼女は辰野綾の秘密を握ることで、東京で何か商売をやる資金を出させようとしているのだとわかった。このままでは危険だと思ったんだ。へたをすると、ぼくにも禍《わざわい》が及びかねないからね。なにしろ、城野元刑事を殺害したのは、ぼくの親父なのだ。ぼくもその片棒をかついでいる」

室生は苦しそうに顔を歪めた。亜希子は耳をふさぎたかった。

「彼女は辰野綾を脅迫するつもりだったから、このことは他人には一切喋っていないと言った。だから、彼女をこっそり東京に呼んで殺し、荒川河川敷に埋めたのだ。河川敷の発掘がはじまって二日経っても遺骨は発見されなかった。ぼくは、もう遺骨は発見されないと思った。そこで、美津子殺害を決意したのだ。辰野綾についてある程度わかった。だから東京に出てきた方がいいと説得したら、彼女は疑いもせずに東京に出てきたよ」

「…………」

「荒川河川敷の遺骨発掘作業が失敗に終わった日の夜中、車の中で美津子の首をしめ、彼女の死体を穴の底を少し掘って埋めたのだ。次の日、朝から穴を埋める作業が行なわれた。ぼくはそれを見た時、もう永久に美津子は発見されないと思った。二度と河川敷の発掘をしない限り……」

「やめて！　浩一郎さん、もうやめて」

亜希子は耳をふさいで叫んだ。

「聞きたくありません！」

しかし、室生は亜希子の声が耳に入らなかったかのように話を続けた。

「美津子は嘘をついていた。宗田という男だけにはある程度のことを話していたのだ。しかし、宗田にしても、美津子の話は半信半疑だったのだろう。ところが、去年の三月、城野元刑事の白骨死体が発見されて、美津子の話が事実だとわかったのだそうだ。そして、宗田は美津子がぼくに近づいたことを突きとめ、ぼくのことを調査したのだ。それで、荒川河川敷に美津子が埋められたらしいと推理した。でも、証拠がない。だから、もう一度、発掘させようとしたのだ。あの男は辰野綾を訪ねたらしい。しかし、茂久氏の入院している病院に行っていて会えなかった。それで、大学までぼくを訪ねてきた。ぼくが『駿河ホテル』に泊まっているときいてすぐホテルまでやってきた。宗田は渥美美津子のことで重要な話だと言った。やはり、宗田はだいぶ事情をつかんでいた。宗田は美津子を殺して荒川河川敷に埋めたのではないかと言った。発掘の記録映画に美津子が映っていたというのだ。それに、城野元刑事の殺された真相もだいたいつかんでいた。いや、美津子からだいぶ聞いていた。そして、ぼくのおふくろに会って、父親が栃尾茂樹かどうか確かめると言って、ホテルを出ていったのだ。おふくろはぼくが世に出ることだけを願っていた。そんなおふくろにぼくの暗い面を知らせることは許せなかった。だから、すぐに恵子に電話してアリバイ工作を頼んだ。恵子を巻き添えにしてしまうことをためらったがしかたがなかったのだ。宗田を殺さなければ危険だと思ったのだ」

亜希子は涙がこみ上げた。室生は顔を背《そむ》けたが、そのまま続けた。

「本庄駅前からタクシー乗場に向かう宗田に声をかけ、真相を話すと言って長峰墓地に誘った」

亜希子は思わず目をつむった。

「現場から逃げる時、火事があった。若い女がおばあちゃんが中にいると叫んでいた。ぼくは夢中で火の中に飛び込んでしまった。おふくろが炎に包まれている錯覚がしたんだ」

室生は悲しげな表情で言った。

「おふくろは、老人ホームに入っている。それは、ぼくに負担をかけまいとして自ら入ってしまったんだ。おふくろにはいつもすまないという気持ちでいっぱいだった。親父もおふくろもぼくの立身出世だけを願っていたようだ」

亜希子はたまらなかった。息苦しかった。室生をそこまで追い込んだのは何か。亜希子はこらえていたものを吐き出すように、

「荒川河川敷の発掘をする可能性は少なかったのでしょ。だったら、美津子さん殺しの証拠だって見つからなかったはずです！」

と、涙声で叫んだ。

「だから、宗田さんまで殺す必要はなかったじゃありませんか！」

室生は、亜希子の顔を見つめて、

「彼は、親父のことを……」

室生は声を詰まらせた。

「親父のことを自警団の連中以下だと罵《ののし》ったのだ」

「…………」

「関東大震災の混乱の中で罪もない人々を虐殺した官憲や自警団の連中より救いがない、と責めたのだ。親子二代にわたった人でなしと言ったんだ。親父が貧しい暮らしの中からどんなに必死になってはいあがろうとしたか、宗田はわかろうとせず非難した。ぼくのことを非難するのはいい。しかし、親父を非難することは許せなかったのだ。確かに、親父は城野さんを殺した。でも、自分のためじゃない。ぼくを大学に行かせたかったからだ。親父は城野さんを殺害したことでずっと苦しんできた。親父は嘘の証言をしたことでずっと悩んできた。たとえ強盗殺人犯だろうが同じ日本人に無惨に殺された現場を目撃したのだ。親父が酒をあびるように呑んだのも、その苦痛から逃れたかったからだ。そんな親父を悪く言われることが堪《た》えられなかったのだ」

室生は唇を震わせ、

「それだけじゃない。ぼくが朝鮮人虐殺の研究をしていることは欺瞞《ぎまん》だと言った。そんな厚顔無恥《こうがんむち》なことができるのもあんな親父の子供だからだと言ったのだ」

「…………」

「それに……」

室生は亜希子に顔を向け、

「宗田はぼくを警察に訴えたら君と結婚する、と言ったんだ」

室生は肩を大きく上下させた。

「あの男が君と結婚すると聞いて、ぼくは……」

室生は握りしめた拳《こぶし》を震わせて叫んだ。

「奴が許せなかった。君があんな男のものになることが我慢ならなかったのだ」

室生の悲痛な叫びが亜希子の胸に突き刺さった。亜希子は悲しげに室生を見つめていた。そして、突然、

「逃げて！　私を連れて逃げて！」

と叫んだ。しかし、室生は顔を上げ、しばらく亜希子の顔を見つめていたが、力なく首を横にふった。

「もうすべて終わりだ」

そう言って、室生は窓際に寄った。

「浩一郎さん！」

亜希子は夢中で、室生に飛びついていった。室生の胸にしがみついて、いっしょに逃げ

て、と叫んだ。

室生の胸に顔を埋《うず》めながら、亜希子の目から涙がしたたり落ちた。室生がそっと亜希子の髪をまさぐる。なつかしい思いが蘇《よみがえ》ってきた。やはり、自分はこの人を愛していたんだと亜希子は改めて気づいた。

室生は蒼ざめた顔に笑みを浮かべて言った。

「ぼくは君を愛していた」

亜希子は今、彼の体を離せば、永遠の別れが来るような気がした。

あの頃は幸せだった。初めて、室生が祖父の元を訪れた時に輝いていた瞳を思い出した。二人で目撃者を探して歩きまわったり、資料を探しに遠くまで出かけたことがあった。室生は朝鮮人の遺骨を発掘し、慰霊することに命さえかけているような迫力があった。

あの頃に戻りたい。亜希子は室生の体に思い切りしがみつきながら思った。

室生と亜希子は抱き合ったまま時間を過ごした。

しばらく経ってから、室生は悄然《しょうぜん》としている亜希子を見て言った。

「これだけは信じてほしい。朝鮮人の遺骨を発掘し、慰霊する気持ちは真剣だった。君を愛するのと同じだった」

「わかっています」

亜希子は室生の目を見つめながら答えた。その瞬間、亜希子はあっと叫んだ。室生の眼は三年前と同じ輝きを示していたからだ。

「浩一郎さん！」

思わず、亜希子は叫んだ。

「あの時、美津子さんを穴の底に埋めようとした時……」

室生が声の調子を変えた。

「穴の底をさらに掘った時、骨を発見したのだ」

亜希子は目を大きく見開いて、室生の顔をじっと見つめた。

「人骨のようだった。たぶん……」

「まさか……」

その時だった。廊下の方で、キャーという女の悲鳴が上がった。室生が亜希子の体を離した。亜希子も眉をひそめた。いそいで室生は部屋を出ていった。亜希子も後に続いた。

廊下に出ると、女子職員が和室を指差しながら、

「辰野先生が、先生が……」

とうわごとのように繰り返していた。

室生と亜希子は和室に駆け込んだ。茶釜の傍で、辰野綾が倒れていた。傍に抹茶がこぼれていた。

「先生、先生」
亜希子は綾の体にしがみついて揺すった。すでに、綾はこと切れていた。
茶をたて、その中に青酸カリを入れて飲んだようだった。そばで、室生が片膝をついた恰好で、綾の体を見つめていた。

畳の上に、手紙が置いてあった。三通あった。一つは家族にあてたもの。一つは大滝村の皆様へとあった。そして、最後の一つが亜希子あての遺書である。亜希子は封筒から手紙を抜き出した。毛筆であった。昨夜《ゆうべ》、亜希子が綾に電話をした後に書いたのであろう。しっかりした文字であった。

──亜希子さん、こんな形で身を引くことを卑怯だとお思いでしょう。どうかお許しくださいませ。私は出島昇吉を愛しておりました。当時、私たちの住む滝川は貧しい村で、盛岡の遊廓《ゆうかく》に身売りする娘さんもかなりおりました。私は盛岡の女学校を卒業し、大村尋常小学校の代用教員についたという経歴になっておりますが、実はその途中で遊廓に身を売ったのです。実家の救済のためです。三年年季で二百円で身を売ったのでございます。女郎屋に出かける前の晩、私は出島と最後の夜を過ごしました。三年年季といっても、衣装や夜具布団など、自分で揃えなければならないのです。そのために借金をしなければなりません。ですから年季なんてなかなかあけるものではありません。もう出島とは二度と会うことはないと思いました。その時、私は出島にペンダントを渡し、自分だと思って大切にして欲しいと言ったのです。ところが、出島昇吉は私の身受けのための金を作ろうと村山喜三郎らの仲間に加わったのでございます。盛岡市内の時計店が強盗に襲われた時、私は八幡町の女郎屋にいました。その前に、出島が会いにきて、「いまにここから出してやるからな」と言ってくれた時、うれしさと同時に不安を持ちました。強盗事件の話はそれから間もなくでした。その犯人が滝川村出身の三人だと聞いた時、私は死ぬことも考えたのでございます。でも、実家のことを考えると苦界《くがい》で辛抱せねばなりませんでした。その一月後に、出島が東京で自警団に殺されたことを知ったのでございます。それからはただ生きながらえてるだけでした。翌大正十三年の春に、私に客がありました。部屋に入ってきたその客の顔を見た時の驚きといったらありません。死んだはずの出島昇吉だったのでございます。私はうれしさのあまり、一晩中泣いたものでございます。出島昇吉は辰野茂久と名乗っておりました。辰野の家は関東大震災で一家全滅にあったそうでございます。出島の話によりますと、地震により区役所は戸籍原簿を焼失し、登記所の原簿も灰となり、かってに他人の土地を自分の土地だと言いはる輩《やから》もいたそうでございます。かくいう出島も辰野茂久を名乗り、戸籍の復権を果たしたのでございます。

出島、いや辰野茂久のお陰で私は借金を返し、東京に出ました。そして、辰野茂久と結婚したのでございます。辰野は奪った金をもとでに商売を始め、成功いたしました。さらに戦後、設立した服飾学院が大成功をしたのでございます。

しかし、出島は望郷の念にかられました。年をとるにしたがい故郷の大滝村が気にかかるようになったのです。出島の親や兄弟は強盗殺人犯の家族ということで、どんなに惨《みじ》めな生活をしているかもしれないと、いつも気にしていたのでございます。でも、出島は故郷に帰るわけには参りません。知った人間に会えばわかってしまうからでした。出島の思いを私が代わったのでございます。公民館の設立資金を寄贈したり、小学校の改築にも資金を援助しました。それが、出島の贖罪だったのでございます。出島の贖罪の一つが無残な死にかたをした村山喜三郎、平田育夫の慰霊碑を建立することだったのです。慰霊碑は昭和三十二年に建てました。これも、それまでの村に対する数々の功績によって許されたのです。

昭和三十九年に、出島は四十一年振りに、生まれ故郷の大滝村に行きました。私の名誉村民の式に出席するためでした。出島はほんとうに嬉しそうでした。しかし、それで渥美得治郎さんに正体を見破られるとは想像だにしないことでした。

得治郎さんは城野さんに出島のことを話しましたが、城野さんが行方不明になった後、沈黙を守ってくれました。なぜ、得治郎さんが私たちの秘密を守ってくれたのかわかりませんが、おそらく得治郎さんは出島昇吉の心情を察したのではないでしょうか。故郷に帰ることの許されない、幼馴染みの心の痛みを理解したからこそ沈黙を守ってくれたのだと思います。

出島昇吉は今年の初めに八十四歳の生涯を閉じました。出島の遺言により、大滝村の土に埋めることにしました。それも無事終わり、私の役目も終わったようでございます。あの世で、出島昇吉とまた楽しく暮らしていきたいと思います。最後に、六十年余の歳月が経った今、すべての真相を明らかにすることは、ぜひあなたの手により行なってくだされば幸せでございます……。

亜希子が遺書を置くと、救急車のサイレンが聞こえてきた。

エピローグ

荒川の水面《みなも》を初夏の風が河川敷に吹いた。五月の連休明けであった。

荒川河川敷に警察の人間が大勢集まっていた。その中に、室生浩一郎の姿があった。

室生浩一郎は、大滝村公民館に亜希子といたところを、『宗田康司殺害容疑』で逮捕された。そして、取り調べ中に、渥美美津子殺害を自供したのであった。

「美津子は墨田区八広の荒川河川敷に殺害し埋めました」

その自供に基づき、遺体の発掘作業になったのである。

荒川河川敷には、警察関係者ばかりでなく、『日本人を考える会』のメンバーも集まっていた。それは、美津子の遺体の下に朝鮮人の遺骨らしいものがあった、という室生の証言からであった。

昭和五十七年九月の発掘作業は民間グループの作業であったが、今回はあくまでも、警察の犯罪捜査の一環である。

国家権力の手により、関東大震災当時の恥部が洗い出されるかもしれないと、新聞記者ら報道関係者もつめかけ、荒川河川敷はときならぬ騒ぎになった。

亜希子は祖父恭蔵の手をとって、遠くから、警察による発掘作業を見守っていた。

それは亜希子にとって複雑な光景であった。室生が衆人のさらし者になっているようで、たまらなく辛かった。

警察官に両側を支えられた室生が、埋めた場所の位置を確認した。それにより、パワーショベルが活動を開始した。

亜希子は不思議な気がした。

もう二度と発掘されることはないと思っていた河川敷である。このような形で、虐殺された朝鮮人の遺骨が発掘されようとしていることが不思議であった。

室生の表情に、どこか穏やかなものがあった。

亜希子は室生の気持ちが理解できるような気がした。

殺害した美津子を穴の底に埋める時、室生は遺骨を発見したのである。ゆえなく虐殺され埋められた朝鮮人の遺骨を発掘し、慰霊しようとする思いは本物であった。その遺骨を発見したにもかかわらず、室生は遺骨発見の事実を隠蔽《いんぺい》しなければならなかったのだ。

これでやっと朝鮮人の遺骨の慰霊ができる。その思いが室生に安らぎを与えているに違いなかった。

パワーショベルはどんどん穴を掘り、黒い土を山のように積み上げて行った。五メートル四方の大きさの穴は徐々に深くなって行った。穴の深さが三メートルほどになったところで、数人の係官が穴の中にスコップを持って飛び下りた。

亜希子は緊張した。渥美美津子の遺骨と同時に、朝鮮人の遺骨も発見されるかもしれないのだ。

「あったぞ！」

穴の中から声がした。渥美美津子の白骨死体が発見されたのである。宗田康司が命をかけて探した美津子の死体が見つかったのだ。

美津子の白骨死体が引き上げられると、室生は目を閉じ手を合わせていた。亜希子も合掌した。

そして、目を開けると、警察官の動きに目を凝《こ》らした。穴の中をじっと室生がのぞいている。朝鮮人の遺骨を目で探しているのだ。

亜希子は固唾《かたず》をのんで見守った。警察官の動きがあった。思わず、亜希子も数歩足を進めた。報道陣の輪が穴に向かって集まっていく姿を、亜希子は祖父といっしょに眺めていた。関東大震災から六十三年目であった。

■参考文献

『大震災1923年東京』高木隆史　原書房
『大地震大虐殺―九月の狂気』林　秀彦　潮出版社
『大正の朝鮮人虐殺事件』北沢文武　鳩の森書房
『東京百年史　第四巻　大都市への成長（大正期）』東京百年史編集委員会　東京都
『昭和前史・関東大震災　大正元年―15年』毎日新聞社
『いわれなく殺された人びと―関東大震災と朝鮮人』
千葉県における関東大震災と朝鮮人犠牲者追悼・調査実行委員会 編　青木書店
『もりおか物語（二）八幡町かいわい』『もりおか物語（八）肴町かいわい』盛岡の歴史を語る会　熊谷印刷出版部
『墨田区の歴史』山本純美 著、東京にふる里をつくる会 編　名著出版
『文学探訪　石川啄木記念館』監修・石川啄木記念館　蒼丘書林

■作品執筆にあたり、立教大学一般教育部山田昭次教授に種々ご教示を賜わりました。厚く御礼申し上げます。
―著者―

解説——時代を伝えることの意味

文芸評論家　大矢博子《おおやひろこ》

本書『死者の威嚇《いかく》』は一九八六年（昭和六十一年）、講談社より刊行された。デビュー三年目、長編としては第五作にあたる、まさに小杉健治《こすぎけんじ》最初期の作品だ。その年の「週刊文春」のミステリーベストテンにランクインするなど高い評価を受け、八九年に講談社文庫入りした。

小杉健治は一九八三年に短編「原島弁護士の処置」（単行本化に際し「原島弁護士の愛と悲しみ」に改題）で第二十二回オール讀物推理小説新人賞を受賞。一九八五年の『陰の判決』（フタバノベルス→新潮文庫）で単行本デビューを果たした後、続々と法廷ミステリの佳作を発表する。そんな中、本書は著者にとって初の「非法廷モノ」であるとともに、社会が抱える闇を正面から抉《えぐ》った社会派ミステリでもあった。

今や文庫書き下ろし時代小説の人気シリーズを幾つも抱え、現代ミステリでは法廷モノ以外にも家族の形や絆《きずな》をテーマに据えた作品を多く発表している著者だが、のちに読者を驚かせることになるその引き出しの多さを、最初に窺《うかが》わせた作品と言っていい。

単行本刊行から三十六年、その間、時代は昭和から平成へ、そして令和へと移った。時間の経過とともに長らく入手困難な状況が続いていたが、この度、新装版として再び読者に届けられる運びとなった。

小杉作品に限らず旧作が二度三度と文庫化されるのは決して珍《めずら》しいことではない。良い小説は時代を超えて読者の胸を揺さぶるものだし、執筆された時代の空気を感じるという再刊ならではの楽しみもある。だが本書の場合さらにもうひとつ、令和の今、再刊されたことに大きな意味があると私は考えている。

どうかこれが一九八六年の作品であるということを念頭に置いてお読みいただきたい。その意味を説明するにあたり、まずは本書のアウトラインから紹介するとしよう。


物語の始まりは昭和五十七年（一九八二年）の九月だ。

東京・荒川《あらかわ》の河川敷で、関東大震災直後にデマが原因で虐殺された朝鮮人たちを慰霊するため、遺骨の試掘作業が行われた。しかし場所が違ったのか、深さが足りなかったのか、遺骨は見つからずに作業は終了する。

それから三年後、隅田《すみだ》公園の工事現場から別の白骨死体が発見された。死後約二十年とみられ、震災時のものではないことは明らか。家族の届出により、昭和三十九年に盛岡《もりおか》から上京したまま行方がわからなくなっていた城野貞男《じょうのさだお》の遺骨であることが判明した。

城野貞男は盛岡署の元警察官で、大正十二年（一九二三年）の関東大震災直後に強盗殺人犯を追って上京し、訛《なま》りのせいで朝鮮人と間違われ殺されかけた過去があった。その場では事なきを得たものの、なぜそれから四十一年経《た》った昭和三十九年にあらためて上京したのか。なぜそこで殺され、埋められることになったのか。そしてついに、新たな殺人が起きて――。

というのが物語序盤の展開だ。

本書の特徴は、複数の事件が時代を超えて交錯する様子にある。プロローグで昭和五十七年の試掘が描かれた後、第一章はまるまる大正十二年の話だ。岩手で起きた残虐な強盗殺人事件。犯人と思《おぼ》しき三人組は東京へ逃亡。そして起きた関東大震災。震災の様子とその後の混乱がつぶさに描かれる。そして第二章で現在（昭和六十年）に戻り、城野の遺骨発見――という構成をとっている。

物語は大正十二年と作中の現在である昭和六十年を行き来し、六十年以上にわたる因縁と、そこに隠された真実を解きほぐしていく。約六十年前の岩手の強盗殺人事件、二十年前の東京での城野殺人事件、そして現代で新たに起きた殺人事件。さらにその陰にとある女性の失踪《しっそう》事件が絡むという極めて複雑な構造のミステリだが、それが一本の線で繋《つな》がる様は実に鮮やか。少しずつ手がかりが集まり、なんとなくこういうことかなと読者が真相を推測した後に待っている驚きの真相は、ミステリファンにもきっとご満足いただけるはずだ。まったく思いもかけないところに謎解きの鍵があった、それが判明したときのサプライズたるや！

その謎解きは、関東大震災及び朝鮮人虐殺という歴史を背景にしている。震災がどのようなものだったか、それが何を引き起こしたか。現実の出来事をつぶさに描写し、その時代の、その現場だったからこそ可能なトリックと謎解きを構築したという点において、本書は一種の震災文学と位置付けてもいいだろう。

プロローグで描かれる荒川河川敷での朝鮮人遺骨試掘作業は、昭和五十七年九月一日に実際に行われたものだ。この年、「関東大震災時に虐殺された朝鮮人の遺骨を発掘し慰霊（現在は追悼《ついとう》に改称）する会」が発足、荒川での試掘につながった。固有名詞など一部は変えているが、試掘にいたるまでの経緯、その時は遺骨を発見できなかったことも現実の通りである。著者がこの小説を書いていた当時はまだ会社員との二足の草鞋《わらじ》で、通勤途中に遺骨試掘作業を見て、この物語を着想したのだそうだ。

関東大震災後、故なく殺された朝鮮人は七千人にものぼったという。のみならず、地方の訛りが抜けない日本人も、朝鮮人と間違われて犠牲になった。残酷で、忌《い》まわしく、実に悲しい過去である。

この出来事については作中に詳しいし、その後多くのルポルタージュや証言集も出ているのでここでは繰り返さないが、ポイントは、当時を知る人——特に事件に直接かかわった人にとって、それは「消したい過去」であり「向き合いたくない過去」であったということだ。だから口を閉ざす。けれど決して、あったことをなかったことにはできない。

　そして本書に描かれた複数の殺人事件についても、加害という自らの消したい過去、けれど決して消せない過去を抱えた人物の物語であるという点に注目願いたい。ここに具体的に書くことはできないが、過去を消したくて、隠したくて、発覚することの恐怖に怯《おび》え、罪を重ねる姿のなんと哀《あわ》れなことか。

　著者は本書で、震災という史実と、殺人事件というフィクションの両方を通して、人が罪に向き合う姿を描いているのである。法廷ミステリの名手として法廷で罪に向き合う人々を描いてきた著者が、法では裁けない過去の殺人を扱った意味はそこにあるのだ。

　本書が刊行されてから三十六年。ここに描かれた昭和の風景は、今読むとノスタルジーに溢《あふ》れている。スマホはおろか携帯電話もなく、ネットもなく、調べ物をするには現地に足を運び、人に会って話を聞く。待っている人を気にしながら公衆電話を使う。特に時代を感じるのは恋愛の描写だろう。令和の価値観で見ると、ヒロインの恋愛観には違和感を覚えるかもしれない。そういう違いを味わい、「そんな時代だったのか」「当時はなぜこういう感覚だったのだろう」などと考えるのも、昔の作品を読む楽しみである。

　だが、風俗や文化、恋愛描写などが時代を感じさせる一方で、まるで令和の今の話を読んでいるかのような「時代を感じさせない」社会のありようには驚いた。過去の加害に向き合うことを拒否する空気の描写は、まさに現代に通じるものだ。ましてや今はネット社会で、災害が起きるたびにふざけて悪質なデマを流す人が現れ、それがワンクリックで拡散される。東京都知事は五年連続で朝鮮人犠牲者追悼式典への追悼文送付を取りやめた。本書に描かれる「歴史」は、決して過去のことではない。

私は、今、本書が再刊されることに大きな意味がある、と書いた。その理由のひとつが、この時代の空気だ。そしてもうひとつ、今だからこそこの物語から得る大きな示唆《しさ》がある。

登場人物たちは、過去に何があったのかを地道に調べる。だが当時で既に震災からは六十年以上が過ぎており、関係者は十年前に、四年前に、あるいはつい最近亡くなった——というケースに出会うのだ。この時点で既に震災の証言者は減りつつあったことがわかる。令和の今となっては、経験者から直接話を聞ける機会はほぼないと言っていい。

時代の証言者は否応なく減っていく。たとえば太平洋戦争終結からは七十七年が過ぎ、当時を知る人は少なくなった。本書の登場人物が関係者に会うのに間に合わなかったのと同様のことが、今もなお起きている。戦争にとどまらない。戦後から平成にかけて起きた多くの災害や事件、忌まわしい差別の数々もまた、証言者は減っていく。

だからこそ、伝えることが必要なのだ、とこの物語は告げている。間に合ううちに証言を集め、次代に伝えることが、決して風化させないことが必要なのだと。本書の新装再刊もまた、その「伝える」行為のひとつであるのは言うまでもない。

「追悼する会」の河川敷での集会はその後も続き、二〇〇九年には慰霊碑も建立された。後世に伝えようとする多くの人々の努力の賜物《たまもの》である。なぜ伝えるのか。繰り返さないためだ。同じことを二度と起こさないようにするためだ。

本書で朝鮮人虐殺にかかわったある老人は、孫娘にとっては優しい祖父だ。犯人と目《もく》されるる人物が人助けをする場面もある。罪を隠す一方で、贖罪《しょくざい》に生涯を捧げる人物もいる。それが人間なのだと思う。過ちを消すことはできないけれど、どうあるべきか考える良心を人は持っているということの象徴ではないだろうか。

都合のいいストーリーにすがって過去から目を背《そむ》けることの愚かしさ。昭和に書かれたこの物語は、令和の今に警鐘《けいしょう》を鳴らすとともに、それを正すことができるはずという人間への信頼の物語でもあるのだ。

（この作品『死者の威嚇』は一九八九年七月、講談社文庫から刊行されたものに、著者が加筆修正したものです。本書はフィクションであり、登場する人物、および団体名等は、実在するものといっさい関係ありません）

死者の威嚇

一〇〇字書評

切り取り線

購買動機（新聞、雑誌名を記入するか、あるいは○をつけてください）	
□（　　　　　　　　　）の広告を見て	
□（　　　　　　　　　）の書評を見て	
□ 知人のすすめで	□ タイトルに惹かれて
□ カバーが良かったから	□ 内容が面白そうだから
□ 好きな作家だから	□ 好きな分野の本だから

・最近、最も感銘を受けた作品名をお書き下さい

・あなたのお好きな作家名をお書き下さい

・その他、ご要望がありましたらお書き下さい

住所	〒				
氏名		職業		年齢	
Eメール	※携帯には配信できません	新刊情報等のメール配信を 希望する・しない			

この本の感想を、編集部までお寄せいただけたらありがたく存じます。今後の企画の参考にさせていただきます。Eメールでも結構です。

いただいた「一〇〇字書評」は、新聞・雑誌等に紹介させていただくことがあります。その場合はお礼として特製図書カードを差し上げます。

前ページの原稿用紙に書評をお書きの上、切り取り、左記までお送り下さい。宛先の住所は不要です。

なお、ご記入いただいたお名前、ご住所等は、書評紹介の事前了解、謝礼のお届けのためだけに利用し、そのほかの目的のために利用することはありません。

〒一〇一-八七〇一
祥伝社文庫編集長　清水寿明
電話　〇三（三二六五）二〇八〇

祥伝社ホームページの「ブックレビュー」からも、書き込めます。

www.shodensha.co.jp/bookreview

祥伝社文庫

死者《ししゃ》の威嚇《いかく》

令和 4 年 2 月 20 日　初版第 1 刷発行

著　者　小杉健治《こすぎけんじ》
発行者　辻　浩明
発行所　祥伝社《しょうでんしゃ》
東京都千代田区神田神保町 3-3
〒 101-8701
電話　03（3265）2081（販売部）
電話　03（3265）2080（編集部）
電話　03（3265）3622（業務部）
www.shodensha.co.jp

印刷所　堀内印刷
製本所　積信堂
カバーフォーマットデザイン　芥 陽子

Printed in Japan ©2022, Kenji Kosugi　ISBN978-4-396-34791-8 C0193

祥伝社文庫の好評既刊

小杉健治
灰の男〈上〉
B29を誘導するかのような放火、空襲警報の遅れ――昭和二十年三月十日の東京大空襲は仕組まれたのか⁉

小杉健治
灰の男〈下〉
愛する者を喪いながら、歩みを続けた昭和の人々への敬意。衝撃の結末が胸を打つ、戦争ミステリーの傑作長編。

小杉健治
偽証《ぎしょう》
誰かを想うとき、人は嘘をつくのかもしれない。下町を舞台に静かな筆致で人の情を描く、傑作ミステリー集。

小杉健治
容疑者圏外
夫が運転する現金輸送車が襲われた。共犯を疑われた夫は姿を消し……。一・五億円の行方は？

小杉健治
母の祈り 風烈廻り与力・青柳剣一郎㊾
愛が女を、母に、そして鬼にした――。次々と殺害される盗賊一味。驚愕の真相と慈愛に満ちた結末に感涙！

小杉健治
悲恋歌《ひれんか》 風烈廻り与力・青柳剣一郎㊿
「鬼に喰われた」祝言の夜、花嫁が密室から忽然と姿を消し、人々はそう噂した。剣一郎が密室の謎に挑む！

祥伝社文庫の好評既刊

小杉健治　**白菊の声**　風烈廻り与力・青柳剣一郎(51)

愛する男の濡れ衣を晴らしてほしい――無実を叫ぶ声は届くか。極刑のときが迫る中、剣一郎は正義を為せるか？

小杉健治　**生きてこそ**　風烈廻り与力・青柳剣一郎(52)

言葉を交わした者は絶命する……人を死に誘う、〝死神〟の正体は？　剣一郎が世間を揺るがす不穏な噂に挑む。

小杉健治　**寝ず身の子**　風烈廻り与力・青柳剣一郎(53)

十年前に盗品を扱った罪で潰され、離散した反物問屋の一家に再び災難が……。復讐劇の裏にある真相を暴く！

小杉健治　**鼠子《ねこ》待《ま》の恋**　風烈廻り与力・青柳剣一郎(54)

迷宮入り事件の再探索をまかされた剣一郎。調べを進めると、意外な男女のもつれが明らかに。

小杉健治　**恩がえし**　風烈廻り与力・青柳剣一郎(55)

一家心中を止めてくれた恩人捜しを請け負った剣一郎。男の落ちぶれた姿に一体何が？

小杉健治　**隠し絵**　風烈廻り与力・青柳剣一郎(56)

宝の在《あ》り処《か》か、殺人予告か、それとも――？　見知らぬ男から託された錦絵の謎。そこに描かれた十二支の正体とは？